HEYNE

Das Buch
Als die Leiche Alexander Richters unterhalb des Isar-Stauwehrs auf einer Kiesbank geborgen wird, deutet zunächst nichts daraufhin, dass der junge Mann einem Mord zum Opfer gefallen ist. Trotzdem mag Natascha Morgenthaler, die neue Kriminalkommissarin im Münchner Morddezernat, nach einem Blick auf das Gesicht des Toten, nicht an eine natürliche Todesursache glauben. Gestern Abend noch hat sie den schönen Knaben ausgesprochen lebendig im *Colosseum* als Strip-Tänzer Ricky gesehen. Erste Ermittlungen ergeben, dass der Ethnologie-Student nicht nur als Stripper, sondern auch als Callboy gearbeitet hat. Eine seiner Kundinnen war Veronika von Schlüter, eine attraktive Witwe und großzügige Mäzenin des Ethnologischen Instituts. Sonderlich betroffen vom Tod des jungen Mannes scheint sie nicht zu sein; sie liebt die erotische Abwechslung und hat über den sexuellen Kontakt hinaus angeblich nichts mit Ricky zu tun gehabt.
Die gerichtsmedizinischen Untersuchungen sind noch nicht abgeschlossen, als eine zweite männliche Leiche gefunden wird – diesmal im Garten Veronika von Schlüters. Nun ist auch Nataschas Kollegin, Kriminalhauptkommissarin Cora Brandt, davon überzeugt, dass der Schlüssel zur Aufklärung der mysteriösen Todesfälle im näheren Umfeld der reichen Witwe zu finden sein muss.

Die Autorinnen
Brigitte Riebe promovierte in Geschichte und arbeitete viele Jahre als Lektorin, ehe sie sich selbst dem Schreiben widmete. Sie debütierte 1992 mit einem Kriminalroman und hat seitdem zahlreiche sehr erfolgreiche Romane veröffentlicht, darunter *Palast der blauen Delphine* und *Schwarze Frau vom Nil*.
Kerstin Cantz war mehrere Jahre lang Redakteurin bei einem privaten Fernsehsender, schrieb später Drehbücher und Serienkonzepte. *Schöne Männer sterben schneller* ist ihr erster Roman.

BRIGITTE RIEBE
KERSTIN CANTZ

Schöne Männer sterben schneller

ROMAN

WILHELM HEYNE VERLAG
MÜNCHEN

HEYNE ALLGEMEINE REIHE
Band-Nr. 01/13588

Umwelthinweis:
Dieses Buch wurde auf chlor- und
säurefreiem Papier gedruckt.

Redaktion: Tina Schreck

Originalausgabe 06/2002

Printed in Germany 2002
Umschlaggestaltung: Hauptmann und Kampa Werbeagentur, CH-Zug,
unter Verwendung eines Ausschnitts des Gemäldes
CHATTERTON von Henry Wallis, 1856 © Tate, London 2001
Satz: Schaber Datentechnik, Wels
Druck und Bindung: Elsnerdruck, Berlin

ISBN: 3-453-21200-2

http://www.heyne.de

Rugendo bin Bega

Vor alten Zeiten lebte Rugendo, der war sehr schön, und die Frauen hatten ihn gern. Eines Tages hatten die Männer eine Grube gegraben und sagten zu Rugendo: »Lass uns gehen und eine Schaukel spielen! Rugendo stimmte zu und sagte: »Wohlan denn, gehen wir!« Sie gingen und kamen an den Platz, wo die Schaukel war; dort ergriffen sie Rugendo gewaltsam und steckten ihn in die Grube hinein. Als die Frauen das hörten, legten sie Trauer an wegen Rugendos Tod; die Männer aber freuten sich sehr und feierten ein großes Freudenfest. Die Weiber veranstalteten eine Trauerfeier um den toten Rugendo. Rugendo war von den Frauen sehr geliebt worden, die Männer aber hatten ihn nicht gemocht, weil er ein schöner Mensch war und Unzucht getrieben hatte. Deshalb konnten sie ihn nicht leiden.

Aus: Tierfabeln der Suaheli, Berlin 1910

Jaguarnacht

Blut tropft von den Rändern seiner Welt, ein warmer, dunkler Regen, dichter als ein Vorhang. Hinter sich hört er das Rauschen des Flusses, der steigt, als wolle er das Ufer verschlingen wie ein hungriges Tier.

Taumelnd vor Ekel und Müdigkeit betritt er den Pfad, der zu der Blätterhütte führt. Seit Nächten flieht ihn der Schlaf. Seine Lider sind geschwollen, die Glieder bleiern, die Füße aber scheinen trotzdem einem lautlosen Befehl zu gehorchen.

Der dünne Strahl seiner Taschenlampe wird schnell verschluckt. Längst ist die grün-goldene Stille dem Dunkel gewichen und die Räuber der Nacht haben die des Tages abgelöst. Bei der leisesten Berührung tropft Regenwasser auf ihn herab, Spinnenweben legen sich klebrig über sein Gesicht und am Boden kriechende Lianen wickeln sich um seine Knöchel. Ganz nah ein klagender Vogelruf, wie ein Mensch in größter Seelenqual, und aus den Bäumen dringt der Schrei eines Affen, als sei er aus einem bösen Traum erwacht.

Er ist nicht allein. Das vergisst er nicht eine Sekunde.

Sie sind überall.

Er kann sie spüren, kann sie hören und riechen, auch wenn sie sich hinter Blättern und Bäumen versteckt halten – die scharfzüngigen Dämonen, die grinsend auf ihn lauern, getarnt als Webervögel oder Camungos, als Leuchtkäfer, riesig wie Maikewelse oder schimmernde Schmetterlinge.

Noch schlimmer aber sind die Geister, die sich in ihm eingenistet haben. Gnadenlos zwingen sie ihm auf, was er am liebsten vergessen möchte: der hochgestreckte Arm inmitten eines brodelnden Fischschwarms, der letzte Schrei, der tausendfach Widerhall in seinem Inneren gefunden hat. Er muss die letzten Kräfte aufbieten, um sich weiter zu schleppen.

Er zögert, als er an der Hütte angekommen ist. Der Moschusduft der Tropennacht ist plötzlich überlagert von einem strengen Geruch, der seine Angst steigert.

Er weiß, wer es ist, noch bevor er ihn sieht.

Der Indio, den im Dorf alle den Schamanen nennen, steht plötzlich vor ihm. Gestern noch ein magerer älterer Mann, erscheint er ihm auf einmal alterslos, ein rätselhaftes Waldwesen, das anstelle des gewohnten Schurzes einen Filzmantel trägt, aus dem Federn, Blätter und Zweige wuchern.

»Was willst du?«

Eigentlich beherrscht er den hiesigen Dialekt, aber seine Lippen sind plötzlich wie versiegelt.

»Was willst du?«, wiederholt der Schamane, deutlich unwilliger. »Rede!«

Er spürt die Pranken der Jaguarfrau. Seitdem sie ihre Krallen in sein Herz geschlagen hat, kann er nicht mehr essen, nicht mehr schlafen, nicht mehr arbeiten. Dabei funktioniert sein Verstand präziser als je zuvor, eine bösartige, perfekte Maschinerie, die ihn nicht zur Ruhe kommen lässt.

»Aiah!« Der Schamane weicht vor ihm zurück, als entströme ihm ein Krötengestank.

Und plötzlich kann er seine Schuld selber riechen. Er ist ein Aussätziger, ein Paria. Ein Mörder.

»Hilf mir!«, flüstert er und streckt seine Arme bittend nach dem Indio aus. »Du musst mir helfen!«

Der Schamane umkreist ihn langsam. Berührt seinen Rücken, die Schenkel, schlägt mehrmals leicht auf sein Geschlecht. Dann jault er auf und weicht abermals zurück.

»Hilfe!«, stößt er kraftlos hervor, denn auf einmal ist er allein. Erst als er die Augen zu Schlitzen verengt, bemerkt er, dass die Tür zur Hütte nur angelehnt ist. Obwohl sein Herz hart gegen die Rippen schlägt, geht er hinein.

Der Indio fächert Luft in eine Feuerstelle. Qualm drängt sich in dem niedrigen Raum.

Er muss husten, ringt nach Luft. Dann beginnt der Indio zu singen, mit hoher, dünner Stimme, die ihm unter die Haut kriecht und ihn von innen aufbläht wie eine riesige Trommel. Der Tanz des Schamanen ist ein Winden, als bestünden seine Glieder aus Gummi. Die Bewegungen werden immer heftiger, bis er schließlich auf den Knien über den Boden rutscht. Mit bloßen Händen nimmt er Glutstücke aus dem Feuer und schleudert sie durch die Hütte.

Er duckt sich, wird aber dennoch von einem glühenden Span getroffen. Es bleibt keine Zeit, dem Schmerz nachzugehen, denn plötzlich fällt der Indio zu Boden und bleibt reglos liegen.

Er wagt nicht, sich zu bewegen, obwohl ihm der Schweiß aus allen Poren dringt und die Zunge dick am Gaumen klebt. Er kann nicht sagen, wie viel Zeit vergangen ist, bis der Liegende sich langsam wieder erhebt. Und obwohl er all dies schon gesehen hat, erschrickt er über das Weiß der Augäpfel.

Zielsicher greift der Schamane nach einer Kalebasse und nimmt einen kräftigen Schluck. Alles in ihm zieht sich zusammen. Er weiß, woraus das Gebräu besteht – Ranke der Seele, so nennen es die Eingeborenen. Eine anderer Bezeichnung dafür ist Liane der Toten.

»Trink!«

Hat der Meister der Liane laut gesprochen?

Der Indio streckt ihm das Gefäß entgegen, und obwohl alles in ihm dagegen revoltiert, trinkt er. Übelkeit überflutet ihn wie eine faulige Welle. Alles Blut scheint zu den Füßen zu strömen. In seinem Schädel quillt nur noch wattige Substanz. Bevor er sich versieht, speit er alles wieder heraus.

Der Paye betrachtet ihn kopfschüttelnd und drängt ihm abermals die Kalebasse auf. Der zweite Versuch missrät ebenfalls; erst beim dritten Anlauf gelingt es ihm, ein paar Tropfen unten zu behalten.

Die Wirkung setzt beängstigend rasch ein.

Plötzlich scheinen die Wände der Hütte zurückzuweichen. Nun gibt es keinen Schutz mehr zwischen ihm und den Nachtdämonen. Er krümmt sich, macht sich klein wie ein Neugeborenes. Die Stimmen steigen an. Es brummt, fiept, raschelt und brüllt, so laut, dass er sich die Ohren zuhalten muss.

Fast gewaltsam reißt der Paye ihm die Hände herunter.

»Du hast deine Seele verloren.« Er weiß nicht mehr, ob der Schamane im Dialekt der Indios spricht oder in dem holprigen, fehlerhaften Spanisch, das er in seinen wenigen Jahren in der Missionsschule gelernt hat. »Sie ist fort – vielleicht schon zu weit. Du hättest früher kommen sollen.«

Er nickt und spürt, wie Verzweiflung in ihm hochkriecht. Seine Beine sind schon ganz kalt; Kälte legt sich auch auf sein Geschlecht. Er hat sie gesehen, ihre schlanken, schönen Körper, ineinander verschlungen im Liebesspiel. Es hat sich wie Sterben angefühlt, ihrem rauschhaften Glück zuzusehen, das er niemals erleben wird, und nur der Gedanke an Vergeltung hat ihn davor bewahrt. Er musste töten – aber würde er nun an seiner Tat zugrunde gehen?

Es widert ihn an, dass der Paye ihm so nahe kommt, aber er ist zu schwach, um sich dagegen zu wehren. Zuerst riecht er Tabakrauch, der an seiner Wange entlang streicht, dann spürt er den Speichel des Indios, mit dem er seinen Ohrbereich einreibt. Schließlich legt der Schamane den Mund an sein Ohr und beginnt zu saugen, so fest, dass es in seinem Schädel widerhallt. Er kann die Anstrengung des anderen fühlen, und gleichzeitig überkommt ihn ein leises Gefühl der Erleichterung.

Auf einmal wirbelt ein blutiges Etwas vor seinen Augen, eine kaum daumengroße, amorphe Masse, die plötzlich die Farbe wechselt.

Gelb und schwarz.

Ein winziges, giftiges Ding, das mit hohen Sätzen in die Dunkelheit springt.

Schwäche überkommt ihn, als sei alle Lebenskraft verströmt. Er taumelt, beginnt zu zittern, der Paye aber hält ihn mit erstaunlicher Kraft aufrecht. Irgendwann zieht er ein zierliches Blasrohr hervor, aus der Chonta-Palme gefertigt und ebenholzschwarz, wie seine großen, todbringenden Geschwister. Mit Bastbinden umwickelt, sandpoliert, ein sorgsam ausgeschabter Trichter, exakt den Lippen des Jägers angepasst.

Hat er vor, ihn zu töten?

Schreckensbleich starrt er den Paye an. Ungerührt setzt der Schamane ihm das Rohr an die Ohrmuschel – er kann seinen Atem spüren, sanft zunächst, dann aber immer kraftvoller. Plötzlich scheint etwas durch sein Trommelfell zu dringen und von dort aus weiter ungehindert in die Blutbahn wie ein Geschoss. Gelb und Schwarz wird es in seinem Inneren, ätzend und taub zugleich.

Wie in Trance stößt er den Indio zurück, dreht sich um und rennt hinaus in die Tropennacht.

Der Paye lässt das Blasrohr sinken. Große Traurigkeit umhüllt seine Seele. Die Geister waren gekommen, um ihm zu helfen, aber die Seele des Weißen war bereits zu weit entfernt, um noch den Weg zurück zu finden.

Er hört das Fauchen eines Jaguarweibchens.

Langsam legt er den Federmantel ab. Er hasst es, wenn seine Heilkraft versagt. Aber noch mehr hasst er, wenn Seelenlose die Welt bevölkern. Denn er weiß zu genau, wozu sie werden können – Brutstätten kommenden Unheils.

Eins

Der Münchner Himmel war nicht blau an diesem Tag.

Natascha Morgenthaler hatte keine Zeit, darüber enttäuscht zu sein. Ungeduldig manövrierte sie den Dienstwagen aus dem viel zu engen Parkplatz. Mit kaum verhaltener Aggression touchierte sie die Autos, die sie eingekeilt hatten, während Rexona, Nataschas junge Schäferhündin, vor dem Beifahrersitz schwankend und mit vorwurfsvollem Blick Halt suchte.

Natascha fluchte, als sie mit dem BMW endlich auf die Fahrbahn schoss. Es waren etwa viereinhalb Minuten, in denen sie ihren heiligen Zorn auf diese Stadt ausdampfte wie eine giftige Substanz – München, das sich ihr reich und eitel präsentierte, eine Stadt, die sie offensichtlich nicht ankommen lassen wollte, und die sie daran zweifeln ließ, ob es wirklich richtig gewesen war, Hals über Kopf aus Frankfurt abzuhauen, nur um etwas in ihrem Leben zu verändern.

Und zu vergessen.

Es war ein imposantes Jugendstilhaus, vor dem Natascha kurz darauf auf dem Gehsteig parkte. Toplage, bestes Schwabing, wie es ein Makler formulieren würde, einfach zu schön, als dass es ihr gefallen durfte. Vermutlich standen schon wieder fünfzig Leute im Flur, die es eilig hatten, all das über sich mitzuteilen, was ihre Chancen vermeintlich erhöhte. Die Logik der Auswahlkriterien war Natascha bislang verschlossen geblieben. Sie jedenfalls hatte nach drei Monaten und vierundsechzig Besichtigungen immer noch keine Wohnung abgekriegt, die ihr gefallen hätte oder für sie erschwinglich gewesen wäre.

»Schluss jetzt mit der miesen Stimmung«, murmelte Natascha, als sie ihrem düsteren Blick im Rückspiegel begegnete. Ohne erkennbares Ergebnis zupfte sie an den roten Strähnen ihrer wirr hochgesteckten Haare und zwang schließlich ihre Lippen, deren feiner Schwung das einzige an ihrem Äußeren war, dem sie Perfektion zubilligte, zu einem Lächeln. Sie nahm ihre vollgestopfte Umhängetasche vom Beifahrersitz und überlegte kurz, ob sie nicht doch noch die Schuhe wechseln sollte.

Vielleicht war der Vermieter ein komplexbeladener Kleinwüchsiger? Sie konnte notfalls auf die alten Pumas ausweichen, die sie in der Sporttasche dabei hatte. Sonst hatte sie womöglich schon verloren, wenn man ihr die Tür öffnete. Nur deshalb, weil man zu ihr aufschauen musste.

Das kannte Natascha schon, seitdem sie mit dreizehn ihre endgültige Körpergröße erreicht hatte. Damals hatte ihr ein Englischlehrer, dessen Machismo im Zwergenwuchs eine tragische Begrenzung fand, das Leben zur Hölle gemacht. Herr Nolte hatte sich immer am Fenster platziert, wenn er Natascha mit perfiden Aufgabenstellungen an der Tafel scheitern ließ und ihnen beiden damit ausreichend Zeit gab, sich abgrundtief zu hassen.

Rexona fiepte leise, als sie umriss, dass sie wie so oft im Auto würde warten müssen.

»Schnauze, Schätzchen«, sagte Natascha und ließ die Scheibe einen Spalt herunter, vergeblich bemüht, dem Blick der braunen Augen auszuweichen. Er barg alles Elend dieser Welt in sich. Eine Fähigkeit, die Hunden angeboren ist, um sich moralisch über den Menschen zu erheben, davon war Natascha inzwischen überzeugt. »Sei nützlich und äußere dich lieber zu meinem Schuhproblem.«

Rexona wandte sich beleidigt ab.

Entschlossen schwang Natascha ihre Beine aus dem Auto und stöckelte auf die Haustür zu. Das fehlte noch, dass sie sich in flachen Schuhen für ein Zimmer mit Bad prostituierte! Dazu waren sie einfach zu spektakulär, ihre neuen Slings, deren Absätze Nataschas Erscheinung auf irritierende ein Meter neunundachtzig hochschraubten.

Ein leptosomer Mittfünfziger, der sie trotz seiner schlechten Körperhaltung um Haupteslänge überragte, öffnete in dem Moment, in dem Natascha den Finger vom Klingelknopf nahm, als habe er hinter der Tür gewartet. Seine langgliedrigen Hände glitten in die Taschen seiner schwarzen Breitcordhose und hinter dem Kragen des schlecht sitzenden Hemdes zuckte ein spitzer Adamsapfel.

Ungeduldig, konstatierte Natascha, wahrscheinlich zu knapp kalkulierte Termine.

»Sie kommen wegen des Zimmers, nehm ich an?« Die samtige Stimme des Mannes stand in krassem Gegensatz zu seiner angespannten Haltung und dem ausweichenden Blick hinter den Gläsern der randlosen Brille.

»Herr Herbig?« Natascha bemühte sich, ihrer Stimme etwas Munteres zu geben. »Ich bin Natascha Morgenthaler. Wir haben telefoniert.«

»Ja, dann schauen Sie sich's mal an.« Ohne Zeit mit überflüssigen Galanterien zu verschwenden, wandte Herbig sich um und stakste über das honigfarbene Parkett des langen Flurs. Im Vorrübergehen rückte er eines der vielen sachkundig gehängten Exponate moderner Kunst zurecht. Sein Gang erinnerte an den eines großen Wasservogels und ließ Natascha unwillkürlich grinsen.

Knapp in allem, dachte sie, auch gut.

»Es war mal so was wie ein Gästezimmer«, ließ Joseph Herbig mürrisch verlauten, als er schließlich eine Tür öffnete, ohne sich die Mühe zu machen, zur Seite zu treten. »Wahrscheinlich ist es Ihnen zu klein.« Sein grantelndes Bayerisch wollte nicht so recht zu seiner antiquiert-intellektuellen Erscheinung passen, und Natascha kam nicht umhin, es auf Anhieb zu mögen.

»Ich kann es mir nicht leisten, wählerisch zu sein.« Sie hoffte, das zustande zu bringen, was man ein entwaffnendes Lächeln nannte. »Sie dagegen schon. Hier werden in Kürze ja wohl noch Hundertschaften durchmarschieren.«

»Um Gottes willen!« In dem melancholischen Gesicht des Mannes flackerte Panik auf, aber immerhin bewog ihn der Schrecken zu einer Bewegung. Schnell drückte sich Natascha an ihm vorbei in das Zimmer.

Es verschlug ihr die Sprache. Sie fühlte sich wie ein unvorbereiteter Prüfling. Der Raum war riesig, mit Stuck an der hohen Decke, und wie ein Fingerzeig des Schicksals fiel ein zitternder Sonnenstrahl durch die großen Sprossenfenster eines Erkers, in den sich eine gepolsterte Sitzbank schmiegte.

Ruhig bleiben, ermahnte sich Natascha, bloß keine hysterische Begeisterung an den Tag legen.

Während sie in ihrem Hirn nach wohl gesetzten Worten klaubte, begann Herbig das Zimmer abzuschreiten, als wolle er die Quadratmeterzahl errechnen. Abrupt blieb er vor Natascha stehen.

»Ziemlich ungewöhnlich für mich, dass ich einer Frau ungebeugten Hauptes ins Gesicht schauen kann.«

»Ist das gut oder schlecht?«

»Schlecht ist es nicht.« Herbig nahm seine Wanderung wieder auf, seine Hand beschrieb einen knappen Bogen und fiel kraftlos herab. Er seufzte und starrte dann auf seine Schuhe, als gäbe es dort etwas Beunruhigendes zu entdecken. Von draußen war Hundekläffen zu hören und unterbrach den Moment beklommener Ratlosigkeit.

»Herr Herbig, das Zimmer gefällt mir. Ich würde es gern mieten«, sagte Natascha so gleichmütig wie möglich, denn der Mann war offensichtlich leicht aus dem Gleichgewicht zu bringen. Dabei wurde er ihr mit jedem Moment sympathischer. Sie mochte auch die sparsame Möblierung des Raumes. »Sie wollen vierhundert Euro, das ist in Ordnung. Da ich so gut wie nie koche, werde ich Ihre Küche kaum benützen. Falls die Möbel hier Bestandteil sind, freut mich das, dann brauch ich mir keine zu kaufen. Im übrigen werde ich nicht viel da sein, weil ich einen ausgesprochen zeitintensiven Beruf habe. Wenn ich Ihnen jetzt sage, welchen, schreckt Sie das vielleicht ab, sollte es aber nicht. Ich bin …«

»Nein, bitte …«, abwehrend wedelte Herbig mit den Händen. »Sie können das Zimmer haben. Das enthebt mich der unerquicklichen Aussicht auf weitere Besichtigungstermine. Außerdem ist Morgenthaler ein wirklich schöner Name. Und«, er rang sich ein schiefes Lächeln ab, »Sie wirken auf mich nicht wie jemand, der einem nachts die Kehle durchschneidet.«

»Im Allgemeinen befasse ich mich damit, Leute zu schnappen, die so etwas tun«, entgegnete Natascha ruhig.

»Ah ja, sehr schön«, murmelte Herbig, und Natascha hatte keine Ahnung, ob er sie überhaupt verstanden hatte. »Wann würden Sie denn einziehen wollen?«

*

Als Natascha sich kurz darauf vor dem Haus wiederfand, war sie für einen Moment wie betäubt. Nach allem, was sie bis jetzt bei der Wohnungssuche in München hatte erleben müssen, klappte es plötzlich mit fast besorgniserregender Leichtigkeit! Schon immer hatte sie eine unergründliche Anziehungskraft auf die verschrobenen Exemplare der Menschheit gehabt, und zum ersten Mal war sie froh darüber. Mit Herbig würde sie klar kommen, da war sie sicher. Wahrscheinlich war er einfach nur einsam, eingegraben in die Welt seiner Bücher. Es mussten Tausende sein, nach dem, was sie bei der hektischen Führung durch den großzügigen Rest der Wohnung gesehen hatte. Er war Hersteller, ein Beruf, von dem Natascha noch nie etwas gehört hatte, eine Art Büchermacher, wie er bescheiden erklärt hatte. Vielleicht würde sich ja einmal Gelegenheit ergeben, ihr ein bisschen mehr darüber zu erzählen. Als habe er schon zu viel von sich verraten, war er murmelnd in der Küche verschwunden.

Erst langsam drang in ihr Bewusstsein, dass sie nur noch eine Nacht in der aseptischen Atmosphäre des Appartementhotels verbringen musste. Die Münchner Kripo hätte ihr übergangsweise auch eine bessere Unterkunft bezuschusst, aber der Hund war das Problem gewesen.

»Shit!« Sie hatte Rexona total vergessen. Als Natascha die Autotür aufriss, sprang die Hündin wie ein wild gewordenes Knäuel heraus, unschlüssig, ob sie zuerst ihr Frauchen begrüßen oder ihre übervolle Blase entleeren sollte.

Gedankenverloren beobachtete Natascha, wie das Tier auf einen Grünstreifen zuschoss, um sich zu erleichtern.

Rexona war eigentlich immer das Problem, seit sie sie vor einem halben Jahr gefunden hatte. Neben dem toten Kind. Natascha straffte die Schultern und pfiff die Hündin zu sich. Nicht dran denken.

Nicht jetzt.

Rexona drückte sich flach auf den Wagenboden, als Natascha den BMW wenige Minuten später viel zu schnell auf die Ludwigstraße lenkte. An diesem Auto gefiel ihr nur eines: es schnell zu fahren.

Während sie darüber grübelte, wie sie ihrem kauzigen Vermieter die Hündin beibringen sollte, wanderte ihr Blick am Siegestor empor.

Welch ein Anblick!

Ein überdimensionaler, nicht anders als göttlich zu nennender Männerhintern warb von den Höhen des historischen Bauwerks auf mehreren Quadratmetern Plakatfläche für die Wiedergeburt der Feinripp-Unterhose. Zwei Frauenhände zerrten daran und gaben damit das Versprechen, dass es für einen solchen Slip keine lange Verweildauer am Körper geben würde. Vorausgesetzt, es handelte sich um einen wie diesen, dachte Natascha.

Rexona ließ ihr Maul mit einem schmatzenden Laut zu einem Gähnen aufschnappen.

»Du hast Recht, meine Süße, konzentrieren wir uns auf das Wesentliche«, murmelte Natascha und trat aufs Gas.

Zwei

Die Faust fuhr ihr in die Rippen, heftiger diesmal, doch noch immer zu zögerlich.

»Nicht übel!« Trotz ihrer dicken Ganzkörperpanzerung bewegte Natascha sich überraschend behände. Es roch muffig in der Schulturnhalle, die jeden Freitagabend dem Polizeisport offen stand. Die spezielle Mischung aus Schweiß, angegammelten Matten und feuchten Socken schien im Moment jedoch keine der Anwesenden von der Faszination des Geschehens abzulenken. »Wenn Sie jetzt noch die letzten Hemmungen ablegen, werden Sie richtig gut. Also, noch mal, aber bitte mit Schmackes!«

Die eben noch so schüchterne Polizistin kniff die Augen zusammen und holte aus. Der Schlag saß – ein exakter Magenschwinger. Ohne Schutzanzug hätte Natascha nicht mehr viel zu lachen gehabt.

»Ausgezeichnet«, rief sie. »Und jetzt die anderen!«

Das Gesicht der jungen Frau überzog sich mit freudiger Röte. Ein Landei, ganz unübersehbar, mit misslungener Haarverlängerung und ungelenkem Lidstrich, offenbar bemüht, im Großstadtdschungel mitzuhalten.

Dafür sprach auch, dass die junge Polizeianwärterin sich zu Nataschas Training angemeldet hatte, ebenso wie die anderen Polizistinnen unterschiedlichster Rangordnung, die jetzt auf den gepanzerten Körper ihrer Trainerin eindroschen.

Den Selbstverteidigungskurs, den Natascha schon in Frankfurt mehrfach erfolgreich angeboten hatte, am Schwarzen Brett des Polizeipräsidiums anzuschlagen, war eine ihrer ersten Taten in München gewesen. Natascha wusste aus eigener Erfahrung, wie schwer es Frauen fiel, richtig zuzuschlagen. Selbst Polizistinnen und solchen, die es werden wollten. Zumal, wenn – wie bei ihr – die Physis nicht gerade eine sportliche Erfolgsstory begünstigte.

Yoga und gezieltes Krafttraining hatten Natascha geholfen, ihre Rückenschmerzen zu bannen, an denen Fangopackungen und Massagen so kläglich gescheitert waren. Dennoch gab es bei aller Konsequenz, die sie inzwischen schon aus purem Selbsterhaltungstrieb an den Tag legte, immer wieder Phasen, in denen sie mit Trägheit und Konditionsschwankungen zu kämpfen hatte. Ihre innere Hemmschwelle war vor Jahren von einem bulligen Trainer so lange niedergebrüllt worden, bis sie in blinder Wut zugeschlagen hatte. Das hatte ihr eine gebrochene Hand, aber auch das hoffnungsfrohe Glimmen im Auge des Trainers eingebracht.

»Nur nicht schlapp machen, Mädels. Jetzt geht's an die Weichteile!«

Damit hatte Natascha auch die Aufmerksamkeit der Frauen wieder, die sich nach Luft ringend an den Hallenrand verzogen hatten. Hinter der Gruppe, aus der vereinzeltes Kichern zu hören war, stieß sich eine dunkelhaarige Frau von der Wand ab und fuhr sich mit einer ruppigen Geste durch die kurzen Locken. Erst jetzt registrierte Natascha Kriminalhauptkommissarin Cora Brandt, ihre Kollegin im K 111, das nun über eine Frauenquote verfügte, die geradezu ins Skandalöse lappte. Natascha war sich bislang nicht sicher, ob Cora Brandt dies wirklich gefiel.

Was hatte sie hier in der Halle verloren? Wollte sie sich mit eigenen Augen überzeugen, was die Neue so drauf hatte? Oder hielt sie Ausschau nach einer Schwäche, um bei der nächsten Gelegenheit Natascha im Kollegenkreis vorzuführen?

Coras Hang zu harten Sprüchen, die sie mit ihrer rauchigen Stimme wirkungsvoll und zielsicher platzierte, war ihr sofort aufgefallen. »Kerle haben es heute wirklich nicht leicht«, kommentierte sie beispielsweise, als der junge Kriminalmeister Boris Kleine ihr morgens dienstbeflissen eine dampfende Tasse vorsetzte. »Sie haben eine niedrigere Lebenserwartung als Frauen, sind unfähig, über Beziehungsprobleme zu reden und benutzen ihre Körper, ohne sie zu kennen.« Gekonnt zickiges Stirnrunzeln. »Und was soll das hier sein?«

»Tee«, sagte Kleine bescheiden.

»An diesem Getränk ist ein Teebeutel höchstens zweimal vorbei getragen worden«, lautete Coras vernichtende Antwort. »Und zwar in gehöriger Entfernung. Kleiner Tipp, Boris: Wenn Sie bei der Kripo weiterkommen wollen, müssen Sie lernen, auch in scheinbaren Details präzise zu arbeiten.«

Kleine war wieder einmal geliefert und Coras Gesicht hatte den seltenen Ausdruck großer Zufriedenheit gezeigt.

»Also, was ist jetzt mit den Weichteilen? Wollen wir eine Gedenkminute einlegen oder zeigen Sie uns, wie wir uns ihrer erwehren?« Cora Brandt hatte sich dicht vor Natascha aufgebaut, während sich die anderen hinter ihr langsam sammelten.

Es war etwas Flirrendes in ihrem Wesen, das Natascha irritierte. Vielleicht lag es am Scanner-Blick ihrer braunen Augen, der alles an einer Person zu erfassen schien. Unter diesem Blick würde sie alles gestehen, dachte Natascha und hoffte, dass es nie dazu kommen würde.

»Sie scheinen es ja gar nicht abwarten zu können.« Natascha betrachtete ihr Gegenüber mit demonstrativer Neugier.

Nur wenn man ganz genau hinsah, entdeckte man in Coras Gesicht die fast unsichtbaren Narben: im rechten Mundwinkel, am Kinn, neben und über dem rechten Auge, von wo sie sich wie Spinnweben durch die geschwungene Braue zogen.

»Ein Unfall?« Natascha hob ihre behandschuhte Hand, ohne Coras Gesicht zu berühren. »Oder etwas Dienstliches?«

»Ich hab's überlebt.« Cora Brandt lächelte. »Bedauerlicherweise hatte meine Seele keine kugelsichere Haut.« Um ihre Augen bildeten sich tausend winzige Fältchen.

Standen ihr ausnehmend gut.

»Mein Arsch leider auch nicht«, tönte eine helle Stimme aus der Gruppe und löste das gespannte

Schweigen in Gelächter auf. Eine junge Frau, deren Kindergesicht unter dem Meckihaarschnitt nun heftig errötete, massierte wütend ihre Faust, während sie halblaut weitersprach. »Manchmal glaub ich, der kriegt schon blaue Flecken, so wie die Typen auf der Wache ständig drauf glotzen.«

»Dann passen Sie mal auf!« Natascha packte die Nächststehende und drehte sie in Position. »Das ist der glotzende Kollege?« Sie holte tief Luft, holte aus und griff ihr mit einer gezielten Bewegung in den Schritt. »Wetten, dass er jetzt ein paar blaue Flecken hat? Und dass er Sie künftig in Ruhe lassen wird?«

Während die anderen Frauen applaudierten, hob Cora nur eine Braue.

*

Der Duschraum dampfte; kein Spiegel, der nicht von oben bis unten beschlagen gewesen wäre. Natascha genoss das Prasseln des heißen Wassers auf ihrer Haut. Wie immer verwendete sie viel zu viel Gel. Wie immer würde sie sich anschließend viel zu ungeduldig abtrocknen und sich ärgern, weil die Klamotten auf ihrer feuchten Haut pappten.

»Sie haben noch etwas von dem Zeug zwischen den Schulterblättern.« Cora musterte sie ungeniert und griff nach dem Handtuch.

Natascha gefiel, wie sie sie behutsam sauber rieb. Noch besser aber gefiel ihr die Unbefangenheit, mit der die Kollegin sich nackt bewegte. Obwohl Cora die älteste in der Runde war und, wie sie vor ein paar Tagen zufällig erfahren hatte, kurz vor dem vierzigsten Geburtstag stand, gab es nichts zu verbergen: ein muskulöser Rücken, schmale Läuferschenkel und hoch angesetzte, ausgesprochen schön gerundete Brüste – man spürte, dass sie in ihrem Körper wohnte.

»Ein Vorteil fortschreitenden Alters«, sagte Cora, als hätte sie Nataschas Gedanken erraten. »Eine Frau lernt, was dazu gehört, um sich in der eigenen Haut wohl zu fühlen.« Sie grinste. »Und – haben die Mädels Sie schon gefragt?«

»Wonach?« Natascha steckte schon wieder in Hose und T-Shirt. Irgendwie fühlte es sich sicherer an. Trotz allem.

»Ihre Ausführungen zum Thema Männerattacke haben auf die jungen Kolleginnen offenbar ausgesprochen anregend gewirkt. Jetzt steht *Ladies Night* auf dem Programm.« Coras Ton bekam etwas Lauerndes. »Oder haben Sie keine Lust auf Männerstrip?«

»Kommt gar nicht in Frage, dass Sie kneifen, Frau Morgenthaler!« Natascha war von ihren Schülerinnen umringt, die nun wie eine Horde von Zwölfjährigen giggelten. Optisch hatten sich erstaunliche Wandlungen vollzogen. Nicht mehr Dienstgrün, Natascha erblickte nabelfreie Tops, enge Röcke und strassbesetzte Hüfthosen. Einige mühten sich vor dem Spiegel noch mit falschen Wimpern ab, andere hatten bereits gefährliches Lippenrot aufgelegt. Duftwolken umnebelten sie. »Das passt doch wie die Faust aufs Auge!«

»Ich weiß nicht so recht.« Ein fragender Blick zu Cora, die den Mund verzog. »Und außerdem hab ich meine hypersensible Hündin im Auto … gehen Sie denn auch mit, Frau Brandt?«

»Männliches Frischfleisch zum Dessert? Da kann ich mir wirklich Besseres vorstellen!«

Plötzlich fand Natascha es wichtig, dass sie mitkam.

»Wo weltweit bereits all die Y-Chromosomen auf dem Rückzug sind? Und es in ungefähr 500 Millionen Jahren ohnehin nur noch weibliche Lebensformen geben wird?«, frotzelte sie aufmunternd.

»Sie müssen – alle beide!«, bettelte die Meckifrisur. »Die Jungs sollen eine echte Attraktion sein. Schlaganfallartig! Waren Sie überhaupt schon mal im Kunstpark Ost?«

In Natascha war bereits leise Neugierde erwacht. Bisher hatte sie jedes Wochenende das aktuelle Clubprogramm durchforstet. Um schließlich doch wieder in trauter Zweisamkeit mit Rexona beim Italiener um die Ecke zu landen.

»Früher stand dort eine weltbekannte Knödelfabrik«, lockte Mecki. »Ekliges Zeug! Aber jetzt …«

»… packen stattdessen ein paar Wahnsinnige vor geiferndem weiblichen Publikum die Eier aus«, vollendete Cora sarkastisch. »Wenn das nicht eine Steigerung ist! Kunstpark Ost, müssen Sie wissen, ist Münchens verzweifelter Beitrag zum Thema Hallenkultur. Allerdings zeitlich begrenzt. Weil unser Millionendorf in bewährter Manier künftig auf Einträglicheres setzt. Deshalb gehen dort auch bald die Lichter aus.«

»Na, wenn das so ist, dann sollten wir uns diese letzten Takte Sodom keinesfalls entgehen lassen«, sagte Natascha. »Worauf warten wir noch?«

*

Weiße Tüllwölkchen an halbblinden Spiegelsäulen. Abgeschabte Glitzersterne wirkten wie die Reste einer verunglückten Weihnachtsdekoration. Die meisten Tische längs des grell beleuchteten Catwalks waren noch leer; allerdings gaukelten verschwenderisch verteilte Reservierungsschildchen einen Andrang vor, der erst noch zu beweisen war.

Cora legte sich augenblicklich mit der Bedienung an, weil sie sich weigerte, eine Flasche Prosecco zu bestellen.

»Schmeckt in solchen Läden garantiert wie Katzenpisse«, sagte sie, laut genug, um sich von der Platinblonden einen vernichtenden Blick einzuhandeln. »Da halten wir uns doch lieber an Hartes und ziehen uns dezent in die zweite Reihe zurück.«

Kichernd quetschten sich die jungen Polizistinnen hinter die Miniaturtischchen und orderten tapfer, was ihr Salär garantiert überstieg. Altersmäßig passten sie zu all den anderen, die nach und nach den Laden bevölkerten. Nur am Tisch neben der Tür saß eine Frau, die deutlich älter war. Elegantes Schwarz, feine, fast klassische Züge, dunkel geschminkter Mund. Außergewöhnlich war ihr Haar, von einem aufregendem, silbrigem Blond. Vor ihr in einem Kühler eine Flasche Veuve Clicquot. Sie trank, zügig und konzentriert, als sei sie gewohnt, das allein zu tun. Wie von einem gläsernen Kokon geschützt. Nichts von dem, was um sie herum vorging, schien sie zu berühren.

Blond ist die Nacht, dachte Natascha und versuchte auf ihrem Barhocker an einem der Stehtischchen eine halbwegs bequeme Position zu finden. Auch Cora zog das Defilee der Barbiepuppen offensichtlich mehr in Bann, als die durch Mädelcliquen gockelnden Kerle, die ihre in Leder verpackten Knackärsche an aufgeregten Blicken vorbeischwenkten. Es schien, als würden sie die Nasen in den wabernden Kunstnebel halten, um ihre Wirkung zu wittern. Die meisten trugen eitles Grinsen in Kindergesichtern, in denen es sonst kaum etwas zu entdecken gab. Zur Schau gestellte Körper mit hochgehantelten Muskeln, Tatoos und Waschbrettbäuchen – das Ringen um Männlichkeit drang aus jeder Pore ihrer glattrasierten, Sonnenbank-gequälten und auf Hochglanz geölten Haut.

Allesamt erstaunlich klein.

Beim besten Willen vermochte Natascha sich nicht vorzustellen, was diese herumalbernden Jungstiere abendfüllend zu bieten hätten. Viel mehr interessierte sie die Bedeutung der Küchenrollen, mit denen ein junges Mädchen, das wie eine versprengte Klosterschülerin wirkte, fahrig am Ausgang zum Catwalk hantierte.

»Das kann nur Eiter werden«, knurrte Cora und suchte in ihrem Gin Tonic verzweifelt nach einer Spur Alkohol. Sie schwenkte die beiden Housedollarnoten, die man ihnen beim Berappen des gesalzenen Eintrittspreis aufgedrängt hatte. »Und wozu soll *das* hier gut sein?«

»Abwarten«, sagte Natascha. »Ich wette, die Mädels machen es uns vor.«

Quälend lang mühte sich ein sichtlich überforderter Conferencier mit etwas ab, was er wohl für Humor hielt. Coras Miene wurde immer finsterer.

Dann war es endlich soweit.

Erstes ersticktes Stöhnen. Einige der jungen Frauen begannen auf ihren Sitzen zu vibrieren.

Im Rhythmus der wummernden Bässe arbeitete sich Dirty Harry an der Tanzstange ab. »Uh!« Der Hüftstoß ließ Natascha an splitternde Bandscheiben denken. »Ah!« Harry gab wirklich sein Letztes, um schmutzig zu wirken. »*Absolutely nothing*!«, dröhnte es hämisch aus der Box.

»Wie ungemein treffend!« Cora gähnte und wandte ihren gelangweilten Blick von Harrys strassglitzerndem Dreieck ab, das offensichtlich nichts zu verbergen hatte.

Im blitzenden Stroboskop-Licht strampelten Harrys nicht wesentlich mehr inspirierende Nachfolger weiter. Zwei gnadenlos blondierte Mädels, die offenbar zum Inventar gehörten, versuchten mittels Kussmund und verklärtem Blick Ekstase zu simulieren. Die ersten Wagemutigen lösten sich aus dem Publikum, legten sich rücklings auf den Catwalk, einen gerollten Housedollar zwischen den Lippen. Sehnsüchtig räkelnd lauerten sie darauf, vom jeweiligen Stripper gepflückt zu werden.

Die ganze Zeit über hockte die Klosterschülerin auf ihrem Stuhl und bewachte die Küchenrollen. Ihre Bestimmung war es offenbar, die Slips der Jungs wie Bälle auf dem Tennisplatz einzusammeln, während die Tänzer beim Verlassen des Laufstegs in ihre Schuhe schlüpften, um dann so eilig davon zu staksen, als seien sie auf der Flucht vor einer Fußpilzepidemie.

Ab und an glitten Nataschas Blicke zu der attraktiven Blondine in der Ecke. Sie rauchte, trank, schien immer ungeduldiger zu werden.

Irgendwann setzte sie sich eine dunkle Sonnenbrille auf.

Die fettige Stimme des Conferenciers überschlug sich. »Er ist groß, er ist schwarz und den richtigen Hammer hat er auch!«

Natascha stöhnte innerlich auf, als die Ankündigung des nächsten Knaben die blonde Menge aufkreischen ließ. Mr. Bombastic trug seinen Namen allerdings zu Recht. Der große Schwarze, der jetzt in hautenger Lederkluft auf den Catwalk sprang, war vorher nicht zu sehen gewesen. Sein ebenmäßiges Gesicht unter dem glitzernden Cowboyhut war bis jetzt das einzige, in dem sich Intelligenz zeigte. Geschmeidig-lasziv tanzte er nach einem Madonnasong wie einer der ebenholzfarbenen Götter aus ihren Clips.

Konzentriert, in sich versunken, als wolle er die Umgebung, die anfeuernden Pfiffe und das überdrehte Schreien der jungen Frauen ausblenden, warf er sein Hemd ab und befreite sich gekonnt von den Lederhosen. Der erste, der dabei nicht aussah, als wolle er aus seinen Klamotten direkt in die Dusche steigen. Kein überflüssig antrainierter Muskel behelligte die Eleganz seines sehnigen Körpers.

Unwillkürlich hielt Natascha die Luft an, als er sich herabbeugte und langsam den String-Tanga von seinem makellosen Hintern schälte. Die Verzückung der Mädels nahm derart hysterische Ausmaße an, dass sie mit ersten Ohnmachtsanfällen rechnete. Während sich eine enthemmte Mädchenclique im Kampf um den Tanga gegenseitig herumschubste, schritt Mr. Bombastic mit der Hand vor dem Gemächt von der Bühne. Sein kostbarstes Stück hatte keine der johlenden Mädels zu Gesicht bekommen.

Natascha sah die Klosterschülerin aufspringen und ihm ein Bündel weißer Küchentücher nahezu panisch vor die verheißungsvollen Lenden pressen. Der Mann besaß ihr ganzes Mitleid. Die Küchenrolle hatte mit einem Schlag den Stolz des schwarzen Panthers vernichtet.

»Und nun der Höhepunkt des Abends – zum unwiderruflich letzten Mal auf dieser Bühne: Mr. Ricky Martin!«

Schon bei den ersten Schritten stach er alle anderen aus, selbst Mr. Bombastic, der rauchend ein Stück abseits stand und ihn nicht aus den Augen ließ. Es lag weniger an seinen Bewegungen, auch wenn er tanzen konnte und den Latinoking perfekt imitierte, es lag an seinem Charme und der uneitlen Fröhlichkeit, die sein freches Grinsen verbreitete.

Goldgestreiftes Hemd und enge Hose flogen in die Ecke. Dann zeigte der rotblonde Ricky an der Stange akrobatische Bestleistung. Kreischen und Pfiffe übertönten die Musik. Sogar die elegante Lady neben der Tür starrte plötzlich gebannt. Natürlich ließ er bedeckt, wonach alle gierten, drehte sich zum Abschied mit schmelzendem Lächeln einmal um die eigene Achse und war verschwunden.

»Wollen wir nicht endlich los?«, sagte Cora muffig. »Ich hab langsam genug von diesem Irrsinn.«

»Und das Beste versäumen?« Natascha hielt Cora den Flyer vor die Nase. »Jetzt wird der Knackarsch der Woche gewählt. Das gönnen wir uns noch!«

Gockelgleich stolzierten die Kandidaten nacheinander auf den Laufsteg, stellten sich in Positur und schoben ihre eng gewickelten Sarongs weit genug nach unten, um einen vergleichenden Blick auf das zu prämierende Körperteil zu gewähren.

Mit ohrenbetäubendem Kreischen und Trampeln kürte das entfesselte Publikum schließlich Ricky zum Sieger. Der Conferencier ließ es sich nicht nehmen, den jungen Mann, dessen Freude offensichtlich Grenzen kannte, als ›unseren Intellektuellen‹ vorzustellen. Ein Begriff, der in seinem Sprachschatz hörbar selten zur Anwendung kam. Vermutlich trieb ihn blanke Häme, als er den unwilligen Ricky anschließend mit ein paar Fragen drangsalierte.

»Ich studiere Ethnologie, ich meine Völkerkunde«, bekannte er unter dem Johlen der Mädels, die dies offenbar für einen besonders gelungenen Witz hielten.

»Interessant«, murmelte Cora, während die letzten Sätze des studierenden Strippers im Lärm untergingen.

»Deshalb höre ich hier auf, sorry! Irgendwann muss man sich entscheiden.« Ricky warf eine Kusshand in die Menge und verließ den Laufsteg.

Inzwischen hatten sich die Tänzer, immer noch spärlich bekleidet, unter die jungen Frauen gemischt, die nun endlich den Laufsteg stürmen durften und sich im zuckenden Licht so lasziv wie möglich gebärdeten. Ricky fehlte, das fiel Natascha auf.

»Gehen wir jetzt endlich?«, sagte Cora gähnend.

*

Rexona umkreiste sie kläffend, kaum dass Natascha das Auto geöffnet hatte.

»Schönes Tier«, sagte Cora, nachdem die Hündin sie eingehend beschnuppert hatte. »Aber ist so ein Hund nicht ein bisschen unpraktisch für eine viel beschäftigte Polizistin, die allein lebt?«

»Wem sagen Sie das?« Natascha tätschelte Rexonas schmalen Rücken. »Aber uns gibt es nur im Doppelpack.«

»Klingt ja beinahe, als hätten Sie eine karmische Verbindung.«

Natascha blieb ihr die Antwort schuldig, denn Rexona schoss wie ein Kugelblitz auf eine schwarze Limousine zu, deren Fahrerin gerade noch rechtzeitig bremsen konnte.

»Dieses Tier bringt mich garantiert noch zum Herzinfarkt.« Nataschas Stimme verriet, wie froh sie war, dass der Hündin nichts passiert war.

»Am Steuer war übrigens die Lady, die neben der Türe saß«, sagte Cora beim Einsteigen. »Wirkt, als hätte sie Klasse. Man fragt sich, was sie in so einem Schuppen verloren hat.«

»Sie hat was gefunden, würde ich meinen«, sagte Natascha und ließ den Wagen an. »Neben ihr saß Ricky Martin.«

Drei

Die Leine zog sich mit einem Ruck straff. Mit flach angelegten Ohren raste Rexona die Treppen hoch.

»Bei Fuß! Verdammt!« Natascha stolperte. Bevor sie die Leine loslassen konnte, schlug sie der Länge nach hin. Für einen Moment lag sie regungslos da und spürte den Schmerz in den Kniescheiben pochen. Über sich hörte sie das Klackern von Rexonas Pfoten auf dem Linoleum, dann spitzes Gekläffe. »Bist du still!«, zischte Natascha. Sie versuchte eine weniger demütigende Position einzunehmen. »Aus! Oder ich schick dich unverzüglich ins Hundeasyl!«

»Gute Idee. Hierher gehört das Tier jedenfalls nicht. Ich denke, das Thema ist hinreichend erörtert worden.« Oben im Flur des K 111 stand Kriminaloberrat Dr. Dieter Frenzel wie ein Imperator und blickte säuerlich auf Natascha herab. Die grüne Wandfarbe ließ seine Haut noch fahler erscheinen und verstärkte die Aura der Freudlosigkeit, an der jedes gewinnende Lächeln abprallte.

Deshalb ließ Natascha es gleich bleiben.

»Glauben Sie mir, ich habe unser Gespräch nicht vergessen, Herr Doktor Frenzel.« Sie erklomm die letzten

Treppenstufen. »Ihre Ausführungen zur artgerechten Hundehaltung sind mir sehr zu Herzen gegangen.« Natascha richtete ihren Blick auf den zurückweichenden Haaransatz ihres Vorgesetzten. Sie bedauerte, dass sie keinen Zugang zu ihm fand, war aber klug genug zu erkennen, dass ihm offensichtlich wenig daran lag.

Frenzel war ein ehrgeiziger Karrierist, ein Freund der Analyse an Schreibtisch und akribisch bepflasterter Pinboards, das war ihr schon nach wenigen Wochen klar. Teamgeist beflügelte ihn offenkundig nicht. Ganz anders als der Alte in Frankfurt, der die souveräne Führung seiner ermittelnden Teams als Basisarbeit verstand. Ein wahrer primus inter pares, der ohne Aufhebens um seine Position an Tatorten erschien, auch wenn sie keine Sensation für die tägliche Pressekonferenz versprachen. Nach ihrem letzten Fall hatte er sie zur Beförderung vorgeschlagen. Natascha war davon gelaufen, obwohl er sie beschworen hatte, es nicht zu tun. Er wusste wohl zu gut, dass sie ihr folgen würden, die quälenden Bilder und das Elend, das sich dahinter verbarg.

Sie hatte ihn enttäuscht. Und es machte ihr zu schaffen, dass sie nichts mehr daran ändern konnte.

»Wenn es nötig ist, kann ich meine Bitte auch als Dienstanweisung formulieren, Frau Morgenthaler«, stelzte Frenzel.

An dieser Stelle folgte Rexona ihrer Neigung, in brisanten Momenten garantiert das Falsche zu tun. Mit triumphierendem Gebell umkreiste sie den Polizeichef, während Natascha in die Knie ging und vergeblich versuchte, die Hündin am Halsband zu packen.

Schlangenimitat, dachte sie, als sich ein gestiefelter Fuß auf die Hundeleine setzte und Rexona in eine mustergültige Sitzhaltung zwang.

»Letztlich ist alles eine Frage der Gelassenheit.« Cora Brandts Röntgenblick sezierte Frenzels hektische Flecken, die an seinem Hals heraufkrochen. »Der Hund belebt das Betriebsklima. Dagegen haben Sie doch nichts, Chef?« Sie spuckte das Wort aus wie einen alten Kaugummi. »Ich versichere Ihnen, dass wir das Tier nicht zu ermittelnden Tätigkeiten heranziehen werden.«

»Und ich kann Ihnen versichern, dass in dieser Sache das letzte Wort noch nicht gesprochen ist.« Schmallippig suchte Frenzel das Weite.

»Danke«, murmelte Natascha, »ich weiß nicht warum, aber der Mann lässt mich immer verstummen.«

Cora übergab ihr die Leine plus Hund. »Das ist vermutlich das pure Erstaunen über seine Berechenbarkeit.«

Boris Kleine war gerade dabei, ein gelbes Post-it an Coras Telefon zu kleben, als Natascha und Cora das Büro betraten.

»Dr. Hammes wollte Sie sprechen.«

»Und? Was hat die kalte Platte heute zu bieten?«

Der junge Kommissar runzelte vorwurfsvoll die Stirn. »Ein Bein.«

»Mann oder Frau?«

»Weiblich, vermutlich Mitte zwanzig.«

»Wollen Sie hin? Ist doch Ihre Altersklasse.«

»Sehr witzig.«

»Find ich nicht. Kommen Sie, Frau Morgenthaler, dann lernen Sie gleich mal Ruth Hammes kennen. Eine Besessene. Sie wird Ihnen gefallen.«

Mit verschränkten Armen betrachtete Boris Kleine Rexona, die sich in der Mitte des Raumes zusammengerollt hatte. »Muss ich mit dem Hund raus?«

Natascha hob die Schultern. »Nicht nötig. Lassen Sie nur.«

»Genau«, ergänzte Cora sanft. »Kümmern Sie sich nicht drum. Sie können ihn einfach unter Ihren Schreibtisch pinkeln lassen.«

*

Verwesungsgeruch stieg Natascha in die Nase, sobald die Tür zum Sektionsraum aufschwang. Sie hielt die Luft an, doch der unvergleichliche Duft verdorbenen Fleisches hatte sich schon in ihren empfindlichen Sinnen eingenistet, und sie wusste, dass es Stunden dauern würde, bis sie ihn wieder losgeworden war. Bei ihrer ersten Leiche hatte sie sich als Anfängerin geoutet, als sie in vermeintlich weiser Voraussicht eine halbe Flasche Chanel Nr. 19 in ihren Rollkragen gekippt hatte. »Es wird Ihnen nichts nutzen«, hatte der Rechtsmediziner gesagt, »jetzt riecht's halt wie 'ne Leiche im Fliederbusch.«

Fast erleichtert nahm Natascha nun zur Kenntnis, dass selbst Cora Brandt zurückzuckte, als Ruth Hammes eine sich windende Made mit der Pinzette aus dem grünschwarzen Gewebe des Körperteils pickte, das einmal ein vielleicht wohlgeformtes weibliches Bein gewesen war. Ein Autofahrer, der versäumt hatte, nach seinem Weißbiergenuss die Toilette aufzusuchen, hatte es entdeckt, als ihn der Blasendruck kurz nach der Auffahrt zur Stuttgarter Autobahn in die Büsche hinter den Leitplanken trieb. Das Bier war in die Hose gegangen, doch geistesgegenwärtig hatte es der Mann verstanden, sich neben dem Fundstück zu erbrechen. Ruth Hammes jedenfalls machte es große Freude, davon zu berichten.

Konzentriert richtete Cora ihren Blick auf das rotwangige Gesicht der Gerichtsmedizinerin, eine burschikose Rheinländerin Ende vierzig, deren üppiger Busen selbst unter dem weiten Kittel sein Recht auf Beachtung forderte.

»Wie lange hat es da gelegen, was schätzen Sie?«

»Nun, der Frühling hat unsern kleinen Lieblingen schon ein paar warme Tage gegeben, um sich hier einzunisten«, sagte Ruth Hammes, während sie den Sektionsgehilfen heranwinkte, um das Bein zu vermessen. Sie deutete auf einige skelettierte Partien. »Die Nager sind auch schon dran gewesen, so betrachtet und in Hinblick auf das Verwesungsstadium würde ich sagen – drei bis vier Wochen?« Die Gerichtsmedizinerin klaubte den Rest eines vergilbten Blattes zwischen den Zehen heraus.

Auf den Nägeln der angeschwollenen Zehen konnte Natascha noch Reste von babyrosa Nagellack entdecken, und es machte sie traurig. Welchen Träumen war die junge Frau gefolgt, als sie ihrem Mörder begegnete? Hatte sie ihn gekannt? War sie mit ihm verabredet gewesen, hatte ein Bad genommen, sich die Achselhaare rasiert und die Nägel lackiert in ihrer Lieblingsfarbe, hatte sich gewünscht, dass Mr. Wonderful ihr die Füße küssen würde?

Stattdessen war sie in einen Albtraum geraten, hatte mit rasendem Herzen Todesangst ausgestanden, sich gewünscht, die Zeit zurückdrehen zu können, in der sie beschlossen hatte, dem Mann zu vertrauen, der sie tötete. Den sie mit ihrem Körper nur berauschen konnte, indem er ihn zerstörte.

»War es vergraben?«, sagte sie leise.

»Nicht wirklich. Es könnte allerdings auch sein, dass das Geschehen sich bereits im Winter abgespielt hat. Gefrorener Boden, der es unmöglich machte, tief zu graben. Die Kälte könnte das Bein einige Zeit konserviert haben.« Die Gerichtsmedizinerin legte mit ein paar Schnitten den Rest des Oberschenkelhalsknochens frei und ihr Seufzen hatte etwas Verärgertes.

»Ein Profi war hier jedenfalls nicht zugange. Weder Metzger, Arzt noch Jäger. So einer hätte gewusst, dass man ein Bein im Hüftgelenk abtrennt. Hier, sehen Sie ...« Mit dem Skalpell folgte sie den Einkerbungen im Knochen. »Dilettantisches Herumgehacke mit einem Beil oder ähnlichem. Nicht mal gut geschärft, so wie's aussieht.« Sie wandte sich an Cora Brandt. »Und? Haben Sie jemand Passenden auf der Abgängigenliste?«

Cora nickte langsam. »Eine Studentin. Christina Bertler. Ist einen Tag vor Weihnachten spurlos verschwunden.«

»Gibt es Material?«

»Reichlich. Zahnbürste, Haare, Unterwäsche – alles, was die Laboranten glücklich macht.«

»Also«, Dr. Hammes förderte eine Schachtel Lord zutage und steckte sich eine Zigarette zwischen die Lippen, »her damit. Vielleicht passt's ja. «

*

»Was ist das für eine Sache mit der Studentin?«, fragte Natascha, als sie mit Cora die Sektionsabteilung verließ. »Haben die Ermittlungen irgendwas ergeben?«

Cora Brandt stieß die Luft aus ihren Lungen.

»Nichts. An dem Abend, als sie verschwand, hatte sie ihre bestandene Prüfung mit ein paar Freunden gefeiert. Dann ist sie noch allein weiter gezogen. War wohl das erste Mal, dass sie auf den Putz hauen wollte – sonst nicht ihre Art, nach Aussage ihrer Freundinnen. Eher der unauffällige Typ, schüchtern, harmlos. Fast unscheinbar. Jemand, den man erst mal übersieht. Etwas, das Ihnen wohl nicht passiert.«

»Manchmal würde ich es mir allerdings wünschen.« Natascha kannte den verständnislosen Blick, den auch Cora jetzt zeigte. Oft genug hatte sie, auf ihre Größe angesprochen, erklären müssen, dass es Momente gab, in denen sie lieber in der Masse verschwinden würde, als begafft zu werden. Denn so war es nun einmal: Wenn sie einen Raum betrat, wurde sie wahrgenommen, ob sie wollte oder nicht. »Hatte sie einen Freund?«

»Nein, aber vielleicht wollte sie das ja gerade ändern. Zuletzt ist sie jedenfalls im Nachtcafé gesehen worden. Ein Hangout, wo man hingeht, wenn alles andere schon zu … Hey!«

Cora flog unsanft gegen die Scheibe der Anmeldung, hinter der die Sekretärin aufschreckte, als sei das Grauen der Sektionsräume in ihren schützenden Glaskasten gedrungen.

»Entschuldigung, ich …« Das Gesicht des schlaksigen jungen Mannes war ebenso zerknittert wie sein dunkelgrauer Anzug. »Frau Brandt! Tut mir leid, ich bin wohl noch nicht ganz wach!«

Cora machte Natascha mit Staatsanwalt Paul Grewe bekannt, den sie offensichtlich mochte, denn sie ließ seine wortreiche Klage über die Schikane des staatsanwaltschaftlichen Ajour-Dienstes geduldig über sich ergehen. Wegen eines Beins zitierte man ihn her, obwohl er sich eine freie Woche erkämpft hatte, um seiner Frau beizustehen!

»Ach, sind die Zwillinge inzwischen geschlüpft? Herzlichen Glückwunsch!«

Nur mühsam konnte Natascha ein Seufzen unterdrücken, als Cora sich nun noch nach dem Verlauf der Geburt erkundigte. Wusste Cora denn nicht, welche Lawine sie lostreten würde bei einem Mann, der das blutige Abenteuer der Niederkunft mit durchlitten hatte? Und Paul Grewe war dabei gewesen, das sah sie an dem nun flackernd erwachenden Blick des jungen Staatsanwaltes.

»Es war unglaublich. Sabine hat das ganz großartig gemacht. Na gut, nach acht Stunden Eröffnungswehen war sie echt fertig. Ich übrigens auch. Sie hat vielleicht geschrieen, mein lieber Scholli, ich wusste gar nicht, dass sie so laut sein kann.«

»Ach?« Cora gab ihrer Miene etwas betont Argloses.

»Na ja, vielleicht kam da auch noch ihr Frust raus, dass es nun doch keine Hausgeburt geworden ist.« Verschwörerisch senkte er die Stimme. »Sie hatte sich doch schon eine Stelle im Garten ausgesucht, wo sie die Plazenta vergraben und einen Baum drauf pflanzen wollte.«

Coras Mundwinkel zuckten.

Während Paul Grewe mit wachsender Empathie die unerquicklichen Details der spontanen Geburt von Johann und Amelie beschrieb, registrierte Natascha Spuren einer weißlich geronnen Substanz auf seiner linken Schulter. Die in neugeborenem Unverstand ausgekotzte Muttermilch ließ in ihr plötzlich Ekel aufsteigen. Nichts blieb, wie es war, das wusste sie inzwischen. Die unmittelbare Konfrontation mit dem Kreislauf von Leben und Tod reichte ihr für heute.

Offensichtlich bemerkte Paul Grewe die plötzliche Blässe in Nataschas Gesicht, denn sein Kopf deutete ruckartig in Richtung der Sektionsräume.

»So schlimm?« Unwillig setzte er sich in Bewegung. »Scheiße, na ja, dann wollen wir mal.«

Natascha lächelte. »Sie sind uns gegenüber im Vorteil. Ein tiefer Zug aus der Babywindel wird Sie das hier vergessen lassen.«

Grewe warf Natascha einen Blick zu, als sei er in Sorge um ihre geistige Gesundheit. »Wissen Sie denn nicht, dass der Stuhl eines gestillten Neugeborenen nahezu geruchlos ist?«

Die Tür schwang hinter dem Staatsanwalt zu und die Flure der Sektionsabteilung schluckten sein erschöpftes Gähnen.

Vier

Die schwarzen Streifen flogen einfach weg. Wie aufgescheuchte Krähen flatterten sie auseinander, die schützenden Balken, die eine Ahnung dessen, was sie verbargen, so schrecklich machten.

Sie versuchte die Augen zu schließen, aber ihre Lider blieben starr, unbeweglich wie ihr ganzer Körper, der am Boden festgewachsen zu sein schien. Die Nacktheit des Kindes, der Anblick seiner schmächtigen Gliedmaßen, die in den Polstern des klobigen Sofas vergeblich Schutz suchten, traf sie mit voller Wucht. Auf dem knochigen Knie leuchtete ein buntes Kinderpflaster. Ein gebrochenes Versprechen.

Und dann hörte sie das Wimmern. Sie wartete auf sein Weinen, auf Tränen, die nie kamen. Stattdessen dieser dünne, hoffnungslose Laut. Kälte kroch ihren Nacken hinauf, und sie zitterte.

Sie spürte etwas Weiches ihre Wange berühren und schreckte hoch. Langsam erfasste Natascha, dass das unbekannte Bett, auf dem sie in voller Montur eingeschlafen war, zu ihrem neuen Zimmer gehörte. Im satten Licht des beleuchteten Flures sah sie die hagere Gestalt

Joseph Herbigs davon hasten, und erst jetzt registrierte sie, dass sie mit einer Wolldecke zugedeckt worden war.

Er hatte sie gerettet. Für heute.

Regungslos hockte sie auf der Bettkante und war gerührt. So wie sie Herbig einschätzte, war ihm sein Anflug von Fürsorglichkeit bestimmt schon wieder peinlich.

Alles in allem ermutigend, beschloss Natascha und begann in ihren Taschen und Koffern nach einem frischen T-Shirt zu suchen. Lediglich ihre ansehnliche Schuhsammlung hatte schon einen Platz gefunden – Natascha liebte es, ihre Schätze in Reih und Glied aufgestellt zu sehen, wobei sie die Anordnung nach Farben und Absatzhöhen variierte. Ihre Lieblingsstücke waren goldene Blahnik-Stilettos, die nur ein schmales Riemchen und Fesselbänder am Fuß hielten. Laufen konnte sie darauf nicht, stehen eigentlich auch nicht, aber sie hatte sie einfach besitzen müssen.

Bettschuhe hatte Simon sie genannt, und einmal hatte sie Natascha auch ebendort für ihn getragen. Weder das zerrissene Laken, noch ein blutiger Striemen an seinem muskulösen Hintern konnten seine Begeisterung dämpfen. Er war von allem an ihr begeistert gewesen, Natascha hatte ihr ungläubiges Staunen darüber irgendwann aufgegeben.

Sie biss sich auf die Lippen. Feiges Stück. Sie hatte ihn nicht ein einziges Mal angerufen, seitdem sie in München war.

»Das war nett von Ihnen«, sagte Natascha, als sie Joseph Herbig in seinem Arbeitszimmer aufgespürt hatte. Er sortierte einen Stapel Bücher in eines der bereits übervollen Regale, mit denen die Wände des Raumes zugestellt waren.

»Tut mir Leid, wenn ich Sie geweckt habe.«

Auf einem schwarzen Ledersofa, dem Beistelltisch und überall auf dem abgelaufenen Eichenparkett türmten sich Manuskripte, Ausdrucke und Bücher. Klebezettel in unterschiedlichen Farben kennzeichneten die Projekte, mit denen er sich beschäftigte. Besucher schienen in seinem Refugium konzentrierter Arbeit nicht vorgesehen zu sein.

»Nein, nein, das war schon gut so.« Natascha räusperte sich. »Ich wollte ohnehin noch etwas mit Ihnen besprechen.«

Ihr Blick flüchtete sich in eine gerahmte Schwarz-Weiß-Fotografie, wo zwei Liebende in einer Schiffschaukel zum Flug abhoben, Kuss und Bewegung in Licht und Schatten verschmolzen. Hab ich dich, Herbig, alter Romantiker!

»Brassai«, sagte er, als wolle er keinen falschen Verdacht aufkommen lassen. »Ich hab mal einen seiner Fotobände gemacht. Hier, warten Sie ...« Er reichte Natascha das Buch, das er mit zielsicherem Griff aus einem der Stapel am Boden hervorgezogen hatte und beobachtete, wie sie es unkonzentriert durchblätterte.

»Also, was wollen Sie mir beichten? Dass Sie das Bücherregal zum Schuhschrank umfunktioniert haben? Oder hat es vielleicht etwas mit den Hundenäpfen zu tun, die Sie nicht weit genug unter das Bett geschoben haben?«

»Sie wären ein guter Ermittler.« Sie suchte in seiner Miene nach irgendeiner Regung, aber nicht einmal ein stilles Vergnügen, sie zappeln zu lassen, war darin zu erkennen.

Wortlos nahm er ihr das Buch ab und ging aus dem Zimmer. Das quietschende Geräusch, mit dem sich die Wohnungstür öffnete, klang entsetzlich laut.

Scheiße, das war's wohl. Sie hätte gleich damit rausrücken sollen.

»Ich hoffe, es ist keine dänische Dogge«, hörte sie Herbig sagen, »die haben so einen toten Blick.«

Seiner Empörung hatte er dann doch mit erstaunlicher Vehemenz Ausdruck verliehen, als sie Rexona aus dem Auto holten. Fast hatte Natascha befürchtet, er würde ihr den Autoschlüssel aus der Hand reißen – es konnte ihm gar nicht schnell genug gehen, das ›bedauernswerte Geschöpf‹ zu befreien.

Natascha war nicht klar, ob Rexona das erste Mal in ihrem kurzen Hundeleben erkannte, was zu tun war, oder ob sie die Chance nutzte, ihre Herrin in berechnender Niedertracht mit Liebesentzug zu bestrafen. Aufjaulend warf das kluge Tier sich Joseph Herbig zu Füssen und bot ihm das weiche Bauchfell dar. Nachdem dieser sich in seiner ganzen Länge zusammengefaltet hatte, um der Aufforderung zu folgen, wand sich Rexona in nicht enden wollender Dankbarkeit. Es rang Natascha Hochachtung ab, als die Hündin Herbig eine Pfote aufs Knie legte und ihn mit einem ihrer tränentreibenden Blicke versengte.

Es stimmt also, dachte sie, dass Hunde jeden an die Wand spielen können. Herbig jedenfalls stand in Flammen.

Jetzt, als sie mit ihm in der Küche saß, gesättigt mit einem Ossobuco, das er meisterhaft vorgekocht und für das allein sie ihn hätte küssen können, plätscherten die wohlgesetzten Worte an ihr Ohr, mit denen er ihr von seiner Arbeit erzählte. Während Rexona unter dem Tisch hingebungsvoll an einem Markknochen nagte, schilderte Herbig, wie er in den Anfängen seiner Berufsjahre seine Entwürfe noch von Hand skizziert hatte, ehe er sie mittels Schere und Klebstoff in eine präsentable Form brachte. Dieser inzwischen durch den PowerMac abgelösten Arbeitsweise trauerte er als haptischer Mensch immer noch nach, schien sie ihm doch die einzig angemessene Huldigung an das Buch als Gesamtkunstwerk.

»Wir sollten bis auf weiteres beim Sie bleiben«, sagte er plötzlich und schenkte ihr von dem Rioja nach. »Aber wir könnten uns beim Vornamen nennen, was halten Sie davon?«

»Viel, Joseph.« Natascha ließ ihr Glas an seines stoßen. »Und wenn Sie mir mal ein gutes Buch empfehlen, werde ich sogar versuchen, es zu lesen.«

Herbig knurrte unwillig. »Versuchen Sie bloß nicht, mir Honig ums Maul zu schmieren, Natascha.«

Als er ein Lächeln riskierte, bemerkte sie, wie gut er aussehen konnte, wenn sein Gesicht gerade nicht in kummervollen Falten lag. Wir werden daran arbeiten, Joseph, dachte sie und lehnte sich zurück. Plötzlich fühlte sie sich seltsam geborgen. Heute Nacht würde sie nicht träumen, da war sie ganz sicher.

Fünf

Aus dem Tagebuch der Jaguarfrau …

Dunkel gleitet sein Körper an mir hinauf und hinab, seine Bewegungen sind geschmeidig. Er ist schön. Deshalb ist er bei mir. Ich weiß, dass er sich wünscht, sich selbst zuzusehen, er ist so beschaffen. So aber bin ich diejenige, die das Spiel seiner Muskeln betrachten kann. Es begeistert mich, die Adern an den Oberarmen hervortreten zu sehen, wenn er sich über mir abstützt.
Bis jetzt wirkt er noch bemüht, er will mir den Jahrhundertfick verpassen, aber das ist nicht seine Aufgabe, und ich bedaure, dass er das nicht versteht. Mein Körper reagiert ohne Anstrengung, ich bin offen und weich. Ich ziehe seine Schenkel hinauf zu mir, ich will, dass sein fester Hintern weich wird unter meinen Händen, wenn ich mit meinen Fingern die Feuchtigkeit von den flaumigen Stellen aufsammle. Ich will seinen Blick brechen sehen und Lust, die ohne Ziel ist.

Ich will, dass sein Schweiß auf mich herabtropft und sich mit meinem vermischt. Ich will das Geräusch hören, das die Nässe macht.
Deshalb bin ich still. Sein Atem fährt aus ihm heraus und streicht in warmen Stößen über mein Gesicht. Ich schließe die Augen und warte auf die Dunkelheit. Damit du zu mir kommen kannst. Ich will nur dich, das weißt du doch.
Ich spüre seine Hände an meinen Schenkeln, als er sich aus mir zurückzieht. Ich höre seine nackten Füße, als er aus dem Zimmer geht, obwohl ich es ihm nicht erlaubt habe. Ich bin nicht enttäuscht, dafür gibt es in mir gar keinen Platz mehr. Fast von allein rollt mein Körper auf die Seite und meine Hände legen sich auf die plötzliche Stille, dorthin, wo sie schon lange nichts mehr ausrichten können.
Seitdem mir dein Blick fehlt, unter dem ich in Bewegung geriet.
Ein Luftzug fährt kühl über meine Haut, er ist hinter mir und hat mich sofort gefunden. Er bewegt sich langsam, so wie ich es mag, doch es ist nicht seine wachsende Erregung, die mich berührt. Es ist etwas anderes, das mein Herz in einen hitzigen Rhythmus zwingt. Ich öffne die Augen und sehe die Umrisse einer Gestalt. Ich schäme mich nicht. Ich bin überrascht und das weiß ich zu schätzen.
Niemand spricht und das ist gut so.
Er wendet seinen Blick keinen Moment von meinem Gesicht. Er kommt auf mich zu und seine

Kleider gleiten an ihm herab, während der Andere mich ihm entgegenstößt. Mit all meinen Sinnen nehme ich seine Witterung auf, als er neben mich gleitet. Ich bin eine Jägerin und kann im Dunkeln gut sehen. Jetzt ist es, als würde Tageslicht mich blenden, ich denke an Flucht. Aber ich bin gierig, will seinen Geschmack in meinem Mund. Ich will wissen, ob ich ihn haben kann.

Er ist so ruhig. Meine Hand, die nach ihm greift, fängt er ab. Er legt mir den Arm hinter den Kopf und seine Finger streifen an der empfindlichen Innenseite hinab, kriechen in meine Achselhöhle, streifen meine Brüste so flüchtig, dass es mir den Atem verschlägt.

Er weicht der Hand aus, die sich jetzt von hinten in meine Hüften krallt. Das Stöhnen kommt nicht von ihm, nicht von mir. Er ist still mit mir. Er hält mich mit sanftem Druck. Ich sehe den Glanz auf der glatten Haut seines Halses, und ich bin ihm schon ganz nah. Ich öffne meine Lippen. Mein Kopf wird nach hinten gerissen, während die Bitterkeit des Anderen in mich hineinschießt.

Ich hatte mir immer vorgestellt, es sollten Freunde sein und ich die Königin. Er, dessen Hand auf meinem Bauch ruht, als gelte es eine Kostbarkeit zu schützen, weiß, was ich meine. Der Andere nicht. Er hat seine Arbeit gemacht und was zwischen meinen Beinen herausfließt, ist die Quittung. Er will jetzt zusehen und womöglich ein Nachspiel in meinem Mund.

Er ist dumm. Ich hätte es wissen müssen. Aber er hat mir ein Geschenk gemacht. Nein, das ist das falsche Wort.
Ich werde dafür bezahlen. Denn das tue ich immer.

Sechs

Boris Kleine versuchte sich hinter seinen Aktenstößen unsichtbar zu machen, während Cora Brandt ihn mit dem Blick einer gereizten Königskobra fixierte.

»Hat er sich etwa schon wieder am Tee vergangen?« Natascha war erleichtert, nicht selber in der Schusslinie zu stehen. Dass Joseph Herbig inzwischen die Gänge mit Rexona bereitwilligst übernommen hatte, hieß noch lange nicht, dass sie rechtzeitig zum Dienst erschien. Ein Wunder, dass sie damit noch nicht in Ungnade gefallen war, denn Unpünktlichkeit gehörte zu den nicht gerade wenigen Dingen, die Cora Brandt hasste.

Aber jedes Mal, wenn sie in Herbigs puristischem Gästebad unter der Dusche stand, musste sie mühsam die Erinnerungen an ein anderes Badezimmer in Frankfurt verdrängen, groß, mit abgeschilferten Wänden in warmem Gelb, Mosaiken und einem mannshohen Spiegel mit Goldrahmen, vor dem sie sich in Champagnerlaune einmal geliebt hatten. Seltsamerweise war es ausgerechnet das Bad, das ihr von der gemeinsamen Wohnung mit Simon am meisten fehlte.

Du hast ihn verlassen, sagte sie sich streng, bevor Wehmut sie erneut lähmen konnte, vergiss das nicht! Weil du nämlich unfähig bist, zu viel Nähe zu ertragen. Lüge!, schrie eine andere Stimme in ihr. Und wenn schon. Das war immer noch einfacher, als sich mit den wahren Gründen für ihren überstürzten Umzug auseinanderzusetzen.

Sie hatte Glück gehabt, dass der Ringtausch mit einem Kollegen aus Wuppertal, der aus familiären Gründen nach Erlangen, und einer ehrgeizigen Kollegin aus Erlangen, die unbedingt nach NRW strebte, so schnell geklappt hatte. Die Gewerkschaftszeitung, als ›Beglückungsblatt‹ verschmäht, hatte dann doch ihren Zweck erfüllt. In der Regel hatten Beamte im jeweiligen Bundesland mindestens bis zur Pensionierung auszuharren. Nur den Hartnäckigsten gelang es, diese innerdeutschen Grenzen zu überspringen.

»Für Ihren Humor ist es mir heute wieder einmal ein bisschen zu spät«, sagte Cora giftig, bevor sie sich erneut ihrer Beute zuwandte. »Die Akte Bertler, Boris! Wo zum Teufel steckt sie? Wir wissen jetzt, dass das Bein der Studentin gehört hat. Aber wo sind die Ergebnisse unserer bisherigen Ermittlungen?«

Er zog die Achseln hoch. »Ich fürchte fast, sie ist spurlos verschwunden!«

»Ich hör wohl nicht recht! Sollen wir morgen etwa Mutter und Schwester des Opfers Geschichten aus Tausendundeiner Nacht erzählen?« Fahrig griff Cora nach einer Zigarette, steckte sie in den Mund, nahm sie aber mit einer resignierten Geste wieder heraus. »Reicht mir schon, dass sie unbedingt das Bein sehen wollen. Ich hoffe nur, dass sie nicht zusammenklappen! Wäre ja nicht das erste Mal. Herrgott, ich bin jetzt schon bedient!«

»Ich hab überall nachgesehen, Frau Brandt, ehrlich!« Kleines Jungengesicht legte sich in zerknirschte Falten. »Nicht einmal die Senfmarke«, er korrigierte sich, als Cora mit hörbarem Zischlaut ausatmete, »ich meine natürlich, Dr. Frenzel hat sie.«

»Wie ich diese gottverdammte Schlamperei hasse!« Cora begann hektisch ihren übervollen Schreibtisch zu sortieren. »Wie soll man sinnvoll arbeiten können, wenn schon die einfachsten Dinge im Leben nicht funktionieren!«

»Ich kann Sie morgen gern unterstützen«, sagte Natascha. »Obwohl ich mich natürlich vorher lieber eingelesen hätte. Ist so eine Art Tick von mir – ein Hang zur Enzyklopädie. Und was die einfachsten Dinge im Leben betrifft – Sie wissen ja, wie es sich damit verhält: Gerade die bekommt man nicht. Leider.«

Ein überraschter Blick aus dunklen Augen.

»Müssen Sie sich wirklich nicht antun«, sagte Cora, eine Spur versöhnlicher. »Eine hässliche Sache, und dass wir jetzt das Bein gefunden haben, bringt uns auch nicht weiter. Wer weiß, wann das nächste Körperteil auftaucht.« Sie goss ihre Kakteen so ungestüm, dass sich in den Untersetzern Pfützen bildeten. »Wenn überhaupt. Kann ebenso gut sein, dass nie wieder etwas von Christina Bertler gefunden wird – kein Arm, kein Rumpf und erst recht kein Kopf.« Jetzt rauchte sie doch. »Tut mir Leid. Ich nehm das persönlich.«

Natascha war blass geworden. »Ich weiß.« Ihre Stimme klang so dumpf, dass sogar Kleine seine sinnlose Suche unterbrach.

»Unsere Aufklärungsquote liegt extrem hoch. Aber eben nicht bei hundert Prozent.«

»Jeder von uns hat schon mal eine Akte schließen müssen. Ohne Ergebnis.«

»Oder mit einem, dass uns nicht gefällt.« Cora war plötzlich ganz ruhig.

Natascha wich Coras Blick aus. »Mit dem Weiterreichen der Angehörigen ans Krisenteam ist der Fall für mich noch nicht erledigt.«

»Boris, ich glaube, wir könnten jetzt alle eins Ihrer köstlichen Heißgetränke brauchen«, warf Cora sanft ein. Kleine zögerte mit dem sicheren Gespür, etwas zu verpassen, trollte sich dann aber doch.

»Es ist dieser Frankfurter Fall, nicht wahr?«, sagte Cora vorsichtig. »Der kleine Junge. Der Prozess ist doch schon anberaumt, oder? Wann müssen Sie nach Frankfurt?«

»Nächste Woche. Ich hab versucht, es zu verdrängen. Hat nicht geklappt.« Sofort spürte sie den Druck im Nacken. Wie vor zwei Monaten, als der Kollege aus Frankfurt sie angerufen hatte, um ihr mitzuteilen, dass sie im Internet fündig geworden waren. Er hatte ihr gesagt, wo sie suchen musste, um den Film zu sehen, der inzwischen vom Provider aus dem Netz genommen war. Niemand konnte sich mehr an den Bildern von Krystofs qualvollem Sterben delektieren. Und niemand konnte verhindern, dass es Nachschub geben würde für die rohe Kundschaft. Das war todsicher.

Coras Räuspern riss sie aus ihren Gedanken. »Kann mir vorstellen, wie Ihnen zumute sein muss.«

»Woher …? Hat der Alte also geplaudert!«

»Er mag Sie«, sagte Cora überraschend sanft. »Und er macht sich Sorgen um Sie. Nur aus diesem Grund hat er wohl ein paar Bemerkungen fallen lassen.«

»Ach ja?«

»Sie wissen besser als ich, dass er kein Freund großer Worte ist.«

»Kennen Sie Martens?«

»Er hat mal eine Fortbildung geleitet«, sagte Cora. »Außerdem haben wir in einem Fall eng zusammengearbeitet. Aber das ist so lange her, dass es schon beinahe nicht mehr wahr ist.« Jetzt lächelte sie zum ersten Mal. »Natürlich wollte ich vorher wissen, wen ich da ins Team gesetzt bekomme. Deshalb hab ich mich umgehört.«

»Und?«, sagte Natascha. »Enttäuscht?«

»Weshalb? Weil Sie nicht nur an Fakten kleben, sondern sich Gefühle leisten? Wenn ich etwas in diesem Beruf gelernt habe, dann, dass wir ohne diesen kleinen Luxus nicht gut sind in unserer Arbeit.«

Beide schwiegen.

»Mist!«

Natascha zuckte zusammen, als Cora plötzlich mit der flachen Hand auf den Schreibtisch schlug. »Ich muss mich bei unserem Kleinen entschuldigen, fürchte ich.«

»Wegen der Heißgetränke?«

»Nein«, murmelte Cora. »Weil ich jetzt weiß, wo die Akte Bertler ist. Haben Sie heute Abend schon was vor?«

Inzwischen hingen dicke Wolken über der Stadt. Sie verdichteten sich, als sie in Richtung Westend fuhren, wo Cora Brandt schon seit Jahren wohnte.

Über ihnen zuckte der erste Blitz.

»Dieses Viertel wird niemals in werden wie die Gegend am Glockenbach oder hip wie Haidhausen«, sagte sie, als sie die Landsberger Straße erreicht hatten und bei der hässlichen Kirche abbogen. »Und mit Ihrem Altschwabing lässt es sich schon gar nicht vergleichen. Dafür sind die Wohnungen hier in der Regel bezahlbar. Und man bekommt die garantiert beste Gemüseauswahl der Stadt.«

Die Parkplatzsuche gab Natascha Zeit, sich umzuschauen. Häuser dicht an dicht; nirgendwo ein Baum oder Strauch. Das einzige Grün, das sie entdecken konnte, prangte, wie von Cora angekündigt, in den Kisten des türkischen Lebensmittelhändlers.

»Scheint nicht gerade ein Eldorado für Gartenplaner zu sein«, sagte sie, bereits verwöhnt von den schönen alten Baumkronen, die vor ihrem Zimmer wuchsen. Auf einer der Kastanien hatte sie sogar ein dickes, rotes Eichhörnchen entdeckt, das sie jeden Morgen besuchen kam.

»Dafür kriegen wir immer wieder eine ordentliche Malzladung gratis, wenn der Wind dreht«, sagte Cora und blieb vor einem gelb getünchten Haus stehen. »Riechen Sie nichts? Das kommt aus den Kesseln der großen Brauereien. Deren Arbeiter haben schon vor hundert Jahren und mehr hier in diesen Straßen gewohnt.«

Leichtfüßig stieg sie vor Natascha zum zweiten Stock hinauf und schloss auf.

Ein langer, schmaler Flur, den eine Doppelleiter blockierte. Auf den obersten Stufen balancierte ein junger Mann, bis auf eine zerschlissene Jeans erfreulich unbekleidet. Natascha verkniff sich ein Grinsen. Bei der Knackarschparade hätte er die allerbesten Aussichten gehabt. Sein muskulöser Oberkörper war mit rötlichen Spritzern übersät, ebenso wie seine dunkelblonden Haare, die einen ordentlichen Schnitt vertragen hätten. Decke sowie eine der Wände trugen schon die Spuren seiner kreativen Betätigung, ein warmes, kräftiges Rot. Er ließ den Pinsel sinken. Ein Rinnsal tropfte ungehindert nach unten.

»Ich wollte dich überraschen!« Erst jetzt entdeckte er die Fremde und lachte frech. »Ach, du hast Besuch mitgebracht?«

»Hast du jetzt völlig den Verstand verloren, Lenni? Das sieht ja aus wie frisches Ochsenblut!«, sagte Cora fassungslos. »Ich krieg schon Asthma, wenn ich nur hinsehe!«

»Aber wir hatten doch ...«

»Von freundlichem Gelb war die Rede, allenfalls von Ocker, aber doch niemals von dieser Pufffarbe! Und schau dir nur mal den Boden an – total versaut! Wieso um Himmels willen hast du ihn vorher nicht mit Zeitungen ausgelegt wie jeder normale Mensch?«

»Mir gefällt's«, sagte Natascha und stieg vorsichtig über Eimer und Tropfgitter, um den neuen Anstrich besser auf sich wirken zu lassen. »Erinnert mich irgendwie an Rom. Nein, eher noch an die Fresken von Pompeji. Ist zwar schon Urzeiten her, dass ich mal dort war. Aber die Farbe hab ich mir gemerkt.«

Er warf ihr einen neugierigen Blick zu. »Deine Freundin scheint nicht so eine gnadenlose Ignorantin zu sein wie du, Cora ...«

»Lennart, mein kleiner Bruder«, sagte Cora resigniert. »Und weil er sich einer brotlosen Zunft verschrieben hat, geht er mir heute noch auf den Wecker. Das ist Natascha Morgenthaler, meine neue Kollegin. Wir sind dienstlich hier, du unverschämter Kerl!«

Natascha sah Lennart noch feixen, als Cora sie schon in ihr Arbeitszimmer schob.

*

Später saßen sie um den runden Küchentisch. Lennart machte sich am Herd zu schaffen, während Cora Rotwein entkorkte und ab und an säuerliche Bemerkungen über die missglückte Farbwahl machte. Die Akte Bertler lag neben Natascha, ihre Nachtlektüre.

»Tja, warum wird man Ethnologe?« Er ließ die Spaghetti in das blubbernde Wasser gleiten. »Cora würde sagen, weil mir nichts Anständiges eingefallen ist.« Inzwischen trug er ein verwaschenes Leinenhemd, das er allerdings nicht zugeknöpft hatte. Wenn er sich bewegte, roch er nach Seife und einem etwas zu scharfen Aftershave, das er offenbar vorhin hastig aufgetragen hatte. »Vermutlich zu viele Abenteuergeschichten, die ich als Junge verschlungen habe. Ich hoffe, Sie mögen Knoblauch?«

Aus der Nähe waren seine Augen nicht blau, wie sie zunächst gedacht hatte, sondern eher grünlich. Dunkle Brauen und sehr lange Wimpern bildeten einen aufregenden Kontrast zum kräftigen Nasenrücken. Seine Ohren waren anmutig und von der Ofenhitze leicht gerötet, der Mund war bestimmt so weich wie ein Samtkissen.

»Mag ich«, sagte Natascha eine Spur zu schnell.

»Meinetwegen. Wenn es nicht gleich wieder eine ganze Knolle sein muss.« Cora verfolgte misstrauisch, wie er mit dem Messer hantierte. »Außerdem gibt es ihm das Recht, seine Umgebung – und das heißt, vor allem mich – mit himmlischer Nutzlosigkeit anzuöden. Was lässt sich mit Ethnologie schon Sinnvolles anfangen?«

»Strippen zum Beispiel«, sagte Natascha und als Lennart ahnungslos in das Gelächter der Frauen einstimmte, erheiterte sie das nur noch mehr. Inzwischen goss es in Strömen. Regenschauer schlugen an die Fenster. Die Küche war wie ein heimeliger Hafen, den niemand freiwillig verlassen wollte.

»Lässt mich kalt«, sagte Lennart Brandt und schmeckte die Tomatensauce ab. Er zupfte ein paar Blätter Basilikum von einer kleinen Topfpflanze ab und warf sie schwungvoll in seinen Sugo. »Spott und Hohn, das ist alles, was meine Schwester für mich übrig hat. Nicht die Bohne Verständnis. Wenn ich das mit ihren Mordfällen auch so machen würde – da wär vielleicht was los! Mein Forschungsdrang orientiert sich nun mal an lebenden Kulturen. Aber das wird sie selbst dann nicht respektieren, wenn ich das Stipendium kriege, um meine Doktorarbeit abzuschließen, fürchte ich.«

»Nach Afrika will er und sich Märchen erzählen lassen«, sagte Cora. »Fabeln von kämpfenden Geschlechtsorganen, die lustige Namen haben. Ich fürchte, er muss irgendwelche Mängel seiner frühkindlichen Sexualität aufarbeiten. Er nennt das Feldforschung.«

Jetzt errötete er tatsächlich. »Du bist und bleibst ein mieses Stück, Cora.« Er begann, die Teller zu füllen.

»Ich hab's noch nicht genau verstanden, muss ich zugeben«, sagte Natascha, die plötzlich kaum noch Appetit hatte. »Was genau ist Ihr Forschungsthema?«

»Das Mythenverständnis im Spannungsfeld des Geschlechterverhältnisses. ›Terror und Poesie‹ ist der Titel meiner Arbeit …«

»Er will die Geschichten gelebt sehen und auf ihren Wandel überprüfen.« Cora blinkerte Natascha an. »Das sagt doch alles, findest du nicht? … Tschuldigung, ist mir so rausgerutscht. Muss wohl am Thema liegen.«

»Von mir aus können wir beim Du bleiben.« Natascha hob ihr Glas.

»Na, da bin doch dabei.« Sein Grinsen war unwiderstehlich. »Reicht mir schon, dass mich jetzt auf einmal alle Studenten siezen. Kommt man sich plötzlich richtig alt vor.«

Er war bestenfalls Ende zwanzig.

»Na, jedenfalls hat meine bezaubernde Schwester die Sache grundsätzlich korrekt beschrieben. Anhand der Märchen und Mythen kann man nachvollziehen, wie Geschlechterrollen produziert wurden.«

Natascha spürte plötzlich ihren Rücken, ein Alarmzeichen, dass sie dabei war, sich zu verkrampfen. Er ist Coras kleiner Bruder, sagte sie sich. Lass gefälligst die Finger von ihm! Aber sehr, sehr süß, fügte ihre unvernünftige innere Stimme hinzu. Sie sah keinen triftigen Grund, sein deutliches Interesse an ihr zu ignorieren.

»Ich würde gern mehr darüber erfahren. Wie sich das Spannungsverhältnis der Geschlechter darstellt. In Afrika.« Sie setzte sich aufrechter und schlug die langen Beine übereinander. »Außerdem hätte ich nichts gegen eine Zigarette.«

Er kam ihr beim Feuergeben etwas näher als nötig, was alle drei registrieren.

»Am besten kann ich dir das mit einem Märchen erzählen. Die Amazonensage der Ejagham.« Lennart lehnte sich zurück und senkte seine Stimme. »Früher lebten die Frauen in einem Lande zusammen und kannten den Mann nicht. Und die Männer lebten in einem Lande und kannten die Frau nicht ...«

»Gar nicht so dumm«, sagte Cora und leerte ihr Glas. »Wäre es doch nur dabei geblieben.«

Sieben

Erst Jucken, dann Brennen, schließlich das Gefühl, als stünde sein Schädel in Flammen.

Ein paar Tage Aufschub.

Dann beginnt seine Haut verrückt zu spielen. Geschwollen, rot und wässrig, bis sein magerer Körper von wuchernden Pockeninseln übersät ist. Natürlich spricht er mit keinem darüber, sondern verbirgt sein Leiden unter weichen, weit fallenden Hemden, wie er sie schon immer am liebsten getragen hat. Er leidet und hält still. Aber als es wärmer wird, weiß er kaum noch, wie er die Tage durchstehen soll.

Ebenso überfallartig wie der Ausschlag gekommen ist, verschwindet er wieder. Was bleibt, sind wachsende Nervosität und der Eindruck, ein Geschwür wachse unaufhaltsam unter seinem Fleisch.

Er kann die Nähe von Menschen kaum noch ertragen und muss sich zusammennehmen, um nicht loszuschreien, wenn jemand eine harmlose Frage an ihn richtet. Schon mit anderen in einem Raum zu sein, treibt ihn an den Rand des Wahnsinns. Dabei kann er nicht aus, jetzt erst recht nicht weg, wo alle an seinen Lippen hängen. Sätze quellen aus seinem Mund wie Eiterblasen. Er hat Angst, an jedem Wort zu ersticken. Dazu kommen quälende Kopfschmerzen, die ihn jetzt fast ununterbrochen begleiten, gefolgt von Schüttelfrost, der ganz unvermutet einsetzen kann.

Irgendwo, mitten in der Stadt, wird er ohnmächtig und sieht eine feixende Zuschauertraube um sich, als er wieder zu sich kommt. Zitternd vor Scham und Unsicherheit verschanzt er sich für ein paar Tage in seinen vier Wänden. Aber selbst da vergisst er nicht, dass die Zeit, die ihm zur Erholung bleibt, nicht geschenkt, sondern nur geliehen ist.

Warum nur musste er sich erneut die Brust aufreißen lassen?

Weshalb ist er nicht längst immun gegen sie?

Die Antwort auf diese Fragen erhält er in seinen Träumen, wo er orientierungslos durch den Dschungel irrt, dunstige Fäulnis in der Nase, das ›Tjok-Tjok‹ der Webervögel im Ohr. Jetzt erscheint er ihm wie ein Zauberreich, in dem Pflanzen und Geschöpfe ganz nach Belieben ihre Gestalt ändern können – Wasserhyazinthen, plötzlich so riesig wie Luftmatratzen, Reiher, die sich unversehens in Beutelaffen verwandeln und durch die Baumkronen über seinem Kopf turnen.

Er hört das Fauchen der Jaguarfrau.

Plötzlich weiß er, weshalb er kommen musste. Sie hat ihn gerufen. Er hatte niemals eine Wahl. Es ist ihre Anwesenheit, die ihn nicht mehr zur Ruhe kommen lässt, heute noch weniger als damals.

Sie hat nicht damit aufgehört, Beute zu schlagen – ganz im Gegenteil. Ihr Wüten ist schamloser denn je. Sie nimmt sich, was sie will. Und erkennt nicht, wie dicht Verwesung hinter der glatten, schönen Oberfläche lauert.

Es widert ihn an, dabei zuzusehen, aber er muss es dennoch tun. Immer wieder.

Wie soll er dagegen angehen? Und womit?

Während er seine Kraft bündelt, um halbwegs die Tage zu überstehen, nimmt in seinem malträtierten Kopf ein Gedanke nach und nach Gestalt an. Erst wehrt er sich dagegen und tut alles, um ihn wieder los zu werden. Er will seine Ruhe – sonst nichts. Aber er bekommt nicht, wonach er sich sehnt.

Immer leuchtender wird das, was er am liebsten vertreiben möchte, von unerträglicher, giftiger Penetranz. Er weiß, dass er nicht mehr viel länger warten darf. Aber da ist noch immer etwas in ihm, das ihn lähmt.

Wir sind deine Freunde, scheinen seine kleinen Schützlinge ihm zuzuflüstern, wenn er sie vorsichtig berührt, und seine Augen gleiten über ihre leuchtende Pracht. Wir sind Zauberwesen. Wie du. Mit unserer Hilfe wirst du siegen.

Ohne uns gehst du erbärmlich zugrunde.

Er ziert sich, stemmt sich mit Händen und Füßen gegen diesen Zuspruch. Da reißt ihn ein anderer Traum eines Nachts aus seiner Lethargie. Jetzt weiß er, mit wem er es zu tun hat – Wesen, die für andere den Tod, für ihn jedoch Heilung bedeuten.

Kein Schädelbrummen, weder Jucken noch Brennen, als er am anderen Morgen endlich zur Tat schreitet, und vorbereitet, was keinen Aufschub mehr duldet. Die Hände sind ruhig, als er seine Schützlinge präpariert und das Werkzeug bereit legt.

»Ich muss euch leider weh tun«, sagt er leise, aber ihr Todeszucken hat ihm schon verraten, dass sie einverstanden sind. »Nur wer Augen hat zu sehen, kann euch erkennen. Ihr seid mächtig und groß. Mit euch kommt der ewige Schlaf.«

Er hüllt die Waffen in ein Tuch, das er von nun an auf seinem Rachezug immer mit sich führen wird. Und während draußen in dunstiger Früh die Stadt erwacht, überkommt ihn ein Gefühl von Frieden, wie er es lange nicht mehr erlebt hat. Die Macht der Stille, die er auf einmal spürt, ist überwältigend. Sie erzeugt Stille in allen Dingen, denen er begegnet.

Plötzlich weiß er, woher die Qualen der vergangenen Wochen stammen, für die er so lange keine Erklärung finden konnte. Und er weiß auch, dass sie nicht nur Heimsuchung waren, sondern auch Auszeichnung. Seine Prüfungen haben erst begonnen. Aber wichtige, erste Schritte sind bereits getan.

Er ist nicht länger ein Suchender. Er ist zum Schamanen berufen, der hinter die Dinge sehen kann. Das Schlechte auszumerzen, das sich hinter dem Schönen geschickt verbirgt, ist nicht nur sein Recht, sondern seine heiligste Pflicht.

Er wird der Jaguarfrau folgen. Keines ihrer Opfer ist mehr sicher vor ihm. Er wird sie von ihnen befreien, damit sie endlich die ganze Wahrheit erkennt – und die Kraft seiner Liebe, die niemals enden wird.

Nun ist er zum Töten bereit.

Acht

Konnte man Geschehenes so abkapseln, ohne bei jedem Gedanken gnadenlosen Schmerz zu spüren?

Wenn Natascha in die Gesichter von Margarete Bertler und ihrer Mutter Elfie sah, zweifelte sie daran. Beide Frauen waren attraktiv und sahen sich, abgesehen von rund dreißig Jahren Alterunterschied so ähnlich, als sei ein und das gleiche Model einmal energischer und einmal sanfter in den weichen Untergrund gedrückt worden: zweimal braune Haare, in denen ein paar aufblondierte Strähnchen blitzen, zweimal graue Augen, zweimal ein großzügiger Mund, wie geschaffen zum Lachen und Küssen. Aber sie erkannte auch, was der Verlust des jüngsten Familienmitgliedes in diesen Frauengesichtern angerichtet hatte, und die Magenfalten, die Augenschatten und Tränensäcke, die sie darauf zurückführte, machten sie beklommen.

»Es ist besser, zu wissen, dass sie tot ist. Aber wenn ich das sage, fühle ich mich wie eine Verräterin.« Die Stimme der Mutter war kaum zu hören. »Bislang gab es immer noch die Hoffnung, Christina könne eines Tages doch irgendwo wieder auftauchen. Obwohl mein

Glaube daran von Woche zu Woche schwächer wurde, weil sie auf alle Fälle versucht hätte, Kontakt zu uns aufzunehmen, wenn sich nur die kleinste Möglichkeit dazu geboten hätte.«

»Verschleppte Mädchen können so gut wie nie Kontakt aufnehmen«, sagte Natascha sanft. »Zu niemandem. Die meisten, die spurlos verschwinden, finden wir später tot. Ich wünschte von Herzen, es wäre anders. Aber so sieht leider die Realität aus.«

»Wir vermissen sie so.« Elfie Bertler rieb ihre rot gescheuerte Nase weiter wund. »Sie war unser Nesthäkchen. Sie hätten sie kennen sollen! Es gab niemanden, der sie nicht gemocht hat. Sie hat schüchtern gewirkt, auf den ersten Blick, aber das war sie eigentlich gar nicht. Christina mochte die Menschen. Sie mögen das kitschig finden, aber sie ist mit offenem Herzen durch die Welt gegangen. Alles lag noch vor ihr, wenn Sie verstehen, was ich meine. Es gibt sie nicht mehr – unvorstellbar! Sie hatte doch nicht einmal richtig zu leben angefangen.«

»Manchmal wünsche ich mir, ich wäre an ihrer Stelle.« Christinas Schwester blinzelte wütend ihre Tränen fort. »Wieso ist sie tot und ich bin noch am Leben?«

»So etwas dürfen Sie nicht denken«, erwiderte Natascha. »Wozu soll das führen? Sie helfen niemandem damit, wenn Sie ihr eigenes Leben mit Schuldgefühlen zerstören.«

»Das ist es doch sowieso. Dieses Schwein, dieser kranke Typ, hat nicht nur sie auf dem Gewissen. Er hat uns zu Zombies gemacht!« Die junge Frau war aufgesprungen und begann erregt auf- und abzugehen. »Es tut so weh, sich an sie zu erinnern! Vielleicht wäre mir etwas aufgefallen, und ich wäre gar nicht mitgegangen. Ich hätte um Hilfe rufen können. Und ihm sein gottverdammtes Messer aus der Hand geschlagen oder womit auch immer er sie umgebracht hat. Und wenn nicht das, so hätte ich ihn vielleicht wenigstens ...«

Ihr Gesicht verzerrte sich.

»Jeder hat sein eigenes Leben und seinen eigenen Tod«, sagte Natascha. »Das ist eine Wahrheit, die wir alle lernen müssen, auch, wenn sie für Sie zynisch klingen muss. Wir werden jedenfalls alles tun, um den Täter zu fassen.«

»Er hat sie zerstückelt wie einen Braten!« Margarete war außer sich. »Was hat er mit dem Rest gemacht, ihren Armen, ihrem Kopf? Bewahrt er ihn vielleicht in der Kühltruhe auf?«

»Sie wissen doch gar nicht, wen Sie suchen sollen«, sagte Elfie Bertler müde. »Bisher haben Sie noch keine wirkliche Spur, habe ich Recht?«

»Immerhin haben wir das Bein«, sagte Natascha. »Das ist ein Anfang. Und Sie können sicher sein, dass wir es nach allen nur denkbaren Spuren auswerten. Es gibt kein perfektes Verbrechen. Irgendeinen Fehler macht jeder Täter. Und dann haben wir eine Chance.«

»Hören Sie doch auf!« Margarete Bertler schien Naschas Zweifel zu riechen. »Ich weiß, dass Sie uns Mut machen wollen, aber die Mühe können Sie sich sparen. Wir brauchen keinen billigen Trost.« Sie schlug mit der flachen Hand auf Nataschas Schreibtisch. »Es gibt doch Zeugen für diese schreckliche Nacht. Wieso sind Sie trotzdem noch keinen einzigen Schritt weiter?«

Plötzlich wurde Natascha alles zu eng im Raum und sie spürte ein pelziges Gefühl in ihren Fingerspitzen.

Natürlich versagen wir. Das passiert immer wieder. Ich zum Beispiel habe zu spät kapiert, welches fatale Spiel Marina mit dem kleinen Krystof treibt. Dass die leibliche Mutter lügt, um den eigenen Arsch zu retten und mich benutzt, weil alles, was sie in ihrem beschissenen Leben gelernt hat, war, dass man mit Lügen irgendwie weiterkommt …

Sie musste sich zwingen, nicht um sich zu schlagen.

Wir ziehen die falschen Schlüsse, weil wir eigentlich nichts anderes als Sachbearbeiter sind, dachte sie. Weil die Polizei Dauer-Sparzwängen unterworfen ist und viel zu viele unmotivierte, schlecht bezahlte Beamten hat. Weil Abteilungen nicht zusammenarbeiten und Spuren verschlafen.

Sie bemerkte, dass die beiden Frauen sie gereizt anstarrten.

»Weil wir auch nur Menschen sind und leider nicht unfehlbar«, erwiderte sie so gelassen wie möglich. »Wir können weder durch Wände gehen noch hellsehen. Wir können nur versuchen, unsere Arbeit gewissenhaft und hartnäckig zu machen – und das tun wir. Glauben Sie mir, ich kann Ihren Schmerz verstehen …«

»Ach, können Sie das?« Jetzt war auch die Mutter aufgesprungen. »Soll ich Ihnen einmal sagen, was ich glaube? Peinlich ist es Ihnen, richtig peinlich, dass Sie hier mit uns sitzen müssen und so gar nichts vorzuweisen haben. Ihnen und vor allem der dunkelhaarigen Kollegin, die mit uns in der Gerichtsmedizin war. Die konnte ja gar nicht schnell genug wieder raus aus diesem entsetzlichen Saal, wo Christinas Bein in diesem grell beleuchteten Kühlschrank …« Ihre Tränen flossen ungehemmt.

»Lass uns gehen, Mama!« Margarete Bertler strich ihrer Mutter über den zuckenden Rücken. »Was haben wir hier noch verloren?«

Während sie auf die Tür starrte, die sich hinter den Frauen schloss, spürte Natascha, wie das Stresskopfweh in ihren Schläfen hoch kroch.

In der Stille schrillte das Telefon übertrieben laut.

»Was gibt's?«, sagte Natascha müde. »Welches Stauwehr … Englischer Garten? Keine Ahnung.« Ungeduldig wühlte sie in ihrer Tasche nach den Migränetabletten, während Kleine am anderen Ende auf sie einredete.

»Machen Sie's doch nicht so kompliziert!« Sie würgte die Tablette herunter. »Fahren Sie mich einfach hin. Bis ich das gefunden hab, ist die Leiche ins offene Meer getrieben.«

*

Immer, wenn sie es mit Wasserleichen zu tun hatte, musste Natascha an Tante Linda denken. Sie war die Schwester ihres Urgroßvaters gewesen, und als kleines Mädchen hatte Natascha mit stillem Schaudern ihr Foto betrachtet. Ein hartes Gesicht mit schmalen Lippen und freudlosen Augen, die Haare streng zurückgenommen.

Tante Linda war ins Wasser gegangen, das hatte die Mutter ihr erzählt. Schon als Kind liebte Natascha Moritaten über alles, und die verharmlosende Umschreibung von Tante Lindas Selbstmord ließ dramatische

Bilder in ihr entstehen. In der Lippe zu sterben, diesem Fluss, ebenso trübe wie die Stadt am Rande des Ruhrgebiets, in der Natascha groß geworden war, fand sie entschieden zu jämmerlich. Deshalb wollte sie ihr wenigstens einen malerischen Tod schenken.

Sie hatte es vor sich gesehen, wie Tante Linda an einem grauen Morgen über feuchte Wiesen zum Flussufer schritt, um ihrem unaufgeregten Leben ein Ende zu setzen. Sie trug ein langes weißes Nachthemd, das sich im matten Gegenwind an den mageren Körper legte, um ihm ein letztes Mal Kontur zu geben. Ins Wasser gehen – ein langsames Hineinschreiten, während das Hemd sich auf der Wasseroberfläche aufbauschte.

Doch bereits als Fünfjährige wusste Natascha, dass es so nicht geschehen sein konnte. Denn schließlich lebte man nicht am Meer, wo das auf diese Weise möglich gewesen wäre.

Tante Linda musste springen oder sich mit ausgebreiteten Armen fallen lassen, mit dem Rücken zum Wasser, damit sie noch einmal in den Himmel schauen konnte. Ihr Sterben war lautlos und schnell. Sie kämpfte nicht, und vielleicht war Freude das letzte, was sie empfand, als der Tod kam. Dann hätte ihr Gesicht etwas Schönes gehabt, als man sie fand, aufgefangen von den Armen der gewaltigen Trauerweide, die an einer Flussbiegung stand.

Ein Platz, den Natascha als würdig erachtete.

Das Haar der alten Linda hatte sich gelöst und umschlängelte ihren Hals, während das Nachthemd gnädig den leblosen Körper umschloss. Dass die Arme tatsächlich ins Auffanggitter der städtischen Kläranlage getrieben war, konnte Nataschas kindliche Vorstellungskraft nicht akzeptieren.

Die besondere Widerwärtigkeit von Wasserleichen hatte Natascha im Laufe ihrer Berufsjahre kennen gelernt. Die aufgequollenen Leiber, die gräulichblaue Verfärbung, der unerträgliche Gestank, wenn sie im Seichten gelegen hatten und die Natur aus Luft, Wasser und Schlamm ihren ganz speziellen Verwesungscocktail mixte.

Sie hoffte auf einen frischen Tod, als Boris Kleine sie langsam durch den Englischen Garten an eine Uferstelle in der Nähe des alten Stauwehrs fuhr. Während sie in ihre ausgelatschten Turnschuhe schlüpfte, nahm sie die Schönheit der Umgebung in sich auf. Das satte Grün des Frühsommers in den Wiesen und an den mächtigen, alten Bäumen, das Glitzern der Sonne auf dem Gewässer, das heute morgen einen Toten mit sich geführt hatte.

»Sie scheinen Probleme mit der Bergung zu haben.« Boris Kleine wies zu zwei Polizeitauchern hinüber, die Mühe hatten, aus der Strömung an Land zu kommen.

An einem der Einsatzwagen entdeckte Natascha Cora im Gespräch mit einer Frau, die ein Badetuch um sich gewickelt hatte. Neben ihnen reckte Staatsanwalt Grewe den Hals. Erst jetzt bemerkte Natascha, dass nur wenige Meter vom polizeilichen Getümmel einige nackte Sonnenanbeter das Geschehen verfolgten. Ihr war es immer schon rätselhaft gewesen, was Menschen dazu trieb, sich mit allem, was die Natur ihnen geschenkt oder versagt hatte, zu exhibitionieren. Auch eine Form von Sorgfaltspflicht, dachte Natascha, schließlich waren die Nackten im Englischen Garten längst in den Katalog der Münchner Sehenswürdigkeiten aufgenommen.

Natascha ging zum Ufer, wo Ruth Hammes hinter der Absperrung gerade in ein Paar schenkelhohe Gummistiefel stieg. In der Mitte des breiten Wasserlaufes sah sie jetzt den Körper auf einem Kiesbett liegen, das wie eine kleine Insel von der Strömung umspült wurde.

»Na, Lust auf 'ne beschauliche Bootsfahrt?« Dr. Hammes wedelte die Hand des Tauchers beiseite und kletterte ohne seine Hilfe in das Schlauchboot, das soeben zu Wasser gelassen worden war.

Misstrauisch beäugte Natascha das schlingernde Transportmittel. »Wenn's der Wahrheitsfindung dient.«

»Ach, überlassen Sie die ruhig mir. Ich ziehe es vor, einen Blick auf unsern Hübschen zu werfen, bevor er noch mal durchs Wasser gezogen wird.«

»Ich könnte mir vorstellen, dass Ihre Auffassung von der Schönheit einer Leiche sich von meiner unterscheidet.«

Einer der Taucher schnaubte ungeduldig. »Was ist jetzt, Mädels?«

Die Jeans klebte nass an ihrem Hintern, als Natascha mit Ruth Hammes nach von Flüchen begleiteten Manövern schließlich auf der Kiesbank landete.

Der Mann lag auf dem Bauch, Beine und Arme von sich gestreckt. Das Wasser leckte an seinen Sneakern, Prada, diese Saison, stellte Natascha fest. Auch Hose und Pulli ließen selbst in nassem Zustand auf ästhetisches Bewusstsein und hohe Zahlungsbereitschaft schließen. Offensichtlich hatte er nicht lange im Wasser getrieben, das konnte sie an der Hautfarbe seiner Hände erkennen. Um sein rechtes Handgelenk wand sich ein silbernes Band aus massivem Silber. Ein kunstvoll gearbeitetes Stück, dessen matt glänzende Oberfläche Natascha jetzt an Wasserschlangen denken ließ.

Sie ging in die Hocke, als Dr. Hammes mit ihren Gummihandschuhen den Körper umdrehte.

»Hallo, Angel Face«, murmelte sie, und ihr Blick war fast ehrfürchtig. Sie hatte Recht. Das junge Gesicht war schön. Wassertropfen glitzerten in den Wimpern über den friedlich geschlossenen Augen. Selbst die blutunterlaufene Wunde auf der Stirn konnte seiner Makellosigkeit nichts anhaben, sondern wirkte wie ein spannungsgebender Kontrast zu seinen violett gefärbten Lippen.

»Eine postmortale Verletzung?« Nachdenklich betrachtete Natascha den gefallenen Engel. Irgend etwas dämmerte in ihr, aber sie hatte keine Ahnung, was es war.

»Sieht so aus, ja.« Dr. Hammes untersuchte die Handrücken und deutete auf die flächigen Abschürfungen. »Die üblichen Treibeverletzungen. Schätze, er war nicht länger als eine Stunde im Wasser.« Sie beugte sich über das bleiche Antlitz, und für einen bizarren Moment dachte Natascha, sie wolle es küssen. Die Rechtsmedizinerin schnüffelte und runzelte die Stirn.

»Und?«

»Nix und.« Sie nickte den Polizeitauchern zu, die sich daran machten, den leblosen Körper zu vertäuen.

»Was machen wir dann hier eigentlich?«, knurrte Natascha. Nicht nur die Aussicht darauf, den Rest des Tages in einer klammen Hose überstehen zu müssen, stimmte sie ungnädig. »Sieht nach Verschwendung von Zeit und Personal aus.«

»Seien Sie nicht so streng, meine Liebe.« Ruth Hammes stieg in das Schlauchboot, an dessen Seite die tote Fracht nun festgezurrt war. »Übereifer bei unseren grünen Jungs ist mir lieber als gar keiner.«

Einer der Taucher stieß das Boot ab, obwohl Natascha noch mit einem Bein im Wasser stand. Das Gefühl, dass er dies absichtlich getan hatte, trug nicht zur Verbesserung ihrer Laune bei.

Langsam glitten die Einsatzwagen durch die Wiesen davon, als gäben sie dem schönen Toten das letzte Geleit. Auch Boris Kleine war von Cora schon wieder ins Büro zurückgebissen worden.

Paul Grewe sah auf die Uhr. Ratlosigkeit legte das Gesicht des jungen Staatsanwalts in Falten.

»Wir haben eine ungeklärte Todesursache, mehr nicht. Für einen Herzinfarkt ist er noch zu jung. Sieht nicht mal nach einem Giftler aus. Aber das sollten wir checken. Verletzungen, die auf einen Mord hinweisen, gibt's nicht, Spurensicherung null.«

Es war nicht ersichtlich, ob Hauptkommissarin Cora Brandt ihm überhaupt zuhörte. Sie fand es offensichtlich interessanter, Natascha beim Auswringen ihres Hosenbeins zu beobachten.

»Abwarten.« Ruth Hammes schulterte ihre Gummistiefel. »Ich ruf Sie an.«

»Na gut.« Grewe sah schon wieder aus, als würde er im Stehen einschlafen. Kraftlos wandte auch er sich zum Gehen. »Ich hör dann von Ihnen.«

Fluchend zerrte Natascha die nassen Turnschuhe von ihren Füßen, als Cora plötzlich neben ihr zu lachen begann. Häme war offensichtlich das Verlässlichste an ihr, und das brauchte sie jetzt wie einen Kropf.

Erst als das Lachen so abrupt abbrach, wie es begonnen hatte, folgte Nataschas Blick dem ihrer Kollegin hinüber zum anderen Ufer. Mit rudernden Armen sprang dort ein Mann auf und ab. Er war nackt und sein bestes Stück hüpfte entfesselt mit ihm im Takt. Von Bedeutung schien allerdings der Rucksack in seinen Händen, der in knalligem Orange zu ihnen herüberleuchtete.

Neun

Ricky würde nie mehr tanzen, geschweige denn sein Ethnologiestudium beenden. Alexander Richter war sein richtiger Name, unter dem er geboren und gestorben war.

Eine Housedollarnote, als Lesezeichen in ein Buch aus der Institutsbibliothek geklemmt, hatte Nataschas Erinnerung an ihn wiederbelebt, als sie gemeinsam mit Cora den Inhalt des Rucksacks durchforstete. Das Passfoto zeigte Alexander Richter in aller Harmlosigkeit seiner erst zweiundzwanzig Jahre und hätte ihnen erst einmal nichts erzählt. Die Stripperprämie, die ein Kapitel über ›Kolonialismus und das Schwinden der weiblichen Macht‹ markierte, erforderte nicht mal mehr ihre professionelle Kombinationsgabe.

»Dass du zum Knackarsch der Woche noch das Gesicht in Erinnerung hast«, hatte Cora gesagt, »finde ich irgendwie beruhigend«, und Natascha wusste nicht, warum.

Nur für den Bruchteil einer Sekunde fragte sie sich, ob sich in ihrem Verhalten etwa schon die verzweifelte Gier einer unbeschlafenen Frau zeigte, verwarf den Gedanken aber mit Bestimmtheit. Der Entzug äußerte sich bislang verhalten. Oder hatte Cora die diskret taxierenden Blicke auf ihren kleinen Bruder registriert? Wohl kaum, sonst hätte sie keine Gelegenheit ausgelassen, sich in lustvoll formulierten Sticheleien darüber zu ergehen.

Ihrer beider Interesse am Absurden war offensichtlich etwas, was die Frauen verband, sonst hätte Cora sich nicht an diesem Morgen von Natascha überreden lassen, die Wohnung Ricky-Alexanders aufzusuchen, obwohl es noch keinerlei Hinweise gab, die Ermittlungen rechtfertigten.

In der Rechtsmedizin wurde erst ab Mittag mit den Sektionen begonnen, und mit Überraschungen war nicht zu rechnen, wenn Ruth Hammes ihr Skalpell in Rickys wohlgeformte Brust senken würde.

»Neugier ist eine Pflicht, der man nachkommen muss«, konstatierte Cora und forcierte einen schnellen Aufbruch, bevor Boris Kleine Fragen stellen konnte.

Alexander Richter wohnte in der Nähe des Nymphenburger Kanals und Natascha bretterte die Nördliche Auffahrtsallee entlang, unbeeindruckt von Tempolimit und Vorfahrtsregeln.

»Im Gegensatz zur Stadtregierung herrscht hier rechts vor links«, bemerkte Cora, als Natascha fluchend das Steuer herumriss, um einem Fahrzeug auszuweichen, das aus einer Seitenstraße auf die Allee kroch.

»Nicht gerade eine Arme-Leute-Gegend.« Natascha bog in eine Nebenstraße und fuhr nun langsamer, um an den engstehenden, alten Reihenhäusern, die sie an Londoner Wohnstraßen erinnerten, nach der richtigen Hausnummer zu suchen.

»Vielleicht hat er noch im elterlichen Nest gehockt«, sagte Cora.

»Damit Mami ihm die String-Tangas wäscht? Ich weiß nicht …«

Sie hielt vor einem modernen Apartmenthaus in pompösem Weiß, das am Ende der hübschen Straße protzte wie ein Kohlkopf zwischen Butterblumen.

»Eine architektonische Manie der Neunziger, die sie Nymphenburger Palais nennen.« Cora wühlte aus ihrer Lederjacke den Schlüssel hervor, den sie im Rucksack gefunden hatten. »Man erkennt sie an den Säulen am Eingang.«

Natascha studierte die Klingelschilder. »Das Prinzchen hat in der Dachkammer residiert.«

»Nicht schlecht.« Cora starrte in den lichtdurchfluteten Siebzig-Quadratmeter-Raum, als sie sich wenig später vor Natascha in die Wohnung drängte. Auch Natascha packte kurz der Neid, nicht nur wegen des Interieurs, das man in derart stilistischer Perfektion von einem unfertigen Menschen nicht unbedingt erwartete. Von einer solchen Dachterrasse, auf der zwei Teakholzliegen zum Bad in Luft und Sonne lockten, hatte sie immer geträumt.

»So wohnt der Student in München, ja?«

»Nur wenn er hauptberuflich Sohn ist.« Cora kämpfte mit der Schiebetür des Panoramafensters und stolperte über ein Paar stahlschwere Hanteln. Sie ließ sich an dem gläsernen Arbeitstisch nieder, der in recht übersichtlicher Weise mit Studienunterlagen und Büchern bedeckt war und machte sich dann an einem Notebook zu schaffen. Ein Versuch, der, wie ihrem resignierten Knurren zu entnehmen war, ohne Erfolg blieb.

»Auf jeden Fall war er sich selbst der Liebste«, sagte sie und betrachtete unbeeindruckt die großformatigen Fotografien an den Wänden, die den nackten Alexander Richter in künstlerisch ambitionierten Posen zeigten. »An dem hat sich irgendein verhinderter Mapplethorpe ausgetobt, wenn du mich fragst. Vielleicht durfte der ihm dafür mal ans knackige Ärschchen.«

»Ich tippe da eher auf weibliche Interessenten.« Natascha wandte sich von einem geöffneten Wandschrank ab und präsentierte ihrer Kollegin einen silberfarbenen Dildo. »Davon hat er eine umfangreiche Sammlung.«

Cora durchquerte den Raum und warf einen Blick in die Schublade. »Hübsche Teile.« Sie strich über die akkurat gestapelte Bettwäsche, die in den oberen Fächern des Schrankes cremefarben glänzten. »Wer treibt's denn heutzutage noch in Satin?«

»Leute, die's gern schlüpfrig haben, keine Ahnung.« Natascha pickte einen Luststab aus der Lade, dessen Inneres mit bunten Kugeln gefüllt war. »Welch sinnlose Pracht! Sehen kann man davon ja wohl nichts mehr, wenn er seine Bestimmung erfüllt.«

»Rotation ist das ganze Geheimnis«, sagte Cora und drehte an einem Knopf, der die Kugeln surrend in Bewegung setzte.

»Irritierend, aber nicht uninteressant.« Fasziniert betrachtete Natascha das sich windende Ding.

»Hat einen irren Batterieverbrauch. Ich kann nur davon abraten.«

Natascha beäugte Cora, die bereits weitere Schubladen öffnete, aus den Augenwinkeln. »Bist du nebenberuflich Beraterin in Fragen weiblicher Lust, oder so was?«

Cora schwieg einen Moment und zuckte dann die Schultern.

»Mr. Ricky war jedenfalls ein Fachmann.« Sie deutete auf wohlgeordnete Utensilien sehr spezieller Art, Handschellen, Bänder, Gleitcremes und Körperöle. »Erstaunlich für sein Alter. War wohl schon ein Weilchen auf der Weide.«

»Professionell, meinst du? Um sein Studium zu finanzieren und ein angemessenes Umfeld?«

»Vielleicht war er auch nur ein gewandter Erotomane«, meinte Cora, während Natascha eine lange Perlenkette aus einem schwarzen Samtsäckchen befreite. »Das würde ich nicht tun«, sagte sie, als Natascha sich anschickte, prüfend auf die Perlen zu beißen.

»Warum?« Natascha warf die Kette zurück, als sei sie verseucht.

»Das erklär ich dir, wenn du groß bist. Und jetzt lass uns mal hier fertig werden.«

Das Apartment bot keine weiteren Abgründigkeiten. Es wies seinen Bewohner als ordnungsliebenden Menschen aus, dessen Triebhaftigkeit sich nicht nur in erotischen Experimenten, sondern möglicherweise auch in einer ausgeprägten Putzfreude ausdrückte. Näher lag allerdings die Vermutung, dass der von finanziellen Nöten unbelastete Student eine ambitionierte Reinigungskraft beschäftigte.

Coras Handy begann zu schnarren, als Natascha ein Foto entdeckte, das in einem kleinen Silberrahmen neben dem Bett am Boden stand. Ein Schnappschuss, der Alexander Richter mit einer blonden Frau um die Vierzig zeigte. Ihrer beider Lachen war entspannt, ebenso die Umarmung, in der sie auf einem Sofa saßen. Über ihren Köpfen weinte ein kindlicher Harlekin.

»Petechiale Blutungen?« Cora zog eine Augenbraue hoch, als sie sich zu Natascha umwandte. »Verstehe … Und wann wissen wir mehr? … Okay, danke, dass Sie uns sofort informiert haben, Ruth.«

Natascha löste bereits das Foto aus dem Rahmen. »Wir sind also dran?«

Cora nickte. »Sieht so aus. Er ist offensichtlich betäubt worden. Chloroform oder Äther, sie muss das noch gesondert untersuchen. Sicher ist, dass irgendwelche dämpfenden Substanzen sein zentrales Nervensystem lahmgelegt haben. Atemlähmung, Herzstillstand, schneller Tod.«

Cora klemmte sich das Notebook unter den Arm. »Damit soll Kleine sich befassen.«

Während sie die Wohnung verließen, verständigte Natascha die Spurensicherung. »Dann sehen wir mal, ob Ricky vom Schloss kommt oder kraft seiner Lenden zu Wohlstand gelangt ist.«

Natascha ließ den Motor des BMWs aufheulen. »Ich frag mich allerdings, wofür er diese magischen Stäbe brauchte. Meinst du, seiner hat nicht gereicht?«

»Wenn dir das partout keine Ruhe lässt«, Cora griff eilig zum Gurt, als Natascha das Gaspedal durchtrat, »dann wende dich doch vertrauensvoll an Dr. Hammes.«

»Das wird nicht viel nutzen.« Natascha seufzte. »Ich fürchte, der Mister kriegt keinen mehr hoch.«

*

Die ersten Stände schlossen bereits, als Natascha über den Elisabethmarkt hetzte. Ihr schlechtes Gewissen hatte sie zu dem fragwürdigen Vorhaben veranlasst, Joseph Herbig mit einem Abendmahl zu überraschen. Nicht nur, weil er sich inzwischen gänzlich Rexonas angenommen hatte. Als habe er darauf gewartet, endlich sein brachliegendes Potential an Väterlichkeit zu beleben, warteten auch jeden Abend köstliche Speisen auf Natascha, die deutlich mehr waren, als nur eine warme Mahlzeit.

Ratlos starrte Natascha auf die verwirrende Vielfalt eines Gemüsestandes.

»Wird das heute noch mal was? Hier warten noch Andere.« Natascha blickte an dem genervten Gesicht des jungen Anzugtypen vorbei auf die Schlange, die sich hinter ihnen gebildet hatte. Ein Querschnitt durch das Schwabinger Wohlstandsklientel, das ohne mit der Wimper zu zucken für Gemüse ebenso hohe Preise zahlte wie für Wohnung und Kleidung. Die Ansammlung von gut gestylten Leuten, die es offenbar wichtig fanden, den Einkauf ihrer Lebensmittel in Designerklamotten zu erledigen, ließ Natascha vermuten, dass hier ein inoffizielles Schaulaufen bindungsloser Bestverdiener stattfand.

Hastig erstand sie Avocados und Zitronen, etwas, das irgendwie zusammengehörte, wie sie immerhin wusste, und floh in ein kleines Lädchen. Erleichtert stellte sie fest, dass es dort neben Ökofleisch auch eine üppige Auswahl an Antipasti und Käse gab. Der blondierte Verkäufer erwies sich als zuvorkommend und hilfreich, gewohnt, dem kochunkundigen Single mit Rat und Tat zu Seite zu stehen. Dankbar unterwarf sich Natascha dem schwulen Charme seiner Empfehlungen. Es amüsierte sie, dass er ihr die Köstlichkeiten hinter der Thekenscheibe präsentierte, als handelte es sich um Kronjuwelen. Dass auch die Rechnung entsprechend ausfiel, war ihr egal. Was Joseph für sie tat, war in Geld ohnehin nicht aufzuwiegen.

Ein Strauß langstieliger Tulpen ließ den Inhalt ihres Geldbeutels endgültig gegen Null streben. Es reichte gerade noch für eine Tasse Cappuccino, mit der sie sich am Rand des kleinen Spielplatzes niederließ, wo gestresste Mütter ihre protestierenden Sprösslinge einsammelten.

Simon hatte sich Kinder gewünscht. Von ihr – ausgerechnet. Vergebens hatte sie nach innen gelauscht, aber ihre biologische Uhr hatte nicht das leiseste Ticken hören lassen. Niemals war es ihr in den Sinn gekommen, Mutter sein zu wollen, weder eine früh noch spät gebärende. Zunächst hatte sie Simons immer drängendere Fragen einfach übergangen, bis ihr schließlich irgendwann der Kragen platzte. Ihr dezidierter Abgesang an ein trauliches Familienleben war in einen heftigen Streit gemündet.

»Merkst du gar nicht, was dieser Scheiß-Job aus dir macht?«, hatte Simon gebrüllt, er, der sonst nie laut wurde. »Dieses ständige Herumwühlen in menschlichen Abgründen verstellt dir doch total den Blick auf die Normalität. Es gibt noch was anderes als den Dreck, den du umgräbst auf deiner Suche nach diesen kranken Gestalten, diesem entmenschten Gesocks, das sich an Kindern vergreift.«

»Hör auf.« Ihre Stimme war eisig geworden. »Das hat damit nichts zu tun. Und ich will nicht mehr darüber reden.« Sie hatte sich verflucht, jemals mit Simon über den Tod des kleinen Krystof gesprochen zu haben. Aber es hatte in ihr gewütet und sie um den Schlaf gebracht. Sie haltlos weinen zu sehen, hatte Simon genauso erschreckt, wie das, was sie ihm über den Tod des Kindes erzählte.

Sie hatten es in einer verwahrlosten Wohnung im Nordend gefunden. Zwischen verfaulten Lebensmittelresten, deren Gestank mit dem von Kot und Urin konkurrierte. Wobei nicht klar war, ob die Fäkalien von dem Jungen stammten oder dem Schäferhundwelpen, der an der Heizung festgebunden war. Und der noch lebte.

»Ich will nicht, dass du daran zerbrichst, Tascha.« Simon hatte sie in den Arm genommen und seine warmen Hände strichen den Schmerz fort, der sich in ihren Rücken gekrallt hatte, wie immer, wenn sie verspannt war. Er war da, wenn sie ihn brauchte. Warum konnte sie das nicht ertragen?

»Ich liebe dich und besonders die Sanftheit, die du haben kannst. Ich will nicht, dass du eine von diesen harten, verbitterten Frauen wirst.«

Sie wusste, was er meinte.

Sie erschrak selbst vor den scharfen Linien, die sich von der Nase zu den Mundwinkeln gruben, und den

Schatten unter ihren Augen, die ihr Gesicht verdüsterten. Wenn ihr ein Fall so an die Nieren ging wie dieser, der sie aus Frankfurt verjagt hatte. Der sie an allem hatte zweifeln lassen, auch an ihren Gefühlen für Simon.

*

»Bin an den Starnberger See gefahren, um Rexona an den leinenlosen Kontakt mit der Natur zu gewöhnen. Gazpacho steht im Kühlschrank und wird kalt gegessen. Die Wohnung gehört Ihnen … Genießen Sie es. Herzlichst J.«

Natascha unterdrückte den Anflug von Enttäuschung, als sie die in kalligrafischer Sorgfalt verfasste Nachricht auf dem Küchentisch vorfand und beschloss, dem Ratschlag Josephs zu folgen. Sie nahm eine Scheibe Schinken aus dem Papier, stopfte sie sich in den Mund und verstaute die Einkäufe im Kühlschrank. Sie duschte ausgiebig, zog weite Schlabberhosen und ein altes Feinripp-Unterhemd an, Dinge, die sie nur trug, wenn sie allein war.

Sie kramte ihre bescheidene CD-Sammlung heraus, an der niemand einen klaren Musikgeschmack hätte feststellen können. Das Radio oder seltene Kinobesuche beeinflussten ihre Auswahl. Da sie sich weder Titel noch Interpreten merken konnte, scheiterte Natascha regelmäßig beim Verkaufspersonal der Plattenläden mit rudimentär wiedergegebenen Refrains oder genreunkundigen Umschreibungsversuchen.

Jedenfalls liebte sie es, ihre Musik allein und sehr laut zu hören.

Sie dachte an Nicolas Cage, als sie das Titelstück aus *Wild at Heart* aufdrehte und ihr die Bässe direkt in den Unterleib fuhren.

What a wicked game to play

To make me feel this way

Sie wünschte ihn sich in all seiner Verwegenheit herbei. Sie verdrängte den Gedanken, dass er vermutlich klein war. Er trug eine Wildheit im Gesicht, die sie kaum aushalten konnte.

What a wicked thing you do

To make me dream of you

Hey, Nick, komm und weck mich. Küss mich, halt mich. Lass mich nicht mehr los. Frag nicht, nimm mich. Brenn mich nieder mit deinem Blick.

No I don't wanna fall in love

This world is always gonna break your heart

Es erwischte sie unvorbereitet, wie schon so oft. Wenn ihr plötzlich das Herz heiß lief und sie eine heftige Sehnsucht verspürte, nach etwas, das sie noch nie erlebt hatte. Etwas, das sie sich wünschte und das ihr gleichzeitig Angst machte.

Nobody loves no-one.

Schnell schaltete sie den Player aus, bevor es noch schlimmer kam. Die schmerzliche Frage, ob sie jemals jemandem begegnen würde, der sie zu dem befähigte, was man Hingabe nannte, spülte sie trotzig mit einigen Schlucken Rotwein hinunter.

Sie saß im Dunkeln, verspürte bohrenden Hunger und fragte sich, ob Joseph mit Rexona eine Nachtwanderung unternahm, als ihr Handy surrend unter einem Kleiderhaufen vibrierte.

Das Display verzeichnete einen unbekannten Anrufer, und zunächst hörte sie nur rhythmisch anschwellendes Trommeln, nachdem sie sich gemeldet hatte.

»Hallo. Wer ist denn da, verdammt?«

»Entschuldigung, hab nur schnell die Musik leiser gemacht. Hier ist Lennart Brandt. Erinnerst du dich?«

Gut, dass er ihr Grinsen nicht sehen konnte! Natascha streckte sich auf dem Boden aus und legte ihre Beine aufs Bett.

»Aber klar. Musst du dich immer erst in Trance tanzen, bevor du erwachsene Frauen anrufst?«

Er hatte ein weiches Lachen. »Nein, ist aber ein interessanter Ansatz … Mach ich etwa so einen verklemmten Eindruck?«

»Ach, vermutlich testest du einfach nur das rituelle Vorspiel von irgendwelchen südsenegalesischen Märchenerzählern. Feldforschung am westeuropäischen Objekt sozusagen.«

Sie angelte nach dem Wein und nahm der Einfachheit halber einen Schluck aus der Flasche.

»Ich merk schon. Schwer von meiner Schwester infiltriert.«

»Danke, ich bin selber Trägerin eines gesunden Menschenverstands.« Sie lachte, um der Bemerkung die Spitze zu nehmen.

»Du hast eine schöne Telefonstimme.«

Du auch, mein Lieber, und so, wie du sie einsetzt, weißt du das sehr genau.

»Apropos. Hat Cora dir meine Nummer gegeben?«

Er räusperte sich. »Der Junge, den ihr gefunden habt, war in meinem Seminar. Cora hat mir erzählt …«

Er brach ab und Natascha hörte eine Stimme im Hintergrund seinen Namen rufen. Offenbar deckte er die Sprechmuschel mit der Hand ab, als er kund tat, er habe einen Studenten an der Strippe.

So was fällt immer auf, dachte Natascha, fühlte sich aber selber ertappt.

»Versteh schon. Big sister is watching you.«

»Du bist auf dem richtigen Weg.« Fast nahm sie es ihm übel, als er seine Stimme noch eine Oktave tiefer legte. »Aber falls du noch Informationen brauchst – stehe dir jederzeit zur Verfügung.«

Er legte auf.

»Ich werde darauf zurück kommen«, sagte Natascha. »Darauf kannst du dich verlassen.«

Rexona nahm es als krönenden Abschluss eines ereignisreichen Tages, dass sie Natascha am Boden schlafend vorfand. Mit einem leisen Schnaufen rollte sie sich neben ihr zusammen und folgte ihrer Herrin pfotenzuckend ins Reich der Träume.

Zehn

Aus dem Tagebuch der Jaguarfrau …

Ein Flattern im Sonnengeflecht bewegt die Bilder hinter meinen geschlossenen Augen. Furcht vor der Blöße, vor der Nacktheit meines Herzens, löst die Erinnerung an diese Nacht, in der ich zu ihm ging. Ich sehne mich nach ihm und das schon seit der ersten Begegnung. Seine Nähe will ich, so wie ich sonst nur deine ertragen konnte. Meine Unruhe verberge ich hinter der Klarheit eines Angebots. Er macht es mir leicht, und ich begreife, dass ich nicht die Erste bin.
Er berührt mein Gesicht, als suche er nach den Spuren eines vergessenen Lebens. Eines, das ich mit dir verloren habe. Er kann das nicht wissen. Und als er von der Trauer in meinen Augen spricht, frage ich mich, ob das nicht einfach ein gut gelernter Satz ist.
Schließlich ist er ein Profi, so wie ich.
Mein Blick begleitet seine Hände, die an mir entlang streichen, als ich neben ihm liege. Das Licht

der Kerzen ist gnädig mit mir, bringt Schimmer auf meine Haut, eine barmherzige und sinnlose Lüge. Denn mich interessiert nicht, was die Jahre mit meinem Körper gemacht haben. Die Zeit bemesse ich nach der Leere, die du hinterlassen hast – und manchmal hasse ich dich dafür. Ich nehme, was ich kriegen kann, ohne zu finden, was ich will. Lust ist eine zornige Despotin.
Mein Körper ist wissend, erfahren durch alle, die ich erfühlt, geschmeckt und in mir aufgenommen habe. Manchmal fühle ich mich wie eine bis in den letzten Winkel ausgekundschaftete Landschaft. Bis mich die Maßlosigkeit, die fatalistische Leichtigkeit, mit der ich ihr nachgebe, eines Besseren belehrt.
So wie in diesem Moment, wo die Feuchtigkeit seiner Fingerspitzen Rinnsale auf mir zu hinterlassen scheint, wie Kondenswasser auf kaltem Glas.
Sein Kopf ist zwischen meinen Beinen. Er lässt mich warten, seine warmen Hände zwingen mich zur Ruhe, und ich ertrage es kaum. Ich spüre seinen Atem, seinen Blick. Die Erwartung einer Berührung lässt mich zittern. Er öffnet meine haltsuchende Hand, leckt sie. Er führt meine Finger zwischen meine Lippen, öffnet sie, lässt sie eintauchen, die pralle Hitze spüren, meinen Saft aufnehmen. Er lässt mich davon kosten und zögernd schmecke ich mich selbst, überraschend, weich und fremd wie Buttermilch. Ich gebe nach, sauge den Geschmack von jedem einzelnen

meiner Finger und berausche mich daran, so wie er, dessen Zunge in mich eindringt, während sein Mund mich umschließt. Ich wachse unter seinem Kuss.
Wieder nimmt er meine Hand und lässt es mich fühlen. Er nennt es das kleine Herz. Ich will lachen, will den Schmerz abtöten, der in mir hinaufkriecht. Ich habe vergessen, nach dir zu suchen. Ich bin bei mir. Er übergibt mich meinem eigenen Rhythmus, während seine Zunge zwischen meine Finger fährt. Ich wende mich ihm zu, lehne mein Gesicht an sein neben mir ausgestrecktes Bein, atme den feuchten Salzduft seiner Haut.
Es ist ein Geräusch, ein rhythmisches, metallisch kleines Klingeln, das es mich ahnen, mir den Atem stocken lässt. Ich öffne meine Schenkel, höre ihn aufstöhnen, als meine Finger schneller werden, durch meine Nässe gleiten, zudrücken, eintauchen. Ich öffne die Augen und mein Herz rast. Es ist ein silbernes Armband, das an seinem Handgelenk auf und ab springt. Der Schweiß bricht mir aus allen Poren, bei dem, was ich sehe. Wie seine Hand seinen Schwanz umschließt, das auf und ab seiner Bewegung, das Blitzen der milchigen Tropfen auf der seidenglatten Spitze.
Ich begegne seinem Blick, in dem seine Sehnsucht auf meine prallt. Ich will ihn auf meiner Haut und dränge mich ihm entgegen. Ich spüre die harte Spannung seiner Muskeln, höre seinen

Atem in einem dumpfen Laut aus ihm herausstoßen, bin nass von ihm.
Der Lärm in mir ist verboten. Darf nicht sein. Gehört dir. Macht mir Angst. Ich bin verloren mit mir. Mit ihm.
Ich mochte es nie, es einen kleinen Tod zu nennen. Es klingt nach einem gewaltsamen Ende. Es ist die Wahrheit, das weiß ich jetzt.

Elf

Sonnenlicht begann seine Frühlingswärme in die Büroecken zu tragen, als Boris Kleine plötzlich beglückt aufstöhnte.

»Na bitte, warum nicht gleich so? Also, Richter«, sagte er, »schaun wir mal, was deine Festplatte so drauf hat!« Seine Zungenspitze schnellte nach vorn und er bekam diesen entrückten Gesichtsausdruck, den man bei einem Pete Sampras für den höchsten Grad der Entspannung halten konnte. Bei Kleine dagegen wirkte er eher dämlich. Er betätigte die Bildtaste im Sekundentakt und schüttelte dabei den Kopf, als sei er unfähig zu fassen, was er zu sehen bekam.

»Das glaub ich nicht!« Seine Stimme vibrierte. »Das müssen Sie sich ansehen!«

Natascha stand auf, drückte ihr Kreuz durch, das vom langen Sitzen steif geworden war, und kam näher. Auch Cora war neugierig, was Boris Kleine rot anlaufen ließ.

»Von wegen hauptberuflich Sohn!«, murmelte Natascha, als die Seiten über den Bildschirm flimmerten. »Strippen war also nicht sein einziges Hobby. Und studiert scheint er auch nicht gerade emsig zu haben. Sieht mir eher aus wie ein straff organisierter Ein-Mann-Betrieb!«

»Im wahrsten Sinn des Wortes!«, sagte Cora nicht ohne Anerkennung. »Unser Ricky-Alex hat offenbar nichts dem Zufall überlassen.«

»Zumindest hatte er 'ne saubere Buchführung«, warf Kleine ein. »Und so was kann in seinem Job in die Hose gehen.«

Alex Richter hatte nicht nur Vornamen und Telefonnummern der Frauen aufgelistet, die er mit seinen Diensten beglückt hatte. Zusätzlich waren bei jeder die speziellen Vorlieben aufgeführt, gepaart mit einigen verschlüsselten Anmerkungen, die zu weiteren Spekulationen anregten.

»Erika, ›Plus/minus‹«, rätselte Natascha, »heißt das vielleicht, sie mochte …«

»… Männer *und* Frauen«, vollendete Cora an ihrer Stelle den Satz. »Darauf würde ich spontan tippen. So viele Frauen möchten verdorben werden – aber nur wenige sind auserwählt.« Ein rauchiges Lachen.

»Wer macht denn so was?« Boris Kleine kriegte sich noch immer nicht ein. »Sich Kerle kaufen! Jedenfalls keine von den Frauen, die ich kenne.«

Natascha und Cora grinsten sich über den vor Entrüstung bebenden Kleine hinweg an.

»Und selbst wenn, dann würden sie es wahrscheinlich nicht jedem erzählen«, sagte Natascha. »Warum sollen Frauen nicht für Sex bezahlen, wenn der Alte nur noch gelangweilt einmal wöchentlich drüber rollt? Ich wette, dass die meisten Ladies auf dieser Liste einsam oder nicht mehr ganz taufrisch sind! Beziehungsweise beruflich so eingespannt, dass ihnen die Zeit fehlt, lange auf die Pirsch zu gehen. Ein jüngerer Liebhaber, und ein so attraktiver noch dazu, ist für eine Frau mittleren Alters eine späte Offenbarung.« Sie räusperte sich. »Könnte ich mir denken.«

»Die Typen machen ihnen den Hengst auch nur für Kohle. Was soll denn daran gut sein?«, rätselte Kleine.

»Er kommt, wenn sie will, und geht, wenn sie genug hat«, erklärte Natascha. »Sie ist in diesem Deal die Mächtige und bestimmt die Distanz, das allein kann schon ziemlich erotisch sein. Und die Lage auf dem freien Markt ist ja auch eher bescheiden.«

»Genau«, fügte Cora hinzu. »Dann doch lieber gute Ware für gutes Geld. Lohnt sich für alle Beteiligten, wenn ich so an diese Dachterrasse denke.«

Während Boris Kleine sich aufpumpte wie ein Maikäfer, gefiel es Natascha immer besser, sich mit Cora die Bälle zuzuspielen.

»Es muss doch nichts Schlechtes daran sein, von einem Profi gevögelt zu werden.«

Cora beugte sich zu Kleine und senkte die Stimme zu einem verschwörerischen Flüstern: »Es heißt, Männer wüssten das schon lange.«

»Das klingt ja fast, als würden Sie sich bald selber in eine Kundenkartei aufnehmen lassen!« In Kleines Stimme bebte echte Empörung.

»Nur keine Panik«, sagte Cora. »Gegen Männer wie Sie haben diese windigen Callboys bei uns keine Chance!«

»Bin ich hier richtig?« In dem Gelächter der beiden Kommissarinnen wäre die leise Stimme der Besucherin beinahe untergegangen. »Dagmar Richter. Ich bin die Mutter von Alex.«

Sie war so bleich, dass ihre Haut unter dem rotblonden Haar fast durchsichtig wirkte. Eine schmale, sommersprossige Hand fuhr haltsuchend in Richtung Schreibtisch. Trotz des warmen Morgens zitterte sie leicht. Mit der fröhlichen Frau auf dem Foto, das sie aus dem Appartement mitgenommen hatten, gab es kaum noch eine Ähnlichkeit.

»Bitte nehmen Sie doch Platz.« Natascha führte sie zu einem Stuhl. »Eine Tasse Tee? Sie sind ja ganz weiß um die Nase.«

Boris Kleine setzte sich in Zeitlupentempo in Bewegung.

»Ich war die ganze Nacht im Zug«, sagte die Frau entschuldigend. »Bin gleich losgefahren, als Ihr Anruf kam. Aber es ist von Münster ja doch eine ganze Ecke. Und geschlafen hab ich natürlich keine Minute.«

»Und vielleicht eine Butterbreze?«, fiel Cora ein und hielt ihr eine Tüte hin. »Danach werden Sie sich besser fühlen.«

Dagmar Richter schüttelte den Kopf. Unter dem Trench, den sie sorgfältig über die Stuhllehne hängte, kamen Faltenrock und Bluse zum Vorschein, ordentliche, preiswerte Kleidung, wie man sie in Kaufhäusern findet. Schuhe, Tasche, Reisetrolly, Armbanduhr, alles schlicht und nicht mehr ganz neu. Nicht einmal das gepunktete Tuch um ihren schlanken Hals war aus Seide. Offensichtlich hatte Dagmar Richter nichts zum protzigen Wohlstand ihres Sohnes beigetragen.

Sie umklammerte die Teetasse mit beiden Händen und sah abwechselnd Natascha und Cora aus geröteten Augen an.

»Ich kann es immer noch nicht glauben«, sagte sie mit erstickter Stimme. »Sind Sie ganz sicher, dass Sie sich nicht getäuscht haben? Meinen Jungen bringt doch keiner um!«

»Wir haben allen Anlass zu befürchten, dass es doch jemand getan hat, Frau Richter«, sagte Natascha behutsam. »Allerdings wissen wir noch nicht, wie. Und schon gar nicht, weshalb. Seine Leiche ist beim Stauwehr angetrieben worden.«

»Wie entsetzlich! War er schon tot, als er …«

»Es wurde kein Wasser in seinen Lungen gefunden.«

»Da bin ich aber froh.« Die Kommissarinnen tauschten einen kurzen Blick. Beide kannten es, dass Hinterbliebene von Mordopfern sich an alles klammerten, was sie an einen Tod ohne Qual glauben lassen konnte. »Alex war nämlich ein miserabler Schwimmer«, sagte Dagmar Richter tonlos. »Schon mit vier habe ich ihn in den ersten Schwimmkurs gesteckt. Aber er hat die Angst vor dem Wasser nie ganz verloren. Viel später hat er mir einmal erzählt, dass der Bademeister ihn immer befingern wollte. Deshalb ist er wohl lieber in der Umkleidekabine geblieben, anstatt mit den anderen auf den Sprungturm zu gehen.«

»Hatte er mit jemandem hier in München ernsthafte Probleme?«, sagte Natascha. »Hat er Ihnen gegenüber je etwas in dieser Richtung erwähnt?«

»Alex? Aber nein! Sie haben ihn doch gesehen, oder?« Jetzt klang die Stimme der Mutter stolz. »Er war eigentlich bei allen beliebt. Es ist nicht nur sein Äußeres. Wissen Sie, er hat so eine unbeschwerte Art, jeden für sich einzunehmen …«

Plötzlich war das Weinen wieder da. Ohne Vorwarnung liefen die Tränen über ihre Wangen.

»Kennen Sie Freunde von ihm?«, fragte Natascha. »Können Sie uns irgendwelche Namen nennen?«

Verzagtes Kopfschütteln.

»Ich konnte ihm doch nie etwas bieten«, sagte sie, »von Anfang an nicht. Sein Vater hat uns sitzen lassen, als er drei war. Natürlich musste ich ihn dann in den Kindergarten stecken, um wieder arbeiten zu gehen, und später in den Hort. Und trotzdem war das Geld immer knapp.« Ihr Mund wirkte plötzlich verbittert. »Was verdient man schon als Sekretärin bei einem kirchlichen Trägerverein? Aber Alex hat nie gejammert, auch nicht, wenn die anderen Jungs lauter Spielsachen hatten, die wir uns nicht leisten konnten. Er war ein richtiger kleiner Engel. Eigentlich ist er das einzige in meinem Leben, worauf ich wirklich stolz bin. Dass ich ihn großgekriegt habe, ohne die Probleme, die Andere mit ihren Kindern haben. Er hat die Schule geschafft und konnte studieren. Viel mehr, als ich jemals hingekriegt habe.«

Trotzig betupfte sie ihre gerötete Nase mit einem gebügelten Taschentuch. »Er hat sich nicht nur auf sein gutes Aussehen verlassen, wie sein Vater. Er war intelligent und hatte Ehrgeiz. Das hat sogar sein neuer Professor gesagt. Als wir telefoniert haben … das letzte Mal … hat Alex mir erzählt, dass der richtig angetan war, weil er sich für das schwierigste Referat in seinem Seminar entschieden hat.«

Tanz ums Grab – Sterben und Trauern im interkulturellen Vergleich. Außer dem Kundinnenverzeichnis enthielt die Festplatte eine Datei mit diesem hochtrabenden Titel. Darunter fanden sich allerdings lediglich ein paar Stichworte, die weder große Begabung für wissenschaftliche Arbeit noch übermäßigen Fleiß verrieten. Alex war mit einem Alu-Löffel im Mund geboren worden und hatte sich entschieden, nicht auf eine akademische Karriere zu setzen, sondern sich der Mittel zu bedienen, die ihm sein smarter Vater offensichtlich vererbt hatte.

Natascha wurde immer klarer, wie wenig Dagmar Richter über ihren Sohn wusste. »Sie haben sein Studium also nicht finanziert?«, fragte sie trotzdem.

Die zartgliedrigen Hände begannen einen fahrigen Tanz. »Wovon denn? Aber er hatte ja wenigstens das Stipendium. Und er hat immer nebenbei gearbeitet.«

»Wissen Sie auch, wo?«, fragte Natascha.

Dagmar Richter zuckte die Achseln. »Gekellnert, glaube ich«, sagte sie schließlich. »Gesagt hat er nicht viel darüber. ›Ist doch öde, Mam! Lass uns lieber über was anderes reden!‹ Und so schrecklich lang haben wir ja nie telefoniert. Bei den hohen Gebühren.« Ihre Tränen flossen heftiger. »Und jetzt ist er tot, mein Alex– ermordet!«

»Wir müssen Sie bitten, ihn zu identifizieren«, sagte Cora, leicht ruppig, wie immer, wenn ihr etwas nah ging. »Leider können wir Ihnen das nicht ersparen. Kommen Sie, Frau Richter, wir bringen Sie hin. Damit Sie es schnell hinter sich haben.«

*

Sie waren still, als der BMW in die Frauenlobstraße einbog, durch das Tor fuhr und schließlich auf dem Parkplatz im Innenhof hielt. Die drei Frauen stiegen aus, betraten die Gerichtsmedizin durch die Hintertür, und plötzlich war es für Natascha, als sähe sie alles mit Dagmar Richters Augen: die schmutziggelben Wände, den schäbigen Eingangsbereich, die Trostlosigkeit dieser letzten Station. Sie war froh, dass ihr wenigstens die Kacheln im Sektionsraum erspart bleiben würden, die schwarzen Tische, auf denen Blutwasserspuren verdunsteten, die Handtuchfetzen neben den Waschbecken. Und der Desinfektionsmittelspender. Was sie ihr nicht ersparen konnte, war der Geruch, der seit Jahrzehnten in diesen Räumen hing, und gegen den selbst die beste Putzkolonne nichts ausrichten konnte.

Ruth Hammes nahm sie in Empfang und führte sie zu der Kühlkammer, in der Alex lag.

Langsam zog sie das Tuch von seinem Gesicht.

Dagmar Richter war zunächst wie erstarrt, schließlich zwang sie sich zu einem winzigen Nicken. Ihre Hand glitt zu seiner Stirn, hielt aber kurz davor inne, als fehlte ihr der Mut, ihn wirklich zu berühren.

»Es ist so kalt hier.« Sie schien tiefer in ihren dünnen Mantel zu kriechen. »Und so hell. Ist das Licht immer an?«

Fast das Gleiche hatte Elfie Bertler auch gesagt.

Und plötzlich konnte Natascha es kaum mehr ertragen, diese Szene, wo eine Mutter für immer Abschied von ihrem Kind nehmen musste, egal, ob es ein junger Mann war, der freiwillig seinen Körper verkauft hatte, oder ein kleiner, geschundener Junge wie Krysztof, für den es niemals eine Wahl gegeben hatte …

»Wollen Sie noch einen Moment mit ihm allein bleiben?«, sagte Cora leise.

»Wenn das möglich wäre …« Die Stimme zitterte.

»Wir warten draußen auf Sie«, sagte Natascha und war erleichtert, dass Ruth Hammes sofort loszureden begann, kaum dass die Tür des Kühlraums sich hinter ihnen geschlossen hatte.

»Man hat ihn offenbar zuvor betäubt, das hat die gaschromatografische Untersuchung eindeutig ergeben.« Sie zog die schmalgezupften Brauen hoch. »Wenngleich nur in minimalen Rückständen. Mehr als Glück, dass ich gleich mal die Nase drüber gehalten habe! Aber sonst sieht es leider düster aus.«

»Keine auffälligen Leberbefunde?«, sagte Natascha. »Oder irgendwelche Spuren in anderen Organen?«

»Kein Koks, kein Heroin, kein gar nichts.«

»Die Arztrechnungen, die wir in seiner Wohnung gefunden haben, belegen, dass er regelmäßig beim Check Up war«, sagte Cora. »Und beim Aidstest. Alles fein säuberlich abgelegt. Scheint ein gesundheitsbewusster junger Mann gewesen zu sein.«

»Leider konnte ich auch sonst keine Substanzen im Körper feststellen.« Dr. Hammes schüttelte den Kopf. »Keinerlei Anhaltspunkt bis jetzt, was ihn getötet haben könnte. Nicht einmal eine halbwegs brauchbare Idee.«

Die drei Frauen wichen zurück, als Dagmar Richter verweint aus dem Kühlraum kam.

»Ich bin jetzt soweit«, flüsterte sie. »Wann kann ich ihn mitnehmen?«

»Ich denke, wir können heute die toxikologischen Untersuchungen abschließen«, sagte Ruth Hammes. Ihr resoluter Tonfall verriet nicht, wie wenig Hoffnung sie hatte, doch noch auf ein Ergebnis zu stoßen.

»Gut. Ich muss ja ohnehin noch jede Menge erledigen.« Die schmalen Schultern sanken nach vorn. »So eine Überführung ist schließlich keine Kleinigkeit.«

»Sie wollen Alex nach Münster überführen lassen?«, sagte Natascha.

»Er muss doch bei mir sein. Wenigstens jetzt«, sagte Dagmar Richter. »Ich kann in seiner Wohnung übernachten? Wissen Sie, die teuren Hotels in München … Ist es von hier weit zu Alex?«

Natascha und Cora tauschten einen schnellen Blick.

»Ich fahr Sie hin«, sagte Natascha und berührte leicht ihren Arm. Die Knochen unter dem dünnen Stoff fühlten sich an, als könnten sie im nächsten Moment zerbrechen.

»Ich will noch mal alles in Ruhe mit Dr. Hammes besprechen«, sagte Cora dankbar. »Schaust du dann später bei den Ethnologen vorbei?«

»Mach ich.«

Sie führte Dagmar Richter hinaus, die zu Nataschas Überraschung zu reden begann, sobald sie im Auto saßen.

»Sein Vater war auch so schön«, sagte sie. »Jede in der Stadt wollte Hanns haben, und keine hat jemals verstanden, warum er sich ausgerechnet mich ausgesucht hat. Gewusst hab ich eigentlich von Anfang an, dass es nicht für ewig sein würde, aber gehofft hab ich es natürlich trotzdem.« Sie zog wieder ein sauberes Taschentuch heraus. »Und dann, als Hanns wegging, dachte ich, ich würde sterben vor Kummer, aber ich hatte ja Alex, meinen wunderschönen Jungen …«

Ein flackernder Blick zu Natascha. »Werden Sie herausbekommen, wer ihn getötet hat?«

»Wir werden alles versuchen«, sagte Natascha. »Wir haben nämlich auch einen großen Ehrgeiz.«

»Versprechen Sie mir das?«

»Das verspreche ich Ihnen.«

Sie hatten die Auffahrtsallee erreicht, und Dagmar Richter war still geworden. Sie blieb regungslos sitzen, als Natascha vor dem Palais den Wagen abstellte.

»Wir sind da«, sagte Natascha und gab ihr den Schlüssel. »Es ist die Wohnung ganz oben.«

»Hier hat mein Sohn gewohnt?« Die Mutter starrte ungläubig auf das Haus. »Sind Sie sicher?«

»Er hat wohl recht fleißig dafür gearbeitet«, sagte Natascha freundlich.

Sie blickte ihr nach, als Dagmar Richter ihren abgewetzten Trolly auf dem makellos gepflasterten Weg hinter sich her zog. Sollte sie sie wirklich allein nach oben lassen?

Sie entschloss sich, es zu tun.

Im Tod wurden alle Lügen sinnlos. Und dennoch war sie für einen Moment froh, nicht dabei sein zu müssen, wenn Dagmar Richter die Wohnungstür aufschließen würde.

Zwölf

Joseph hatte sie vor dem Münchner Frühling gewarnt, und jetzt wurde ihr schlagartig klar, warum. Das war keine zähe Angelegenheit wie in ihrer westfälischen Heimatstadt, wo die Blättchen nach jedem Winter so zögerlich herauskrochen, als wolle die Natur vor der Ödnis des Ortes kapitulieren. Es hatte auch wenig Ähnlichkeit mit Frankfurt, wo zu dieser Jahreszeit plötzlich eine Dunstglocke über der Stadt hängen konnte, die alles zum Dampfen brachte.

Die Frühlingstage hier besaßen den Charme eines südländischen Liebhabers. Der Himmel über der Ludwigsstraße war mit einem Mal in rauschhafte Münter-sche Farben getaucht. Warmer Wind ließ Nataschas Schädel dröhnen und beschleunigte ihren Puls. Oder lag das daran, dass sie damit rechnen konnte, Coras Bruder wieder zu sehen?

Verdammt noch mal – sie war ein Profi und dienstlich unterwegs! Das aufreizende Sonnengeglitzer auf den klassizistischen Häuserfassaden endete abrupt, als sie in die schattige Oettingenstraße einbog.

Ihre Frühlingsgefühle legten sich schlagartig, als sie das Gebäude erreichte, in dem das Ethnologische Institut neben anderen Fachbereichen untergebracht war, ein steriler Bau hinter hohen Mauern, abweisend und kalt. Nicht eben ein motivierender Ort, dachte Natascha, und es verwunderte sie nicht, dass sie in den labyrinthischen Gängen auf der Suche nach den Ethnologen kaum Studenten begegnete.

Ein leise ätzender Geruch im Treppenhaus ließ sie flach atmen. In einem kahlen Gang des Obergeschosses wies ihr ein kaum zu entdeckendes Schildchen den Weg zu den Ethnologen. Die undefinierbare Farbe auf der Eingangstür war rußverschmiert. Trotzdem war es jemandem gelungen, darauf mit viel Tesafilm einen Zettel zu befestigen:

WEGEN BRANDSCHADEN
VORÜBERGEHEND NEUE ADRESSE

Natascha stieß die angelehnte Tür auf und blickte in den kleinen Flur, auf dessen Boden angeschmorter Nadelfilz vor sich hin stank. An einer der Wände waren zwei Plastikstühle in schmuddeligen Orange angebracht. Wirkt wie eine solidarische Gruß-Adresse an ein Dritte-Welt-Krankenhaus, dachte Natascha. Nach den Schilderungen Lennarts hatte sie erwartet, in einem Institut für Völkerkunde auf Spuren von Forscherdrang und Abenteuer zu stoßen. Selbst wenn man alles nach dem Brand weggeräumt hatte, konnte sie sich nicht vorstellen, dass es hier jemals etwas Derartiges gegeben hatte. Ein lieblos auf Pappe geklebtes, an die Flurwand genageltes Foto, das einige primitive Werkzeuge zeigte, betrachtete sie als Beweis für ihre Vermutung.

Hinter der Tür am Ende des trostlosen Ganges schien der Brandherd gewesen zu sein, der Lack warf sich in schwarze Blasen. Die Tür war verschlossen, Löcher in der Wand verrieten, dass hier irgendwann ein Namensschild entfernt worden war.

Natascha notierte die neue Adresse und fuhr, nachdem sie den Stadtplan befragt hatte, in die Richtung, wo das belebte Schwabing auf den Englischen Garten stieß.

Der Föhn kreiste offenbar nicht nur in ihrem Blut, speziell die Zurechnungsfähigkeit der männlichen Autofahrer schien von frühlingshaften Hormonschüben beeinträchtigt. Fluchend trat Natascha die Bremse durch und verkniff sich im letzten Moment den Stinkefinger für den Cabriofahrer vor ihr, der vor lauter Glotzen auf die inflationär entblößten Beine der Schwabinger Schönheiten ins Schlingern kam. Sie überholte zügig, reihte sich links ein und fuhr dann zwischen blühenden Bäumen entlang, bis sie die richtige Straße gefunden hatte.

Die weiße Jugendstilvilla war nicht nur von außen imposant. Große Fenster im Erdgeschoss zeigten auf einen Garten, der bis an den Eisbach reichte. Drinnen war alles hell und gepflegt, und die Treppe, die nach oben führte, aus bester, alter Eiche. Und hier gab es sie, die Glasvitrinen, in denen Fund- und Sammelstücke aus fremden Kulturen ausgestellt waren. Große Kalebassen schmückten die Galerie, ebenso wie einige ebenholzfarbige, grob geschnitzte Skulpturen von archaischer Schönheit.

»Kann ich Ihnen weiterhelfen?« Auf gut Glück hatte Natascha eine Tür geöffnet, auf der zu lesen war, dass

Friederike Huth das Sekretariat von Professor Dr. E. Dornbusch führte.

Natascha zückte ihren Dienstausweis. »Hauptkommissarin Morgenthaler, Kripo München. Ich ermittle in einem Todesfall und hätte gern Herrn Brandt gesprochen.«

»Da haben Sie momentan leider kein Glück.« Dunkelrot gelackte Nägel wiesen auf die Wand gegenüber, an der ein farbenprächtiger Webteppich gespannt war. »Herr Brandt ist noch in einer Sitzung. Mit Professor Dornbusch, falls Sie den auch gebraucht hätten. Und Frau von Schlüter.« Plötzlich war etwas Belegtes in ihrem Tonfall. »Sie kommen wegen Alex? Alex Richter? Schrecklich!« Sie seufzte. »Ein Jammer – so ein gut aussehender Kerl! Und ein netter dazu. Überhaupt nicht arrogant, wie man das gewöhnlich von schönen Männern kennt.«

Natascha fixierte das kummervolle Gesicht der drallen Blondine, die ihre Rundungen selbstsicher in einem enganliegenden Blumenkleid zur Geltung brachte.

»Haben Sie ihn näher gekannt?«

Es wirkte fast kokett, wie die Sekretärin den Kopf neigte. Dann ein schnelles Kichern. »In einem so kleinen Laden kennt jeder jeden. Fast familiär, unser Orchideenfach, wenn Sie wissen, was ich meine. Hat seine Vor- und Nachteile.«

»Und in Familien streitet man sich gern«, versuchte Natascha einen Vorstoß.

»Ach, nein, bei uns geht es in der Regel eher friedlich zu«, sagte Friederike Huth und versenkte ihren Blick in die bunten Muster des Wandteppichs. »Kann noch dauern.« Sie stieß sich von ihrem Schreibtisch ab und stöckelte zu einer fleckigen Kaffeemaschine. »Wollen Sie einen?«

Dankend lehnte Natascha ab. Allein der Gedanke an das plörrige Maschinengebräu zog ihr die Magenwände zusammen. »Sie haben ja großes Glück gehabt mit Ihrem Ausweichquartier, nach dem, was ich in der Oettingenstraße gesehen habe.«

Friederike Huth füllte ihren lippenstiftverschmierten Kaffeebecher und ließ eine beachtliche Anzahl an Süßstoffkügelchen hinein ploppen.

»Sie haben Recht. Da konnte man echt auf den Frust kommen. Trotzdem hat keiner von uns den Laden abgefackelt, falls Sie das meinen.«

Natascha lächelte. »Wie ist es denn passiert?«

»Keine Ahnung. Das Feuer ist in der Nacht ausgebrochen. Vielleicht ein Schwelbrand oder so. Ihre Kollegen haben da auch nicht viel rausgefunden.«

»Diese völkerkundlichen Sammelstücke – sind die vom Institut?«

»Ach was! Die gehören Frau von Schlüter. So wie das Haus, das sie uns zur Verfügung gestellt hat. Sie war mit einem Ethnologen verheiratet und viel auf Reisen. Sie ist so eine Art Mäzenin unseres Instituts.«

Natascha blickte nach draußen in den Garten, wo sich gerade einige Studenten auf dem Rasen niederließen.

Sie bat Friederike Huth, ihr Bescheid zu geben, sobald die Sitzung beendet sei und ließ sich zeigen, wie sie in den Garten gelangen konnte.

Das Grundstück war größer, als sie zunächst geglaubt hatte, und fiel sacht zum Wasser hin ab. Unter ein paar alten Fichten entdeckte sie einen flachen Bau, eine Art Gartenhaus, das offensichtlich erst vor kurzem renoviert worden war. Jedenfalls war die Holztüre neu, und auch die Fensterläden waren frisch gestrichen. Natascha beendete ihren Rundgang, indem sie wieder zur Terrasse zurückkehrte.

Ein junges Mädchen mit schlechter Haut und schönen braunen Locken, das sich auf den Stufen des Hauses sonnte, hatte sie nicht aus den Augen gelassen.

»Sind Sie von der Polizei?«, fragte sie neugierig.

»Sieht man das?«, fragte Natascha und war überrascht, dass die Studentin im Stehen kaum kleiner war als sie selbst.

»Nicht direkt. Aber die Art, wie Sie sich überall umgesehen haben …« Ein Lächeln, das leicht missglückte. »Und natürlich wissen wir alle, was passiert ist. Deshalb sind Sie doch hier – wegen dem schönen Alex, hab ich Recht?«

»Hatten Sie mit ihm zu tun?«, fragte Natascha. »Gemeinsame Seminare oder privat?«

»Nee, der war ein Semester über mir, aber hat sich nicht allzu häufig blicken lassen.« Wieder das schiefe Lächeln. »Es hieß, er habe eher andere Interessen.«

»Und Feinde? Hatte er die auch?«

»Dieser Sonnyboy? Nee. Höchstens ein paar Neider, die sich gewünscht hätten, auch so auszusehen wie er.« Sie reckte ihren Hals und winkte einem farblosen Brillenträger zu, der sicher zu den Letztgenannten gehört hatte. »Mein Freund. Ich muss los – Wiedersehen!«

Natascha ging zurück in die Halle. Stimmengewirr ließ sie die Treppe zügig nehmen. Die Tür zum Sitzungszimmer war geöffnet und eine kleine Gruppe gerade am Hinausgehen.

»Das ist Hauptkommissarin Morgenthaler«, posaunte Friederike Huth dienstbeflissen. »Und das Professor Dr. Dornbusch.«

Buschige Brauen über hellen, tiefliegenden Augen, eine markante Nase. Silbernes Haar, das weit bis in den Nacken reichte. In der rechten Wange gab es einen Muskel, der unkontrolliert zuckte. Charakterkopf auf kurz geratenem, sehnigem Forscherkörper, dachte Natascha. Sein Gesicht war leicht gerötet, als sei er erregt oder verärgert, und auch auf den Handrücken gab es mehrere rot aufgeraute Stellen.

»Ich finde, Sie machen sich das zu einfach!« Lennart Brandts Stimme klang scharf. »Ich verstehe nicht, warum Sie meinen Forschungsansatz plötzlich anzweifeln. Herr Professor, bitte überdenken Sie Ihre Entscheidung, ich …«

»Mir ist das alles zu vage«, sagte Dornbusch. »Wir brauchen heute deutlich innovativere Ansätze, um der Finanzierung einer Feldforschung zuzustimmen.« Mit einem abwesenden Blick streifte er die kleine Gruppe und verschwand in seinem Zimmer.

»Innovativer Ansatz. Das sagt der Richtige! Die ganze Zeit über signalisieren, er sei einverstanden und dann plötzlich so was!« Jetzt erst bemerkte Lennart Natascha und sein Ausdruck wurde noch unglücklicher.

»Und das ist Veronika von Schlüter!«, soufflierte Friederike Huth, bemüht, die unglückliche Situation zu entkrampfen. »Unsere Hausherrin sozusagen.«

Natascha erkannte sie sofort.

Für einen kurzen Moment sah sie die elegante Frau in Schwarz wieder am Champagnerglas nippen, als sie Natascha mit einem kühlen Lächeln zunickte. Ob sie ihn wohl Ricky oder Alex genannt hatte, als sie ihren ganz persönlichen Schützling im Alfa auf dem dunklen Parkplatz erwartet hatte?

Sie starrte Natascha einen Augenblick so durchdringend an, als würde sie ihre Gedanken erraten. Dann jedoch wandte sich die Frau mit einem Strahlen wieder Lennart Brandt zu.

»Sie dürfen sich nicht so aufregen, Lennart«, sagte sie und berührte flüchtig seinen Arm. »Sie wissen doch, wie er ist! Ich schlage Ihnen vor, in ein paar Tagen noch einmal in aller Ruhe …«

»Hat der Mann mir eigentlich jemals zugehört oder irgendwas von dem gelesen, was ich ihm vorgelegt habe?«, sagte Lennart heftig. »Ich hasse es, wenn jemand sich nicht an Absprachen hält – egal, wer!«

»Wer wird denn gleich so undiplomatisch sein? Ich glaube an Ihr Forschungsprojekt. Und meinen alten Freund Dornbusch überzeugen wir auch noch!« Ihre Körpersprache verriet, wie sehr sie seine Nähe genoss.

»Kann ich dich jetzt sprechen, Lennart?«, sagte Natascha eine Spur zu heftig. »Wäre dringend!«

*

In seinem winzigen Büro waren sie beide plötzlich befangen. Er pflückte ein paar Bücher von seinem einzigen Besucherstuhl und versuchte den überfüllten Schreibtisch mit fahrigen Handbewegungen zu ordnen.

»Schöner Saustall«, sagte er belegt. »Ich kann dir nicht mal einen Kaffee anbieten.«

»Ich will keinen Kaffee.« Natascha suchte nach den richtigen Worten und kämpfte dabei gegen ein leises Schwindelgefühl an, das in ihr aufsteigen wollte. »Frau von Schlüter und Alex Richter«, sagte sie schließlich. »In welcher Beziehung standen die beiden zueinander?«

Er sah sie an, als wäre sie von einem anderen Stern.

»Komm schon, Lennart«, sagte Natascha. »Ich hab sie zusammen gesehen. Allerdings hatte ich damals noch keine Ahnung, wer sie ist. Die beiden – was weißt du?«

»Nichts. Sie kannten sich, natürlich, aber was hat das schon zu sagen?«

»Vermutlich eine ganze Menge«, sagte sie. »Es gibt ungefähr so viele Zusammenhänge auf der Welt wie Atome im Universum. Man muss nur die richtigen finden – das ist das Problem.« Sie sah ihn direkt an. »Meinst du, du kriegst das noch durch mit deiner Feldforschung?«

»Wenn nicht, hab ich ein Jahr umsonst gearbeitet. Dann kann ich alles hinschmeißen. Wenn es nach Dornbusch geht, findet sie vermutlich gar nicht statt.« Er kam ihr so nah, dass sie sein Haar riechen konnte. »Ich muss die richtige Strategie finden, um ihn umzustimmen. Die Zeit wird verdammt knapp. Sonst geht die Zusage von der Partneruni in Jaunde flöten. Und ohne die kann ich meine Arbeit in Kamerun vergessen.«

»Warum denkst du dann nicht einmal laut darüber nach?«, sagte sie sanft. »Zum Beispiel heute Abend – mit mir?«

»Ach komm!« Er wandte sich trotzig ab. »Du hältst doch genauso viel von meiner Arbeit wie Cora oder dieser ... verkniffene, alte Sack.«

Ganz schön hitzig, der Süße, dachte sie und lächelte.

»Warum sollte ich dir was vormachen?«, sagte sie. »Also, wann? Und wo?«

»Halb neun, Casino. Ich werde da sein, auch wenn mir jetzt gerade nicht danach ist«, stieß er hervor.

»Ich auch, und mir ist sehr danach«, sagte Natascha.

Es störte sie nicht, dass ihr Hüftschwung beim Hinausgehen einem Bücherstapel zum Einstürzen brachte.

*

Friederike Huth hatte Recht gehabt. Das Haus, das Frau von Schlüter bewohnte, war nicht weit entfernt von dem, das derzeit die Ethnologen beherbergte. Die Verkehrsführung der von Einbahnstraßen umzirkelten Ringstraße hatte Natascha Nerven gekostet, und als sie jetzt aus dem Auto stieg, konnte sie das Dröhnen des dichter werdenden Verkehrs hören. Sie sah sich schon im Stau stehen und ihre Laune sackte plötzlich gegen Null. Sie hätte sich die Schlüter gleich packen, den Überraschungsmoment nutzen sollen. Das Gespräch mit Lennart hätte warten können. Und ob die Verabredung mit ihm eine gute Idee war? Warum machte ihr der Gedanke an Cora ein schlechtes Gewissen? Völliger Blödsinn.

Trotzig straffte Natascha die Schultern und drückte den Klingelknopf an dem eisernen Tor. Das Haus war von düsterer Wuchtigkeit, ein schnörkelloser Dreißigerjahrebau, und der Baumbestand hinter dem Haus ließ ein großes Grundstück ahnen. Obwohl Nataschas kartografisches Gedächtnis eher schwach war, vermutete sie den Eisbach in der Nähe. Vom Garten aus müsste man ihn vielleicht sehen können.

Aus der in die Mauern eingelassenen Sprechanlage quäkte ein schwäbelndes »Ja, bitte?«

»Morgenthaler, Kripo München. Ich hätte gern Frau von Schlüter gesprochen.«

»Tut mir Leid, die gnädige Frau ist nicht da.«

»Wann erwarten Sie sie denn zurück?« Natascha blickte die Straße entlang, kein schwarzer Alfa.

»Also, das weiß ich wirklich nicht.« Die Stimme bekam etwas Empörtes, und der Dialekt siegte nun endgültig über den Sprachduktus des schwäbischen Hausdrachens. »Die Frau von Schlüter ist mir gegenüber keine Rechenschaft schuldig. Ich mach hier meine Arbeit und das werde ich jetzt …«

»Schon gut!« Natascha atmete tief durch und zwang sich zur Ruhe. Sie hasste es, abgewimmelt zu werden wie ein Zeuge Jehovas. »Wenn Sie mir bitte trotzdem kurz öffnen würden, damit ich Ihnen meine Karte da lassen kann.«

Tatsächlich ging der Summer und Natascha drückte das Tor auf. Hinter den Mauern erwartete sie ein mit alten Steinplatten gepflasterter Innenhof, in großen Terrakottakübeln blühten riesige Hortensien in verschiedenen Blautönen. Rechts führte ein Weg in den Garten, links wurde das Grundstück von einer Garage begrenzt, deren grünhölzerne Flügeltüren leicht geöffnet waren, ohne dass Natascha erkennen konnte, ob ein Auto darin stand.

Sie stieg die Stufen hinauf, als sich die Haustür öffnete. Fast hätte sie weiße Schürze und Häubchen erwartet, statt dessen trug die zierliche Sechzigjährige weite Hosen und eine lange Bluse, die aussah, als hätte sie einmal viel Geld gekostet. Vielleicht etwas Abgelegtes von der Gnädigen.

»Kann ich bitte Ihren Ausweis sehen?« Die Hausangestellte strich mit einer schnellen Bewegung eine Strähne ihrer kurz geschnittenen grauen Haare zurück und blitzte Natascha aus wachen Mausaugen herausfordernd an, obwohl sie dabei den Kopf in den Nacken legen musste.

»Aber klar ... wenn Sie mir dann auch freundlicherweise Ihren Namen verraten würden?«, sagte Natascha, während die kleine Frau ihre Plastikkarte inspizierte.

»Irene Marx.« Sie reichte den Ausweis zurück und zog die Tür hinter sich näher, so dass es Natascha unmöglich war, einen Blick in das Innere des Hauses zu werfen.

Die Frau ist ihr Geld wert, dachte Natascha und setzte ein Lächeln auf. »Und Sie sind der gute Geist des Hauses, nehm ich an? Die Hausdame, oder wie nennt man das heute?«

»Haushälterin, Köchin, Putzfrau, Mädchen für alles, so nennt man das auch heute noch.« Frau Marx lächelte jetzt ebenfalls und legte damit ihre auffallend schiefen Zähne frei.

»Wie lange arbeiten Sie schon für Frau von Schlüter?«

»Ziemlich genau dreiundzwanzig Jahre«, sagte Frau Marx nicht ohne Stolz, »und ich werde bei ihr bleiben, bis ich in die Grube falle.«

»War Frau von Schlüter noch verheiratet, als Sie zu ihr kamen?«

»Das ist sie noch«, wieder der empörte Ton. »Ihr Mann ist vor vielen Jahren ... Frau von Schlüter ist Witwe.« Sie machte einen Schritt auf Natascha zu. »Wenn Sie mir jetzt Ihre Karte geben wollen ...«

Natascha drückte ihr die Karte in die Hand, und wandte sich zum Gehen. Sie wartete darauf, das die schwere Haustür hinter zu krachen würde.

»In welcher Angelegenheit möchten Sie sie denn sprechen? Kann ich ihr etwas ausrichten?«

»Wir ermitteln in einem ungeklärten Todesfall.« Ohne sich umzudrehen, ging Natascha weiter die Stufen hinab.

»Oh, dann ist es also jemand, den die gnädige Frau kennt?«, schwäbelte es hinter ihr.

»Davon gehen wir aus, ja.«

»Verstehe.«

»Vielleicht kannten Sie ihn ja auch.« Natascha drehte sich um und schaute hinauf zu dem betont gleichmütigen Gesicht der Haushälterin. »Alexander Richter, ein Student. Auffallend hübscher Junge.«

Frau Marx verschränkte die Arme vor der Brust und schüttelte den Kopf. »Sagt mir nichts. Also – ich werd das hier dann weitergeben.« Sie wedelte mit der Karte und schlüpfte durch den Türspalt ins Haus.

Sie würde sich jetzt erst mal einen Kaffee machen. Auf dem Weg zur Küche entdeckte Irene Marx einen losen

Faden am Ärmel ihrer Bluse und widerstand der Versuchung, ihn abzureißen. Ein junger, hübscher Bursche. Sie lächelte verschmitzt. Davon hatte sie schon so viele kommen und gehen sehen.

Woher sollte sie wissen, welcher davon Alexander Richter war?

Dreizehn

Irgendwo hatte sie mal gelesen, dass ein Kupferschwamm Wunder wirken sollte. Alter Hexentrick in Sachen Erotik. Massiere deine Haut sanft mit einem Kupferschwamm und der Mann, den du beeindrucken willst, wird sich deiner flirrenden Ausstrahlung nicht entziehen können. Wo zum Teufel bekam man Kupferschwämme? Was machte man normalerweise damit? Töpfe und Pfannen schrubben, verklebtes Rührei abschaben?

Natascha fuhr auf den Parkplatz des Kommissariats, stellte den Motor ab und suchte nach ihrem Handy. Fünf Anrufe in Abwesenheit. Noch bevor sie die Nummern überprüfen konnte, setzte der nervtötende Summton ein. »Wo bleibst du denn, verdammt noch mal?«, dröhnte Coras Stimme. »Und wieso bist du nicht zu erreichen?«

Sie hatte den Termin im Kunstpark Ost vergessen. Was war nur los mit ihr? Nie zuvor hatte Privates die Konzentration auf ihre Arbeit beeinträchtigt. Neuerdings kam es immer öfter vor, dass sie sich in Gedanken verlor, in kindische Tagträumereien abdriftete. Vielleicht hätte sie doch den Rat des Alten befolgen sollen, eine Pause einlegen, eine Kur auf einer Nordseeinsel, Urlaub auf den Malediven, oder doch lieber eine Intensivbehandlung beim polizeipsychologischen Notdienst? Vielleicht war sie wirklich ausgebrannt, obwohl sie das nie hatte hören wollen.

»Bin auf dem Weg. Du glaubst nicht, auf wen ich bei den Ethnologen gestoßen bin. Ich …«

»Erzähl mir das später.« Eisiger Ton. »Tritt aufs Gas. Das ist ja zumindest etwas, was du verlässlich hinkriegst.«

Natascha brach der Schweiß aus, als ihr der dichte Verkehr auf der Bayerstraße das Einfädeln unmöglich machte. Kurzentschlossen knallte sie das Martinshorn aufs Autodach und raste los.

Im Licht des Frühabends wirkten die Hallen schäbig, die verschmutzten Parkplätze trostlos. Orte des Nachtlebens brauchen die Dunkelheit, um anziehend zu wirken. Als Natascha die Stripbar betrat, schlug ihr der typische Mief von unbelebten Kneipen entgegen – sinnlos die Luft anzuhalten, um kaltem Zigarettenrauch und dem Geruch abgestandener Spirituosen auszuweichen.

Cora saß am Ende der Bar, neben ihr ein junger Typ, kaum älter als fünfundzwanzig, und hinter dem Tresen lümmelte eine etwa gleichaltrige Blondine, die ihre schulterlangen Haare zu dünnen Zöpfen geflochten hatte. Die zwei wirkten wie Zwillinge, ihre durchtrainierten Körper steckten in engen T-Shirts und weiten Hosen, die knapp über der Schamhaargrenze gerade noch Halt fanden.

Wären als Hänsel und Gretel ein echter Renner, dachte Natascha, während Cora ihr die beiden als Geschäftsführer vorstellte. Mark Hausmann und Annette Bogner waren weder Geschwister, noch wirkten sie verirrt und ahnungslos. Sie redeten wie sachlich kalkulierende Jung-Unternehmer, die genau wussten, wie sie ihr Geschäft aufzuziehen hatten.

»Sie haben hier also eher einen fliegenden Wechsel bei den Jungs – keine Stammtruppe?«, setzte Cora ihre Befragung fort.

»Klar, das macht keiner lange. Für die meisten ist das nur eine Durchlaufstation, wie ’ne Art Experiment für Exhibitionisten und Eintänzer. Ist ja kein Job mit Aufstiegschancen und reich wird man damit auch nicht«, sagte Annette und wandte sich an Natascha. »Was zu trinken?«

»Ein Wasser wäre nett. Was verdienen die Herren denn so am Abend?«

Marc nahm Annette die Flasche Pellegrino ab, ließ das Sprudelwasser in ein Glas plempern und schob es zu Natascha hinüber. »Also, hier laufen am Abend sechs bis acht Jungs durch und das bei unzuverlässiger Publikumsdichte. Mal brummt der Laden, mal ist er leer wie ’n Freibad im Winter. Wir zahlen ein Fixum, den Rest holen sie über Housedollars oder private dance rein. Steigert das persönliche Engagement.«

»Ach«, Cora hatte wieder diesen Blick, »wie privat sind denn diese Tänze?«

»Vergessen Sie’s, was auch immer Sie denken, Frau Oberkommissarin.« Annette richtete die Spitze des Messers, mit dem sie gerade Zitronen spaltete, auf Cora und lächelte dünn. »Das ist ein seriöses Unternehmen, klar? Wenn eine Frau auf einen der Jungs abfährt, kann sie'n Solo kriegen. Und zwar hier drinnen.« Die Messerspitze stieß in die Richtung der Bänke an der tüllverhängten Wand.

»Anfassen verboten. Kostet fünfzehn Euro«, sagte Marc ruhig. »Wir sind kein Puff. Und was die Jungs in ihrer Freizeit machen ...«

»... liegt natürlich nicht in Ihrer Verantwortung«, ergänzte Natascha. »Aber was nimmt man nicht alles hin für eine motivierte Belegschaft!«

»Warum hat Alexander Richter hier aufgehört, hat er sich näher dazu geäußert?«, fragte Cora.

Hänsel und Gretel tauschten einen schnellen Blick, ihr Achselzucken kam synchron. »Wollte sich wohl auf sein Studium konzentrieren, das hat er uns jedenfalls gesagt. Wenn jemand gehen will, halten wir ihn nicht zurück«, knurrte Marc.

»Ach komm«, sagte Annette und saugte hingebungsvoll an einer Zitronenscheibe, »Ricky war ein echter Bringer. Er hatte was drauf und alle waren scharf auf ihn.«

»Vielleicht hatte er ja eine bessere Einnahmequelle gefunden?«, fragte Natascha. »Eine, die ihn nur noch solo wollte. Mit anfassen, für'n paar Euro mehr?«

»Keine Ahnung. Und wenn schon, Glück hat's ihm wohl nicht gebracht.« Marc rutschte von seinem Hocker. »Heißt nicht, dass es mir nicht Leid tut. Scheiße, Mann.«

»Ja, echt Scheiße«, echote Annette leise.

Plötzlich donnerte Musik los, die Bässe brachten die Gläser in den Regalen hinter dem Tresen zum Klirren.

Vor dem Soundmixer am Ende des Catwalks bewegte ein hünenhafter, dunkelhäutiger Mann seinen markanten Kopf ruckartig im Rhythmus. Er trug eine Sonnenbrille mit kleinen, tiefschwarzen Gläsern und obwohl das Dämmerlicht ihn kaum mehr etwas erkennen lassen konnte, inspizierte er die Rückseite einer CD-Hülle so konzentriert, als gelte es, den Koran zu studieren.

»Archie!«, brüllte Annette, während Marc ihm genervt gestikulierte, die Lautstärke zu reduzieren.

Natascha beugte sich zu Cora vor. »Mister Bombastic!«, schrie sie. »Das Opfer der Küchenrolle!« Ihre Stimme hallte in die plötzliche Stille und Cora zog eine Augenbraue hoch, als Archie in einer heftigen Bewegung zu ihnen herumfuhr.

»Guter Mann«, beeilte sich Marc zu bemerken, »der Einzige, der dabei ist, seit wir den Laden aufgemacht haben. Er lernt die Frischlinge an.«

»Warum machen Sie das?«, fragte Natascha.

»Was?« Annettes Blick huschte nervös zischen ihr und Archie hin und her, der in wiegenden Schritten auf sie zukam. Das grausige Lila seines Trainingsanzugs dämpfte seine Attraktivität nur unerheblich.

»Die Wisch und Weg-Nummer, Sie wissen schon.«

Annette war nun wirklich irritiert und ihr Gesichtsausdruck belämmert.

»Schwänze sind tabu, ist doch nicht so schwer zu verstehen, oder?« Er starrte auf sie hinunter und Natascha konnte ihr Spiegelbild in seinen Brillengläsern sehen, als sie sich zu einem Lächeln entschloss.

»Aber das könnte man doch eleganter lösen, finden Sie nicht?«

»Willst du das übernehmen, oder was?« Er packte ihre Hand und legte sie in seinen Schritt. »Schätze, eine reicht nicht.«

Cora sprang neben ihr vom Hocker. Marc und Annette waren plötzlich verschwunden. Natascha erhob sich langsam, während der schwarze Panther unter lila Polyester aus dem Schlaf erwachte.

Natascha zog ihre Hand erst zurück, als sie mit Archie auf Augenhöhe war.

»Was soll das sein – ein Werbegeschenk?«

Cora riss dem Mann die Sonnenbrille vom Gesicht und hielt ihm ihren Ausweis unter die Nase. »Brandt, Mordkommission. Und das hier ist meine Kollegin, Frau Morgenthaler. Sie erteilen hier Unterricht, wurde uns gesagt. Hat Alexander Richter von Ihnen gelernt, wie man mit Frauen umgeht? Dann hätten wir zumindest mal ein Motiv für den Mord an ihm.«

Archie kniff die Augen zusammen. »Ich hör immer Mord. Wusste gar nicht, dass ihn einer abgemurkst hat. Aber wundern tut's mich nicht. War'n arroganter Arsch, der den Hals nicht voll kriegen konnte.«

»Wovon?«, fragte Natascha. »Die Stripperei kann's ja wohl nicht gewesen sein.«

Er verschränkte die Arme und nickte zwei Jungen zu, die sich an ihnen vorbei drückten und dann irgendwo in den hinteren Räumlichkeiten verschwanden.

»Wär's das jetzt? Ich hab zu arbeiten.«

»Ist es das, was Sie hier hält? Ein florierendes, kleines Subunternehmen, ein bisschen Zuhälterei?«, fragte Cora. »Immer frische Jungs für die Damen – auf Provisionsbasis?«

Archie legte den Kopf in den Nacken und ließ ein aggressives Lachen hören.

»Sie kapieren wohl nicht, was hier läuft. Zuhälterei, so 'ne Wichse hab ich nicht nötig.« Seine Miene war offen feindselig. »Wissen Sie, wie angezündet die Weiber hier nach so 'nem Abend sind? Hier rennen so viel nasse Muschis rum, dass sie hinter denen aufwischen können. Und die meisten wollen mich. Wenigstens einmal 'nen schwarzen Schwanz ausprobieren. Ist doch prima. Braucht man zum Negerficken nicht mal nach Jamaika zu fliegen.«

»Sie machen es also zum Vorzugspreis. Mir bricht's das Herz.« Natascha leerte ihr Wasserglas. »Aber ich nehme an, dass Sie nicht der Einzige sind, der sich hier sexuell ausbeuten lässt. Hat Ricky Ihnen das Geschäft versaut?«

Wieder das freudlose Lachen.

»Der? Der hat sich doch vor Angst in die Hosen gemacht, wenn eine mal was von ihm wollte. Wenn ich den nicht auf die Spur gesetzt hätte, würde der hier heute noch seinen kleinen, weißen Arsch schwingen. Er hat mich abgezockt – eine ganz miese Nummer.«

»Werden Sie doch mal etwas präziser«, sagte Cora. »Sie können so schön erzählen.«

Mit einem leisen Summton flackerten in diesem Moment die Lichtkörper über der Bar auf. Marc steuerte bestimmten Schrittes auf sie zu.

»Bei aller Kooperationsbereitschaft, aber wir müssen jetzt mal langsam an den Start kommen.«

Natascha schaute auf die Uhr. Schon acht. Keine Zeit mehr für Kupferschwämme, geschweige denn für eine Dusche, die sie dringend gebraucht hätte.

Archie stieß sich vom Tresen ab. »Sorry, aber die war teuer«, sagte er und nahm Cora die Sonnenbrille ab, die sie immer noch in der Hand hielt. Sein breites Grinsen ließ zum ersten Mal Charme aufblitzen.

»Einen Moment noch.« Cora zückte Block und Kugelschreiber. »Ihren vollständigen Namen, Adresse, Telefonnummer. Sie werden uns noch sagen müssen, wo Sie in der Nacht vom dreizehnten auf den vierzehnten waren, und wir werden das überprüfen.«

Während Cora die Personalien notierte, nahm Archie sich Zeit, Natascha zu taxieren.

»Wie groß sind Sie eigentlich? Einsfünfundachtzig?«

»Kennen Sie Veronika von Schlüter?« fragte Natascha. »Gutaussehend, blond, Anfang fünfzig? Fährt einen schwarzen Alfa.« Cora schaute von ihrem Block auf.

Archies Mundwinkel zogen sich in einem kurzen Zucken nach unten. »Müsste ich drüber nachdenken. Fällt mir gerade nicht ein.« Grußlos glitt Archie davon.

»Und Sie?« Natascha wandte sich an Marc.

Er tat so, als würde er nachdenken.

»Nicht mit Namen, aber ich weiß, wen Sie meinen. Sie kam öfter, nicht regelmäßig, aber sie fiel auf. Hat immer eine Flasche Veuve bestellt, auch wenn sie kaum ein Glas davon getrunken hat. Zum Finale war sie meistens schon weg.«

»Veronika von Schlüter?«, fragte Cora, als sie in der Abenddämmerung über den Parkplatz gingen. »Ist das die Person, von der du mir erzählen wolltest?« Natascha nickte und begann in knappen Worten zusammenzufassen, was sie erfahren hatte. Cora unterbrach ihren hektischen Redefluss. »Hör mal, mir bricht gleich der Magen durch vor Hunger. Hast du schon mal so ein richtiges bayrisches Spanferkel gegessen, mit Kruste, Knödeln und Krautsalat?«

Betreten schüttelte Natascha den Kopf.

Wie kam sie jetzt hier raus, ohne Cora zu düpieren? Unter anderen Umständen hätte sie sich gefreut, mit ihr essen zu gehen, um das Wenige, was sie wussten, in eine mögliche Linie zu bringen, und sie später, nach Ferkel, Weißbier und zwei Schnäpsen, zu fragen, woher sie ihre Narben hatte.

»Cora, ich will kein Spielverderber sein. Aber ich habe so bestialische Rückenschmerzen, ich will jetzt nur noch ein heißes Bad und ins Bett. Nicht böse sein – ich verspreche dir, dass ich mein erstes bayerisches Spanferkel mit dir esse. Soll ich dich zu Hause absetzen oder bist du mit dem Auto da?«

Sie hasste sich für das Gefühl der Erleichterung, als Cora auf einen Dienstwagen deutete. Und ihr sorgenvolles Mitleid war ihr unerträglich. Als sie den Gedanken verwarf, Cora zu gestehen, dass sie mit Lennart verabredet war und sie einfach mitzunehmen, mochte sie sich selbst nicht mehr.

Beim Abschied berührte sie Cora flüchtig, und wenn sie gesehen hätte, wie ihre Blicke ihr folgten, hätte ihr das den Rest gegeben.

*

»Herbig.« Er hatte immer diesen grollenden Ton, wenn er sich am Telefon meldete, so als würde er sich furchtbar gestört fühlen und nur unwillig der Notwendigkeit nachkommen, ab und zu mit der Außenwelt in Kontakt zu treten. Sie hatte beschlossen, es nicht persönlich zu nehmen und ihm mit beharrlicher Munterkeit zu begegnen. Natascha tat das inzwischen automatisch und nicht nur, wenn sie sich, wie auch jetzt wieder, wortreich dafür entschuldigte, dass Rexona gerade vollkommen in seine Obhut übergegangen war.

»Ist schon in Ordnung, Natascha«, hörte sie Joseph grummeln. »Ob Sie nun beruflich oder privat unterwegs sind, ist doch vollkommen wurscht. Sie sind eine attraktive junge Frau und neu in der Stadt. Gehen Sie raus, lernen Sie Leute kennen. Niemand verlangt von Ihnen, dass Sie an so einem schönen Abend die Eremitei eines älteren Herrn teilen, nur weil er auf Ihren Hund aufpasst.«

Er seufzte, als habe ihn die ungewöhnlich wortreiche Ansprache erschöpft und Natascha presste ihr Handy ans Ohr. Sie lauschte Josephs Stimme nach, ob da nicht doch Vorwurf oder Bitterkeit mitschwang. Sie lief an den verwaisten Ständen des Viktualienmarktes entlang, auf der Suche nach der Straße, wo sich das Casino befand, in dem Lennart hoffentlich noch wartete.

»Ich tue es im Übrigen gern«, setzte Joseph nach. «Und Sie sollten damit aufhören, sich deswegen schuldig zu fühlen. Es sei denn, es ist eine Ihrer Lieblingsbeschäftigungen.«

»Kann ich nicht behaupten.« Natascha lachte leise. Wieder mal ins Schwarze getroffen, Joseph.

»Dann lassen Sie's und verwenden Sie Ihre Energien anderweitig.«

»Ich werde mich bemühen. Freunden Sie sich mit dem Gedanken an, dass ich Sie mag und geben Sie Rexona einen Kuss von mir.«

»Den Teufel werd ich tun«, raunzte Joseph, doch sie hörte das Lächeln in seiner Stimme.

Sie schaltete ihr Handy aus und blickte sich um. Sie hatte den Gärtnerplatz erreicht. Die Straßencafés waren vollbesetzt, Stimmengewirr und Gelächter vermischten sich mit dem weichen Rascheln in den Blättern der Bäume, die ein leichter Wind bewegte. Milde Wärme streichelte ihre Haut und ließ sie an ihren grünen Seidenmantel denken, den sie jetzt gern getragen hätte, anstatt der angeschwitzten Bluse. Im Gehen benutzte sie ihren Lippenstift, löste die Haare, kämmte sie mit den Fingern durch, zwirbelte sie wieder hoch und befestigte die Spange. Ein flüchtiger Kontrollblick in eine Schaufensterscheibe stellte sie zufrieden und als sie in einer Seitenstraße die Leuchtschrift des ›Casinos‹ entdeckte, fühlte sie eine Euphorie, als hätte sie den Abendstern gefunden.

Das plüschige Rot der Einrichtung überraschte sie. Spiegel täuschten Weitläufigkeit vor und gedimmtes Licht kuschelte sich in die kleinen Sitzgruppen. Bislang waren nur wenige der samtenen Sessel vor den niedrigen Tischchen besetzt. Leise Musik bildete den Hintergrund für gedämpft geführte Gespräche.

Nachdem sie Lennart nirgendwo entdecken konnte, steuerte Natascha den Tresen an, hinter dem ein wohlgestalteter Barkeeper mit tänzerischer Bewegungsfreude kleine Schälchen mit Erdnüssen auf der illuminierten Abstellfläche verteilte. Sie ignorierte das leise Grollen ihres Magens und bestellte eine Margherita.

Natascha schaute auf die Uhr. So viel zu spät war sie nicht. Wie alle unpünktlichen Menschen konnte sie es nur schwer ertragen, zu warten. Bereits wenige Minuten Überhang machten sie nervös und eine Viertelstunde konnte an schlechten Tagen zu Übellaunigkeit führen. Sie hatte das erste Erdnuss-Schüsselchen geleert, als sie Lennart aus dem hinteren Teil des Raumes auf sich zu kommen sah.

Er strahlte, als er sie entdeckte, und sie fragte sich, ob er wusste, wie umwerfend er aussah.

Er berührte sie nicht, als sie sich begrüßten. Sie rettete sich mit einem Blick auf den kleinen Wirbel über seiner Stirn, wo ein Wassertropfen von einer seiner blonden Haarsträhnen perlte.

»Ich musste mal kurz meinen Kopf unter Wasser halten. War total in Wallung.« Wieder das Strahlen.

Er gab dem Barkeeper ein Zeichen und lotste Natascha an einen der kleinen Tische.

»Du scheinst den Frust für heute einigermaßen verdaut zu haben.« Natascha nippte an ihrer Margherita und ließ die Salzkörner auf der Zunge zergehen.

»Für heute, ja.« Lennart streckte sich, nachdem er seine langen Beine an dem kleinen Tisch vorbei platziert hatte. »Ich hab beschlossen, noch mal in aller Ruhe mit Dornbusch zu reden. Vielleicht hatte der heute einfach eine profilneurotische Anwandlung vor dem Gremium. Schließlich ist er erst seit kurzem Institutsleiter.«

»Dein Corona, Lennie-Schatz.« Ein rehäugiger junger Kellner beugte sich herab und drückte Lennart die Bierflasche in die Hand. Nach einem freundlich-taxierenden Blick auf Natascha entfernte er sich mit einem graziösen

Hüftschwung, der unter der knöchellangen, eng gewickelten Schürze besonders gut zur Geltung kam.

»So, wie ich dich heute Nachmittag verstanden habe, hattest du doch bis jetzt keine Probleme mit ihm?«, fragte Natascha.

Lennart drückte die Zitronenspalte im Flaschenhals herunter und nahm einen Schluck.

»Ich war nicht gerade begeistert, den Doktorvater wechseln zu müssen, aber mein Ex-Professor hat in den höchsten Tönen von ihm geschwärmt. Von seiner Erfahrung im Feld, der wissenschaftlichen Vielfalt seiner Veröffentlichungen und so. Stimmt, ich hab Dornbusch als sehr aufgeschlossen kennen gelernt. Er hat Fragen gestellt, die mich weitergebracht haben und wirkte ausgesprochen interessiert.«

»Und dann?«

»Nichts und dann. Ich hatte eigentlich nicht mehr sehr viel mit ihm zu tun. Nur von den Studenten hab ich ab und zu mal gehört, dass er sehr launisch ist.« Er zuckte die Achseln. »Vielleicht ist er überfordert mit der Institutsleitung, obwohl wir ein durchaus übersichtlicher Fachbereich sind. Ich hatte einfach zu wenig Gelegenheit herauszufinden, wie der Mann tickt. Vielleicht leidet er ja auch an der Ethnologenkrankheit, keine Ahnung. Komm, lass uns über was anderes reden.«

Lennart stellte die leere Bierflasche zwischen seinen Beinen ab, was Natascha ausgesprochen nervös machte. Sie kippte den Rest ihres Cocktails hinunter.

»Was ist das, die Ethnologenkrankheit?«

»Eine Art galoppierende Weltfremdheit. Häufig auftretend nach langen Feldforschungen. Dornbusch hat kaum gelehrt, war viele Jahre in Südamerika. Willst du noch was trinken?«

Natascha nickte, und Lennart bedeutete dem Kellner, noch mal das Gleiche zu bringen.

»Man sagt, dass sich der Ethnologe bei seiner Arbeit im Feld in eine Zwittersituation begibt, die ihn zum Grenzgänger macht. Die Welt, aus der er kommt, lässt ihn nicht richtig los, und die Welt, in die er sich begibt, nimmt ihn nicht wirklich auf. Der Ethos der Ethnologen fordert Beobachtung ohne Wertung. Ich glaube, dass das nicht immer einfach ist. Wir alle haben eine kulturelle Identität, von der wir uns nur schwer lösen können. Schlimmstenfalls ist die Identitätskrise der Preis des Ethnologen für die Neugier auf die soziale Umwelt.«

»Könnte man genauso von Kriminalbeamten sagen«, sagte Natascha.

Lennart lehnte sich in die geschwungene Lehne des Sessels zurück und betrachtete Natascha nachdenklich.

»Hast du ein Problem mit deinem Beruf?«

Natascha war Rehauge, der in diesem Moment die Drinks brachte, unendlich dankbar für sein Timing und nahm ihm das Glas ab, bevor er es auf den Tisch stellen konnte. Auch schien er zu der Sorte Kellner zu gehören, die ein plötzliches Schweigen richtig zu deuten wussten, denn er verschwand ohne Geplänkel und in angemessener Eile.

»Ich hab ein Problem mit einem toten Ethnologiestudenten, von dem wir nicht wissen, wie er gestorben ist und warum. Es gibt vage Hinweise für einen Mord und die Erkenntnis, dass er sich offensichtlich seine Schönheit zunutze gemacht hat, um an Geld zu kommen.«

Lennart runzelte die Stirn. »Und wie?«

»Er hat gestrippt und …«

Jetzt lachte er. »Er hat – was? Willst du mich verarschen?«

Sie spülte ihre Verärgerung über seinen nicht enden wollenden Heiterkeitsausbruch mit einem weiteren Schluck Margherita hinunter.

»Außerdem verfügte er über einen Kundenstamm zahlungswilliger Damen, die er nach allen Regeln der Kunst gevögelt hat. Ich vermute mal, eure edle Mäzenin war eine von ihnen. Wie gut kennst du sie eigentlich?«

»Kaum.« Er war jetzt ernst; gedankenverloren glitten seine Finger am Hals der Coronaflasche entlang. »Eigentlich bin ich ihr heute das erste Mal direkt begegnet. Ihr Mann war Ethnologe und stammte aus einer vermögenden Familie. Viel altes Geld. Sie verwaltet einen Stiftungsfond, der ethnologische Forschungsarbeiten fördert.«

»Wäre doch eine Lösung deines Problems? Körperlicher Einsatz im Dienst der Wissenschaft.« Sie bereute den Satz, kaum dass sie ihn ausgesprochen hatte.

Doch Lennart wirkte, als habe er gar nicht zugehört. Sein Blick hing plötzlich irgendwo im Nichts. Für einen Moment schloss er die Augen.

»Schade eigentlich«, sagte er und seine Stimme klang monoton, »dass Menschen nicht über die gleiche Fähigkeit verfügen, wie afrikanische Buschratten.« Sein eisgrüner Blick traf sie mit voller Wucht. »Wenn sie umgebracht werden, bespritzen sie den Jäger mit ihrem Urin. Absolut tödlich. Stell dir das mal vor. Der Mörder richtet sich selbst.«

»Mit Rattenpisse?«

Natascha spürte die plötzliche Wirkung des Alkohols. Sie blickte auf Lennarts Mund und dachte an die Erdnussstückchen in ihren Zähnen.

»Ihr Urin ist der Erreger des Lassafiebers. Das war's dann.« Lennart beugte sich vor und klickte seine Bierflasche gegen ihr Glas. Sein Lächeln war zum Niederknien. »Eine kleine Geschichte aus Kamerun.«

*

Zwei Margheritas und drei Coronas später entschlossen sie sich zu gehen. Lennart bahnte ihr den Weg durch die dicht stehenden Menschen. Kurz bevor sie den Ausgang erreichten, löste sich plötzlich ein junger Kerl aus der Menge und warf sich in Lennarts Arme. Lennart lachte und drückte ihn an sich. Natascha wurde einfach weitergeschoben, aber sie sah noch, wie der Junge ihm durch die Haare fuhr.

Zärtlich sah er aus. Und verdammt gut.

So wie eigentlich alle Männer, die das Lokal inzwischen füllten. So gut, dass sie nur Gefallen aneinander fanden.

Natascha trat hinaus auf die Straße und atmete tief durch. Sie musste lachen. Was für eine Idiotin sie doch war! Er hatte sie in eine Schwulenbar geschleppt und sie machte sich Sorgen über ihre Zahnhygiene!

Erschrocken fuhr sie herum, als sie eine Hand in ihrem Nacken spürte. Seine Augen waren dicht vor ihren.

»Trägst du deine Haare auch mal offen?«, fragte Lennart.

»Selten.« Plötzlich wollte sie nur noch weg. »Bei mir stellt sich kein Rita-Hayworth-Effekt ein, wenn ich die Spange löse.«

Er lächelte nicht. »Der Natascha-Effekt interessiert mich auch viel mehr.«

Seine Hand lag immer noch in ihrem Nacken, als er sie auf eine Weise küsste, dass sie sich eine Ohnmacht herbei wünschte.

Vierzehn

Es war wieder einer dieser Momente, wo Dr. Monticelli sich wünschte, er hätte den Mut gehabt, seinen Träumen zu folgen. Dann wäre er jetzt Surflehrer in der Karibik und hätte vielleicht schon einen Platz gefunden, wo er eine Strandbar eröffnen könnte. Stattdessen absolvierte er seine Facharztausbildung in der Münchner Rechtsmedizin und forschte über Felsenbeine. Damit hatte das, was er jetzt erledigen musste, allerdings nichts zu tun. Das hier war nur der Alltag.

Seufzend griff Dr. Monticelli zum Skalpell. Er beugte sich über den Oberschenkel des stinkenden Beins und präparierte das quallige Gewebe zur Seite, um in den tieferen Schichten Muskelfasern entnehmen zu können. Er löste eine dünne Gewebeschicht vom Knochen und nahm ohne den Blick abzuwenden die bereitliegende Pinzette zur Hand. Er legte das Präparat in einen kleinen Plastikbehälter, der wie alles im Sektionsraum trotz penibler Sauberkeit durch Alter und Abnutzung schmuddelig wirkte.

Dr. Monticelli verschloss den Schraubdeckel und machte sich auf den Weg zur DNA-Abteilung, so wie

Dr. Hammes es ihm aufgetragen hatte. Das Bein war jetzt Sache des Sektionsgehilfen. Er würde es in eine Folie wickeln und in die Kühlung bringen, bis es abgeholt wurde. Der Staatsanwalt hatte es freigegeben, die Verwandten der jungen Frau wollten es beerdigen, davon hatte Dr. Monticelli gehört. Was rät der Bestattungsunternehmer wohl in so einem Fall? Kurz streiften Gedanken des jungen Pathologen das Bild von einem mit Seide ausgeschlagenen Sarg, in dem ein einzelnes Bein zu ewigen Ruhe gebettet wurde. Wenigstens etwas, von dem die Leute Abschied nehmen konnten. War ja auch irgendwie zu verstehen.

*

Boris Kleine war es zugefallen, Dagmar Richter darüber in Kenntnis zu setzen, dass sie die Leiche ihres Sohnes nun überführen lassen konnte. Sie hatte nur »Ja« gesagt am Telefon. »Ja, ist gut.«

Wenigstens hatte sie nicht geweint, und dafür war er dankbar.

Er rollte mit seinem Stuhl so dicht an den Schreibtisch, dass sein flachtrainierter Bauch die Tischplatte berührte und rückte den Abschlußbericht von Dr. Hammes zurecht, bis er in akkuratem rechten Winkel zu der Plastikunterlage lag.

Sie hatten ihn nicht totgekriegt, diesen Lustknaben. Das las er in den knapp formulierten Schlussworten, die zusammenfassten, dass sie so gut wie nichts herausgefunden hatten. Boris Kleine blätterte zurück und setzte den Textmarker an. Punktblutungen in den Augenlidhäuten deuteten auf Tod durch Ersticken hin, vermutlich nach Einwirkung eines zentralnervös dämpfenden Mittels. Die Überprüfung von elf gängigen Substanzen im Urin des Toten war negativ ausgefallen.

Also irgendein Gift. Weder war klar, was für eins, noch wie es in den Körper gelangt war. Vielleicht doch ein banaler Selbstmord. Saß am Eisbach mit ’ner Prise schnellem Tod in der Tasche, weil er einfach keine Lust mehr hatte, irgendwelche Frustelsen durch die Wechseljahre zu pimpern. Da war allerdings noch die Sache mit dem Chloroform. Es war unwahrscheinlich, dass der Bursche sich selbst betäubt hatte, um sich anschließend zu vergiften.

Boris Kleine dachte nach. Giftmord war eine klassisch weibliche Methode. Und in diesem Fall alles andere als abwegig. Es hatte ja auch schon Freier gegeben, die Nutten umbrachten. Allerdings meistens mit deutlich unästhetischerem Ergebnis. Passte auch. Wenn Frauen durchdrehen, sind sie perfide in der Wahl ihrer Mittel, ohne die Äußerlichkeiten aus dem Auge zu verlieren. Klang gut, fand Boris, aber Cora Brandt würde ihn dafür schlachten.

Dabei wäre es interessant gewesen, Alexander Richters Kundinnen vor dem Hintergrund dieser Erkenntnis zu befragen. Aber sie hatten es ja zur Frauensache erklärt. Die Morgenthaler hatte sich immerhin bemüht, ihm klarzumachen, dass die Gegenwart eines Mannes in Anbetracht des heiklen Themas nicht gerade geschickt wäre. Er hatte ihr Recht geben müssen, so gelassen wie möglich.

Unwillkürlich führte er die linke Hand zum Mund, als er vor sich hin starrte. Es hatte sich etwas verändert, seit die Neue angetreten war. Die Chefin, die er als solche bis jetzt ohne Begeisterung respektiert hatte, zeigte sich immer öfter von einer persönlicheren Seite. Aber mochte er das?

Manchmal, wenn er es zuließ, beschlich ihn das Gefühl, diese Veränderung ginge auf seine Kosten, schloss ihn aus und setzte ihm das Narrenkäppchen auf. Natürlich konnte er das auf keinen Fall zulassen. Klar, sie waren ihm an Berufsjahren und Erfahrung voraus, und er vermutete Absicht dahinter, wenn sie sich austauschten, so als wäre er nicht da. Er musste dann immer aufpassen, dass er sich nicht fühlte wie einer von den nassen Teebeuteln, die sie beide auf die gleiche blöde Art mit dem Fädchen auf dem Löffel ausquetschten.

Boris Kleine zog den Finger aus dem Mund. Der Anblick des Bluttropfens, der langsam unter dem abgebissenen Nagel hervorquoll machte ihn irgendwie ruhig. Sie würden schon noch merken, dass es ein Fehler war, seine Fähigkeiten zu unterschätzen.

*

Was für ein trostloses Kaff, dieses Vaterstetten! Einer dieser schnell hochgezogenen Vororte mit Einkaufszentrum und Reihenhäusern, in denen die Eintönigkeit das Leben in den Dämmerschlaf schickte.

Natascha betrachtete den knochigen Nacken der Frau, die sich vor ihr hinabbeugte, um die Tür zu ihrem kleinen Schuhladen aufzuschließen. Sie hatte Glück gehabt, dass Julia Hamberger in der Mittagspause nach Hause ging, um ihrem dreizehnjährigen Sohn ein warmes Essen auf den Tisch zu stellen. Nichts aus der Mikrowelle, sie kochte immer selbst, darauf legte sie Wert. Und sie konnte das Abendessen vorbereiten, denn für Heiner, ihren Mann, gab's noch mal warm, was er sich nach einem langen Tag bei der Münchner Rück schließlich verdient hatte. Sie persönlich war eine Anhängerin des Dinner-Cancelling. Das machte es leicht, die Figur zu halten, die nur einmal während der Schwangerschaft aus dem Leim gegangen war. Schon jetzt, nach dem kurzen Weg von der Doppelhaushälfte zum Geschäft, ließ die hohe Stimme der Frau in Nataschas Schläfen das Kopfweh erwachen.

Sie betraten den Laden, und Julia Hamberger schloss wieder ab, weil es erst Viertel vor drei war.

»Mit einem Nervenzusammenbruch kann ich nicht dienen«, sagte sie und zupfte an ihrem knielangen Satinrock, bis der Reißverschluss wieder mittig über ihrem mageren Hintern lag. Die Frau war Ende vierzig, schätzte Natascha, aber vielleicht hatten auch Frust und fehlende Abendessen die Falten in das sorgfältig geschminkte Gesicht gegraben. Das einzig Sinnliche an ihr waren ihre großen, braunen Augen, die Natascha jetzt herausfordernd anblickten.

»Ich bin achtundvierzig. Ich färbe meine Haare und leiste mir in unregelmäßigen Abständen bezahlten Sex. Für nichts davon muss ich mich schämen.« Sie leierte die Sätze emotionslos herunter. »Alex hab ich seit ein paar Wochen nicht mehr getroffen, falls es das ist, was Sie wissen wollen.«

»Aber Sie waren doch wohl eine Stammkundin?« Natascha ging an den Schuhregalen entlang und griff nach einer Sandalette mit grünen Lackriemchen, die ihr schon im Schaufenster aufgefallen war.

»Sie haben kleine Füße für Ihre Größe. Neununddreißig, richtig?« Julia Hamberger eilte zwei Regale weiter. »Ich kann mir gar nicht vorstellen, dass er tot ist.« Jetzt seufzte sie doch. »Wirklich traurig – er war jeden Cent wert.« Ihre Finger strichen über die Fesselriemen der neununddreißiger Sandalette, als ein Lächeln über ihr Gesicht huschte. »Er hat sich was einfallen lassen, das muss ich sagen.«

»Verstehe.« Natascha dachte an die Sammlung erotischer Werkzeuge in Alex Richters Schubladen.

»Ich glaube nicht, dass Sie das verstehen.« Die Stimme wurde durch den besserwisserischen Ton nicht angenehmer. »Bei diesen Jungs kann man auch ziemlich daneben greifen. Dann ist das auch nicht viel besser als Karnickelsex zu Hause. Nur länger und öfter. Das ist meistens die Abteilung, wo's schlimm wird, wenn sie den Mund aufmachen. Alex war anders. Er war neugierig. Spielerisch irgendwie. Er hat was von den Frauen gelernt. Es wird nicht leicht werden, so einen wie ihn noch mal zu finden.« Sie hielt Natascha den Schuh hin. »Wollen Sie probieren?«

Natascha überlegte kurz, aber grün war nun mal ihre Lieblingsfarbe.

»Und wie machen Sie das so im Allgemeinen? Wie sind Sie in Kontakt mit Alex gekommen?«

»Übers Internet. Mühsam, die richtige Seite zu finden, die meisten Jungs sind nämlich im schwulen Sortiment. Für Frauen ist immer noch wenig geboten. *Womens slip.de*, die sind noch am besten. Und bundesweit. Nützlich, wenn ich auf Messen unterwegs bin.«

Unter dem Kennerblick Frau Hambergers hinkte Natascha vor dem Spiegel auf und ab.

»Und Ihr Mann kriegt nichts davon mit?«

Kurzes, schrilles Lachen. Natascha wollte sich gar nicht vorstellen, wie es klang, wenn die Frau zu ihrem teuer bezahlten Orgasmus kam.

»Dazu müsste er sich erst mal für mich interessieren. Und wenn schon. Glauben Sie bloß nicht, der würde mir nachts auch nur irgendwohin folgen, geschweige denn Callboys umbringen. Köstlich.« Sie kriegte sich gar nicht mehr ein. »Nein, so was macht Heiner nicht. Der weiß, was sich gehört und schläft schon um zehn vor dem Fernseher ein.« Erschöpft rang Julia Hamberger nach Luft. »Ich muss jetzt den Laden aufmachen. Und dann hol ich Ihnen den zweiten.«

*

Verstohlen wechselte Natascha das Standbein. Die grünen Riemchen drückten und Coras Laune war ausgesprochen schlecht. Sie standen vor dem Schlüterschen Haus und schauten Rexona beim Pinkeln zu. Natascha hatte die Hündin abgeholt, weil Joseph zu einer Verlagskonferenz musste.

»Wenn wir das hier hinter uns haben, können wir vielleicht eine Polemik über die Abgründe weiblicher Sexualität verfassen, sonst aber auch nichts, glaub mir.« Cora kickte einen Stein über den Gehsteig, was Rexona als Aufforderung verstand und ihm mit fliegenden Ohren nachjagte.

»Wir haben nicht mal die Hälfte seiner Kundinnen durch«, sagte Natascha. »Es sind nicht gerade viele Punkte, an denen wir uns entlang hangeln können und ...«

»Wenn es wenigstens Abgründe wären«, unterbrach Cora sie, um ihren Gedanken weiterzuverfolgen. »Mir scheinen das eher ziemlich flache Gewässer zu sein, deprimierend finde ich das. Nur weil ein Kerl mal seine Finger und andere Körperteile an die richtigen Stellen legt, ist das doch noch lange kein Grund, derartig aus dem Häuschen zu geraten. Da tun sie wer weiß wie autark, ich nehm mir was ich will und bla. Nichts als Lippenbekenntnisse.« Sie verschränkte die Arme und ignorierte Rexonas trippelndes Werben um fliegende Steine.

»Das hast du aber hübsch gesagt.« Natascha grinste, aber Coras Miene blieb düster. »Offensichtlich weißt du nichts über den Frust in deutschen Betten.«

»In seinen Armen war ich schön!« Cora äffte einen Jammerton nach. »Ich bitte dich. Für diesen Selbstbetrug hat diese Steuertante jedes Mal vierhundert abgedrückt.«

»Vierhundert? Er hat wohl seine Preise nach Gewicht gemacht.«

Cora hatte ihr die Chefin einer Steuerkanzlei beschrieben, die sie als letzte befragt hatte. Die Dame schien zu der Sorte der freudlosen Dicken zu gehören, die Cora schon mit dem Herumgezupfe an ihren wallenden Gewändern aggressiv gemacht hatte.

Natascha packte Rexona am Halsband und verfrachtete sie ins Auto, während Cora ihren Finger auf dem Klingelknopf ließ, bis sich das Tor öffnete.

»Die Frau hat mir fast den Ärmel abgerissen, um zu erfahren, wo ihr Heilsbringer beerdigt wird«, sagte Cora, als sie auf das Haus zu gingen. »Das kann man Mutter Richter nun wirklich nicht zumuten. Eine arme Irre, die am offenen Grab ihres Sohnes multiplen Orgasmen nachtrauert.«

»Du bist zu hart, Cora. Vielleicht wollte sie nur einen Kranz schicken. ›Mit dir stirbt meine Lotusblüte.‹ Stell ich mir hübsch vor, in Gold auf schwarzem Grund.«

Hinter dem Türspalt haftete sich der strenge Blick von Frau Marx auf Coras wölfisches Grinsen. »Ich weiß, dass Sie einen Termin hatten, aber Frau von Schlüter musste überraschend ins Institut.«

»Na, dann hoffen wir doch, dass sie genauso überraschend wieder da ist. Es wäre ärgerlich, wenn wir uns umsonst auf den Weg gemacht hätten.« Frau Marx war kaum noch zu sehen und Natascha bedauerte, dass sie nicht das passende Schuhwerk trug, um die sich schließende Tür mit dem Fuß aufzuhalten.

»Das kann ich Ihnen nicht sagen, wirklich nicht.«

»Aber Sie können doch wohl ein Telefon bedienen? Rufen Sie an und fragen Sie.«

Cora drückte die Tür auf und ging einfach hinein.

»Um Gottes Willen, passen Sie doch auf! Dürfen Sie das eigentlich?« Frau Marx rückt eine der hölzernen Masken an der Wand zurecht, die Cora mit ihrer ruppigen Bewegung gestreift hatte.

»Sie machen Ihre Arbeit wirklich gut, Frau Marx«, sagte Natascha sanft. »Und wir wollen das Gleiche tun.«

Das Entrée war rot gestrichen und gab den mattschwarzen Holzgesichtern, die von überall grimmig auf sie herabblickten, etwas Blutrünstiges. Natascha fragte sich, wie es wohl wirkte, wenn der mächtige Kristalllüster sie mit funkelndem Licht belebte. »Zeigen Sie uns, wo wir warten können, ohne uns vor Angst in die Hose zu machen.«

Als Frau Marx die Tür an der Stirnseite der Halle öffnete, war es, als würden sie eine andere Welt betreten. Die Sonne ließ weiße Sofas gleißen wie eine arktische Landschaft. Bunte Webteppiche auf poliertem Parkett wirkten tapfer dem Eindruck von Kühle entgegen. Sprossenfenster gaben den Blick frei auf einen parkähnlichen Garten, den dichtbelaubte Bäume vor jeglichem Einblick schützen. Eine Flügeltür führte hinaus auf eine großzügige Terrasse, in einem von sanft gerundetem Sandstein eingefassten Pool schimmerte die Wasseroberfläche in Türkis.

»Was haben wir nur falsch gemacht?«, fragte Cora und ließ sich in eines der tiefen Polster fallen, nachdem Frau Marx sie sichtlich ungern allein gelassen hatte. »Augen auf bei der Berufswahl, hat mein Vater immer gesagt.«

»Du hättest auch einfach heiraten können. Und zwar reich. So wie die Dame des Hauses.«

Natascha betrachtete die zahlreichen kleinen Gemälde an den Wänden; naive Malerei, die merkwürdig deplatziert wirkte, wie lautes Lachen in einer Kirche. Nichts in diesem Zimmer vermittelte den Eindruck von Leben und sie konnte sich nicht vorstellen, dass dies nur der Sorgfalt Frau Marx' zuzuschreiben war.

»Eine schöne Frau«, sagte Cora. Sie nahm einen kleinen Bilderrahmen von einem Beistelltisch. »Meinst du wirklich, dass sie die Dienste eines Lustknaben in Anspruch genommen hat? In seiner Kundenkartei war sie jedenfalls nicht.«

»Vielleicht wollte sie ihn ja auch nur auf den Pfad der Wissenschaft zurückführen.«

Sie nahm Cora das Foto aus der Hand. Eingerahmt von zwei Männern stand eine junge Veronika von Schlüter vor dem mächtigen Stamm eines Baumes. Irgendwas Exotisches, eine Mangrove vielleicht. Ihr im Lachen zurückgeworfener Kopf berührte die Schulter des Mannes links von ihr. Er war groß und es brauchte keine ausgeprägte Vorstellungskraft, um unter seiner Kleidung einen athletischen Körper zu vermuten. Dichtes, blondes Haar über dem Gesicht eines griechischen Gottes, dessen leidenschaftliche Züge trotz der verblichenen Farben des Fotos so lebendig wirkten, dass Natascha eine Bewegung in ihnen zu spüren meinte.

Der zweite Mann, kleiner und mit dunklen Locken, die ihm bis auf die Schultern fielen, wirkte verloren neben den Beiden. Er hatte seine Hand über die Augen gelegt, als wolle er sich vor dem strahlenden Glück des Paares schützen.

»Ich hatte Sie doch gebeten, nichts anzufassen.« Wie eine Gralshüterin stand Frau Marx plötzlich neben ihr. Natascha erwartete fast, sie würde ein Staubtuch zücken und ihre Fingerabdrücke wegwienern, als sie das Bild vorsichtig zurückstellte.

»Ist das ihr Mann?«

Es war echter Kummer, der die Miene der Haushälterin weich werden ließ.

»Das Foto ist in Südamerika aufgenommen, auf seiner letzten Forschungsreise. Sie hat ihn sehr geliebt«, schwäbelte sie leise. »Man kann verstehen, dass sie nie darüber hinweg gekommen ist, nicht?«

»Ist er dort gestorben? Hatte er einen Unfall, oder war er krank?«, fragte Cora.

»Sie müssen jetzt gehen. Frau von Schlüter ist immer noch beim Professor. Ich konnte Frau Huth nicht davon abhalten, sie zu stören. Die gnädige Frau hat gesagt, Sie möchten so freundlich sein und dort auf sie warten.«

*

Das Klicken der Zentralverriegelung ließ Rexona aufjaulen.

»Guck nicht so, sonst geb ich dich zur Adoption frei. Du magst Joseph doch sowieso schon viel lieber als mich.« Natascha drückte den Hundekopf zurück, der sich durch den handbreiten Spalt der nassgehechelten Scheibe zwängte. Leises Fiepen hielt sie zurück, Cora zu folgen, die bereits in der Ethnologenvilla verschwunden war. »Schon gut. War nicht so gemeint.« Sie kraulte den Hals der Hündin und fühlte sich plötzlich schlecht.

Schon bevor sie wenige Minuten später die Tür zu Friederike Huths Vorzimmer öffnete, hörte sie, dass die Unterredung zwischen der Mäzenin und Professor Dornbusch alles andere als einvernehmlich verlief.

Cora lehnte am Schreibtisch der Sekretärin und nahm eine Tasse Kaffee entgegen. Ihre Unterhaltung vermischte sich mit den Wortfetzen, die aus dem Zimmer des Professors drangen. Als Friederike Huth lautstark ihrem Erstaunen darüber Ausdruck verlieh, dass Lennart Brandt eine Schwester bei der Mordkommission hatte, gab Natascha den Versuch auf, etwas von dem Streit hinter der verschlossenen Tür zu verstehen.

Ob es um Lennarts Projekt ging? War er womöglich auch dort drinnen?

Sie ärgerte sich über die Feuchtigkeit in ihren Handflächen. Seit jenem Abend hatte sie ihn nicht mehr gesprochen. Er hatte sich nicht gemeldet in den vergangenen Tagen und sie hatte beschlossen, dies als Ansage zu verstehen, der sie sich nur zu gern anschloss. Immer wieder ging sie ihrer Neigung, Dinge wichtig zu nehmen, bevor sie eine Bedeutung hatten, in die Falle. So oft schon hatte sie sich Leichtigkeit gewünscht, aber da machte ihr Kopf nicht mit.

Nach dem Kuss hatte sie sich bestimmt und ohne ein Versprechen von Lennart verabschiedet. Er hatte das so gelassen hingenommen, dass sie in einer wirren Mischung aus Erleichterung und Trotz ihre Gedanken zu ordnen versuchte, als sie sich von einem Taxi nach Hause hatte bringen lassen.

Letztendlich saß sie doch nur ihrer Eitelkeit auf, und der Gedanke an eine Affäre mit Coras Bruder war ihr plötzlich geschmacklos vorgekommen. Der Testballon war schon im Aufstieg zerplatzt, und deshalb gab es keinen Grund, nervös zu werden, beruhigte sie sich, selbst wenn es jetzt zu einer Begegnung vor Coras wachsamen Augen kommen sollte.

»Er meldet sich nicht«, verkündete Friederike Huth und legte den Telefonhörer auf. »Aber ich glaube, er hat heute noch ein Seminar.« Sie begann auf ihrem Schreibtisch herumzukramen. »Wo ist denn der Plan, verdammt noch mal?«

»Lassen Sie nur«, sagte Cora. Ihr Blick war in sachlicher Beobachtung auf Friederikes obersten Blusenknopf gerichtet, als warte sie darauf, dass er der Spannung nachgeben und an ihr vorbei durchs Zimmer springen würde. »Ich hab noch eine vage Erinnerung daran, wie er aussieht.«

Durch das gekippte Fenster drang ein spitzes Hundekläffen, als die Tür zu Professor Dornbuschs Zimmer sich öffnete. Veronika von Schlüter war vollkommen ruhig, als sie Cora und Natascha begrüßte.

»Ich bin auf der Seite Ihres Bruders«, sagte sie zu Cora, nachdem die Sekretärin sie eilfertig ins Bild gesetzt hatte. »Im Moment bezweifle ich allerdings, dass das von Vorteil ist. Aber deshalb sind Sie wohl nicht hier. Wollen wir ein paar Schritte gehen? Ich brauche frische Luft.«

»Da ist ein Hund im Garten! Wem gehört der?« Natascha spürte die Aufregung des Mannes physisch, noch bevor er aus seinem Zimmer kam. »Frau Huth!«

Die Langsamkeit, mit der die Sekretärin sich erhob, hatte etwas Provozierendes. Als Natascha ans Fenster trat, war der Professor schon neben ihr.

Sie sah sie nicht sofort. Am Ende des Grundstücks, in der Nähe des Gartenhauses wälzte sich Rexona auf der Wiese wie ein Schwein im Schlamm. Sie warf ihren Kopf hin und her und sprang auf. Es sah aus, als würde sie husten, dann schob sie ihre Schnauze durchs Gras und schüttelte sich. Sie plumpste auf ihren Hundehintern und wirkte für einen Moment verwirrt.

»Ist das Ihrer?« Dornbusch starrte Natascha an. »Machen Sie was, holen Sie ihn da weg.« Sein Gesicht war auf eine Weise verzerrt, als hätte es Übung darin. Was auch immer dieser Mann hasste, Hunde gehörten offensichtlich dazu.

Natascha kam nicht umhin, seine Gefühle zu teilen, als sich die Absätze ihrer neuen Schuhe in den Rasen bohrten. Schon zum xten Mal hatte Rexona sie auf Armlänge an sich herankommen lassen, um sich zu ducken und wieder davon zu jagen. Sie grinste, das war eindeutig. Und der hohe Ton ihres Bellens transportierte blanke Schadenfreude.

Natascha ging in die Hocke, um ihre Schuhe auszuziehen und beobachtete aus den Augenwinkeln, wie Rexona sich niederließ, um ausgiebig ihre linke Lefze zu kratzen.

Sie kratzte sich noch, als Natascha sie an die Leine legte und Cora entgegenging, die ihr mit Veronika von Schlüter in den Garten gefolgt war.

»Dass er Ethnologie studiert hat, war weder ausschlaggebend dafür mit ihm zu schlafen, noch damit aufzuhören«, sagte Veronika von Schlüter. »Und bevor Sie auf falsche Gedanken kommen«, ihr Blick streifte Natascha mit einem kleinen Lächeln, «ich rekrutiere meine Liebhaber nicht aus dem Institut.«

»Haben Sie ihn bezahlt?« Sie hatten das Ufer des Eisbachs erreicht. Cora zupfte einen Zweig von einem der Bäume, warf ihn ins Wasser und beobachtete, wie er davon trieb.

»Ich habe ihn kennen gelernt als jemanden, der seinen Preis hat. Dabei ist es geblieben. Es ist mir zu einer lieben

Gewohnheit geworden, auf der Basis klarer Verhältnisse zu agieren.«

»Und ein Umfeld wie das Colosseum erleichtert Ihnen das, schätze ich«, sagte Natascha. »Haben Sie Alexander Richter dort kennen gelernt?«

»Das ist weiß Gott nicht die Liga, in der ich normalerweise spiele. Nein, Alex …« Sie unterbrach sich und verlor sich in die Betrachtung der Wasserwirbel. »Er ist mir vorgestellt worden. Es war ein interessanter Zufall, der mich ein paar Mal in dieses Etablissement geführt hat. Eigentlich ein Missgriff, der mir letztlich genutzt hat.«

Natascha wechselte einen Blick mit Cora. Offenbar dachten beide das Gleiche.

»Sie meinen Archie?«, fragte Cora. »Er hat Sie mit Alex zusammengebracht und war dann abgemeldet, war es so?«

»Sparen Sie sich den abfälligen Ton.«

Veronika von Schlüter zog ein Zigarettenetui aus ihrer Jackentasche, nahm eine Filterlose heraus und klopfte sie auf den Deckel der Silberschachtel. Sie gab die Grand Dame und Natascha verspürte den kleinmütigen Wunsch, sie würde dabei wenigstens lächerlich wirken.

»Auch wenn es nicht in Ihr kleines Weltbild passt, dass ich es vorziehe für Männer zu bezahlen, anstatt mich tagein tagaus mit ihren schwer berechenbaren Befindlichkeiten auseinander zu setzen.«

Cora lächelte dünn.

»Dafür mag es auch andere Lösungen geben, und die Ihre interessiert mich herzlich wenig. Hat Archie Ärger gemacht? Er scheint ja mal gut an Ihnen verdient zu haben.«

»Das hat er sich erhofft, aber ich war nur zweimal mit ihm zusammen und danach hatte ich nichts mehr mit ihm zu tun. Soll ich Ihnen sagen, warum? Weil er nicht gut ist.« Die Gnädige stieß den Rauch aus und zupfte sich einen Tabakkrümel von den Lippen. »Er verlässt sich auf die Wirkung seines schönen, schwarzen Körpers und gleichzeitig hasst er jede, die sich dafür begeistert. Schade. Da reicht es auch nicht, dass er gut mit dem umgehen kann, was ihm in beeindruckender Weise zur Verfügung steht. Verachtung ist etwas, das einen nicht besonders entspannt zurück lässt.«

»Nach allem, was wir erfahren haben, war Alex offenbar ein Meister seines Fachs mit einer Fangemeinde, die ihn in Terminschwierigkeiten gebracht haben dürfte«, sagte Natascha. »Da Sie klare Verhältnisse schätzen, nehme ich an, dass Sie das nicht gestört hat?«

Gelassen schnippte Veronika von Schlüter ihre Zigarette in die Wiese, als sie Professor Dornbusch einige Meter entfernt zu dem Gartenhaus gehen sahen. Er vermied es, zu ihnen hinüber zu sehen. Nur ein winziges Zucken der Augenbrauen ließen eine Irritation ahnen, als sich Frau von Schlüter wieder an Natascha wandte.

»Gefühle jeglicher Art sind klassische Anfängerfehler in diesem Geschäft. Egal von welcher Seite. Wer das nicht begreift, sollte es lassen.«

Es war, als hätte sie alle drei ein plötzliche Müdigkeit überfallen. Zügig handelten sie ihre Routinefragen ab, auf die Veronika von Schlüter sachlich und ohne Umschweife antwortete. Für gewöhnlich sorgte sie dafür, dass die Männer gingen, bevor Frau Marx ins Haus kam. Das klappte nicht immer, aber an diesem Tag war es so gewesen.

»Vermutlich habe ich geschlafen, als er gestorben ist.« Der gleichgültige Ton misslang, und als sich die Fensterläden des Gartenhauses mit einem Krachen schlossen, zuckte sie zusammen. »Ist das nicht merkwürdig?«

»Was macht der denn da?« Entnervt starrte Cora zu dem kleinen Haus hinüber, als ein weiterer Holzladen in demonstrativer Lautstärke zugeschlagen wurde.

»Er wohnt dort«, sagte Veronika von Schlüter. »Es gibt noch eine Wohnung im zweiten Stock, aber die wollte er nicht.« Sie deutete zur Villa hinauf. »Er hat sich wohl zu sehr an das Leben in kleinen Hütten gewöhnt.«

Während sie den Garten verließen, fragte sich Natascha, ob es Lennart gewesen war, den sie an einem der oberen Fenster gesehen hatte.

Fünfzehn

Augen blau. Hände groß. Halten hätten sie ihn können, schützen, bewahren. Nichts davon war geschehen.

Jetzt zitterte die Männerhand, als sie sich zögernd auf das Gesicht des toten Kindes zu bewegte und schreckte zurück vor der Berührung.

»Darf ich ihn überhaupt anfassen?«

Die Frage hatte Nataschas Kehle noch enger werden lassen. Sie nickte.

Ein kalter Ort, wo Schmerz unbändig wird wie Feuer. Die Obduktion war abgeschlossen. Beim Zunähen hatten sie sich richtig Mühe gegeben, wie zu einem letzten Liebesbeweis. Wenn man nicht zu genau hinsah, hätte man sich beinahe vormachen können, Krystof schlafe nur.

Die schwielige Hand glitt an dem Kinderkörper vorbei, tastete sich vor zu der kleinen Hand und umschloss sie dann behutsam.

Sie hatte damit gerechnet, dass er weinen würde, aber nicht mit der erstickten Heftigkeit, mit der die Tränen aus ihm herausbrachen. Sein kräftiger Körper, der sonst Wände aufrichtete oder Ziegel schleppte, bebte. Sein Gesicht war nass, die Nase tropfte. Er kümmerte sich nicht darum. Eine Stunde ließ der Pole die Hand seines Sohnes nicht mehr los.

Natascha hatte fast den Spessart erreicht, als die alten Bilder übermächtig wurden. Auf der Rückbank winselte Rexona, die sich das Maul solange aufgekratzt hatte, bis sie ihr eine Extraschicht von Josephs Wundsalbe verpasst hatte. Seitdem war sie friedlicher, schien aber noch immer zu leiden.

Natürlich war es Irrsinn, die Hündin zum Prozess nach Frankfurt mitzunehmen, ebenso wie die spontane Entscheidung, Rexona zu sich zu nehmen. Der Anblick des halb verhungerten Welpen, viel zu eng mit der Leine an die Heizung gebunden, hatte Instinkte in ihr frei gesetzt, über die sie selbst erschrocken war. Für Krystof hatte es keine Rettung gegeben. Dass sie sich um sein Tier kümmerte, war ein kläglicher Versuch, etwas an ihm gut zu machen.

Sie nahm die nächste Raststelle und ließ Rexona ausgiebig ihre Geschäfte verrichten. Unter schmierigen Holzlampen, die so tief über den Resopaltischen baumelten, als wollten sie schlechtes Essen zusätzlich mit verschmorten Insektenüberresten würzen, schüttete sie einen Kaffee hinunter.

Adrian Milosz, Krystofs leiblicher Vater, hatte nur eine kurze Beziehung mit Marina verbunden. Schnell kam der Bruch und er kehrte nach Polen zurück, ohne zu ahnen, dass sie schwanger war. Erst als sie schon mit Heinz Wallner zusammenlebte und die Katastrophe bereits im Rollen war, erfuhr er davon.

Natascha würde ihn heute vermutlich im Gerichtssaal wiedersehen, vor allem aber Marina Wegener, die Mutter des Jungen. Wallner saß bereits in Haft, lebenslänglich. Jetzt wurde Marina der Prozess gemacht, die ihren Sohn in angeblicher Ahnungslosigkeit seinem Peiniger überlassen hatte. Natascha musste nur an den aufsässig-stumpfen Gesichtsausdruck der Frau denken, um darauf zu hoffen, dass es zu mehr als einem Urteil wegen Körperverletzung durch unterlassene Hilfeleistung kommen würde.

Es kostete sie Mühe, Rexona wieder ins Auto zu verfrachten. Die Hündin setzte ihren vorwurfsvollen Spezialblick auf, als ob sie ahnte, wohin es ging.

Inzwischen war der Verkehr so dicht, dass sie sich ganz auf das Fahren konzentrieren musste. Eine Weile funktionierte es halbwegs, dann fing es von neuem an. Dieses Mal war es der Alte, der sich in ihre Gedanken drängte. Ob er kommen würde? Sie hoffte darauf und fürchtete sich davor.

Niemand von ihnen hatte das Schreckliche aufhalten können. Krystofs Tod hatte sich wie eine schwärende Wunde in ihr fest gefressen.

Sie entschied sich für die Ausfahrt Süd, weil sie sich nicht um die Fahrt über die Mainbrücke und den lang entbehrten Anblick der Skyline bringen wollte, die sie trotz vielfacher Schmähungen liebte.

Während sie das Gerichtsgebäude in vergeblicher Suche nach einem Abstellplatz mehrmals umrundete, fluchte sie lautstark vor sich hin. Die Parkgarage war besetzt und es dauerte eine halbe Ewigkeit, bis sie schließlich in der Heiligkreuzgasse eine Lücke entdeckte, direkt vor dem ›Tigerpalast‹, das lange ihr gemeinsames Lieblingslokal gewesen war. Parkverbot, natürlich. Aber darauf konnte sie jetzt keine Rücksicht nehmen.

Sie legte Rexona an die Leine und ging die paar Meter zu dem hässlichen Neubau. Es roch, wie es immer im Frühjahr in Frankfurt gerochen hatte, nach frisch umgegrabener Erde, Hundekot, Auspuffgasen und schlechtem Wetter. Jahrelang hatte sie gern hier gelebt – vier davon mit Simon.

Emotionslos hatte sie sein beständiges Drängen, als Partnerin in seine Fotoläden einzusteigen, an sich vorbeirauschen lassen. Die Ignoranz ihrem Beruf gegenüber, sein Verlangen nach totaler Symbiose wirkten wie ein Schraubstock auf das, was gut war zwischen ihnen. Irgendwann herrschte nur noch kühle Verstimmung, fataler als jeder offene Streit.

»Es reicht«, sagte sie halblaut und blieb mitten auf dem Gehsteig stehen, während ein entgegenkommender Passant sie irritiert musterte. Trotzig ignorierte sie die deprimierende Wirkung der schmutzig beigen Wände des Justizgebäudes und des hässlichen Raums, in dem die Zeugen bei Strafprozessen zu warten hatten. Rexona benutzte die Gelegenheit, um sich schwanzwedelnd beim Gerichtsdiener einzuschmeicheln.

Die Zeit verstrich tropfenweise. Wenn die Hölle ein Platz ist, an dem man dauerhaft mit seinen schlimmsten Abneigungen konfrontiert wird, dachte Natascha, dann muss ich garantiert die Ewigkeit in einem Wartezimmer absitzen. Sie starrte auf ihre Armbanduhr, als könne die Bewegung der Zeiger dadurch beschleunigen, zupfte ein paar Hundehaare von ihrer orangefarbenen Jacke und hielt plötzlich inne. Interessant, welchen Streich ihr das

Unterbewusstsein gespielt hatte. Ihr Puls ging schneller. Die Jacke hatte sie an dem Tag getragen, als sie Krystof gefunden hatten. Nie hatte sie mehr damit gehadert, dass es zu ihrem Job gehörte, erst aufzutauchen, wenn alles zu spät ist.

Die Fenster waren geschlossen. Abgestandener Rauch hing in der Luft. Sie stand auf, sah hinaus. Warum regnete es immer an solchen Tagen? Heute nahm sie alles persönlich. Der Alte war nicht erschienen.

»Frau Morgenthaler?«

Es tat gut, sich zu bewegen, auch wenn es nur die paar Schritte auf dem engen Gang waren. Vor der Tür zum Gerichtssaal blieb sie stehen und atmete tief aus.

Dann drückte sie die Klinke runter und trat ein.

*

Als erstes fiel ihr auf, dass Marina Wegener schwanger war. Der Bauch, der sich unter dem dunkelblauen Trägerrock wölbte, war beachtlich für eine so zarte Frau sie. Mindestens siebter Monat. Wenn nicht achter.

Marina schien ihren Blick bemerkt zu haben und senkte die Augen. Mit den langen, blondierten Haaren, dem Kindergesicht und den dünnen Armen und Beinen wirkte sie wie eine leicht ramponierte Barbiepuppe. Nicht besonders helle, aber harmlos – ein Effekt, auf den sie offenbar auch hier im Gerichtssaal setzte. Deshalb trug sie wohl auch eine weiße Spitzenbluse, die besser zu einer Zwölfjährigen gepasst hätte, und geschnürte Kinderstiefel. Sie war ungeschminkt; nur auf dem Mund glänzte Lipgloss.

Der Vorsitzende Richter Theo Miller, ein agiler Mittfünfziger, bekannt für seinen forschen Ton und sein Golfhandicap, kam auch dieses Mal schnell zur Sache.

»Wenn Sie uns bitte schildern würden, was Sie am 9. September in der Wohnung Spohrstraße 61 vorgefunden haben«, sagte er, nachdem er Nataschas Personalien abgeglichen hatte.

Erneut sah sie zur Anklagebank. Marina schien leicht zusammengesackt. Ihr Kiefer malmte. Schon bei den ersten Vernehmungen war sie nie ohne Kaugummi gewesen. Ab und an irrte ihr Blick ins Publikum. Mittendrin saß Adrian Milosz, breitschultrig, schmallippig, weiß wie Kalk.

»Gegen 19 Uhr erhielten wir einen anonymen Anruf«, sagte Natascha. »Jemand behauptete, in der besagten Wohnung würde ein Kind festgehalten, dem vermutlich etwas zugestoßen sei. Bevor wir weiter nachfragen konnten, wurde bereits aufgelegt.«

»Handelte es sich bei dem Anrufer um einen Mann oder eine Frau?«

»Ich war nicht am Apparat. Den Anruf hat mein Kollege entgegengenommen, Kriminalkommissar Hannes Franz.« Sie zögerte kurz. »Die Stimme war verzerrt. Franz war sich allerdings relativ sicher, dass es eine Frau gewesen sei.«

»Kriminalkommissar Franz hat bereits als Zeuge ausgesagt. Fahren Sie bitte fort.«

»Das Haus, das wir gegen 19.15 Uhr erreichten, befand sich in desolatem Zustand«, sagte Natascha. »Die Wohnungen leer, die Haustür halb demoliert, die Flure voller Unrat. Hinter einer angelehnten Tür im ersten

Stock hörten wir leises Winseln. Wir gingen hinein, fanden einen angebundenen Welpen – und das leblose Kind.«

Marina schien zu schlafen. Nur ihre Hände, die nun verschränkt auf dem Bauch lagen, zuckten leicht.

»Der Junge war unbekleidet und lag bäuchlings auf einem dreckstarrenden Sofa. Sein Körper war mit Hämatomen bedeckt. An seinem Hals entdeckten wir Würgemale. Er atmete nicht mehr. Sein Körper war bereits kühl. Der Tod muss etwa zwei Stunden vor unserem Eintreffen eingetreten sein. Das hat die Analyse der Gerichtsmedizin ergeben.«

»Das Kind war bei dem Anruf also schon tot.«

Natascha nickte. »Der Anrufer oder die Anruferin sagte ja auch, dem Kind *sei* etwas zugestoßen. Was darauf schließen lässt, dass die Tat bereits begangen war.«

»Dazu hören wir anschließend das Gutachten des rechtsmedizinischen Sachverständigen«, sagte der Vorsitzende Richter. »Was unternahmen Sie nach dem Auffinden des toten Kindes?«

»Wir suchten die Mutter des Jungen auf. Die Adresse fanden wir in einem roten Kindergartentäschchen, das neben dem Jungen auf seinem Kleiderhaufen lag. Alles ordentlich gefaltet. Fast pedantisch.« Marinas Augen öffneten sich langsam. »Zunächst schien sie gar nicht zu aufzunehmen, worum es ging. Krystof sei bei einem Freund zum Spielen, behauptete sie, und habe gerade erst mit ihr telefoniert. Erst als wir ihr mehrmals eindrücklich wiederholten, wir hätten sehr wahrscheinlich seine Leiche gefunden, änderte sie ihre Aussage. Ihr

Sohn befinde sich in der Obhut ihres Verlobten Heinz Wallner. Der passe immer so gern auf den Kleinen auf.«

»Und das ist die Wahrheit! Nie hat er ihm etwas getan. Wäre Krystof sonst so gern bei ihm gewesen?« Marina war aufgesprungen. Rote Flecken brannten auf ihren Wangen. »Heinz war ein guter Vater.«

Richter Miller rief sie zur Ordnung. Kauend ließ sie sich zurück auf ihren Sitz fallen. Im Zuschauerraum ballte Adrian Milosz die Fäuste. Aber er gab keinen Ton von sich.

»Welchen Eindruck hat die Angeklagte auf Sie gemacht? Hat sie geweint? Oder Trauer gezeigt?«

»Nicht in unserer Gegenwart. Nicht einmal, als sie den toten Jungen identifiziert hat. Sie erschien abwesend, als ob das alles sie gar nicht wirklich berühre. Auch in den weiteren Vernehmungen driftete sie immer wieder ab, wirkte zerstreut und unkonzentriert. Sie hat ihren Verlobten in Schutz genommen. Selbst als die Beweislast gegen Wallner schon erdrückend war, blieb sie bei ihrer Aussage, er hätte dem Jungen niemals etwas antun können.« Nataschas Stimme war fest. Sie spürte die Blicke des stummen Vaters in ihrem Rücken. »Wir wissen, dass es anders war. Der Videofilm, der später im Internet entdeckt wurde und die Vergewaltigung und anschließende Ermordung Krystofs durch Wallner dokumentiert, lässt keinerlei Zweifel am Tathergang offen.«

Die anschließenden Fragen des Staatsanwalts brachten wenig Neues. Er ritt eine ganze Weile auf der Möglichkeit herum, ob es sich bei dem Anrufer um Marina Wegener gehandelt haben könne, wozu Natascha keine

Angaben machen konnte. Die Verteidigerin, eine korpulente Matrone, die dringend einen frischen Haarschnitt gebraucht hätte, verzichtete ganz auf die Zeugenbefragung.

Richter Miller entließ Natascha aus dem Zeugenstand. Aber sie blieb im Gerichtssaal und setzte sich in die letzte Zuschauerreihe. Vor ihr Adrians breite Schultern. Er sah sich einmal kurz zu ihr um, nickte, dann saß er wieder so aufrecht, als habe er einen Stock verschluckt.

»Die gerichtsmedizinische Untersuchung der Leiche ergab als wesentlichen Befund Zeichen einer mehrfach umschriebenen schwersten Gewalteinwirkung gegen den Hals mit oberflächlichen Hautveränderungen im Sinne typischer Würgemale, massiver Einblutungen in die Halsmuskulatur und Blutungen in das Kehlkopfskelett …«

Stimme und Gesichter verschwammen.

Krystof hatte seinen fünften Geburtstag nur ein paar Wochen überlebt. Und jetzt trug seine Mutter ein neues Kind im Bauch – das Kind seines Mörders.

Als nächstes stand der Videofilm an, den der Provider auf Grund der Ermittlungen der Staatsanwaltschaft aus dem Netz genommen hatte. Natascha hatte ihn durchstehen wollen. Aber plötzlich wusste sie, dass sie sich zu viel vorgenommen hatte.

Sie hörte noch, wie die Verteidigerin lustlos den Antrag stellte, die Öffentlichkeit solle während der Vorführung dieses Beweisstücks ausgeschlossen werden, und wie Richter Miller diesen Antrag ebenso lustlos ablehnte.

Sie erhob sich. Aber sie war nicht schnell genug. Sie sah direkt in Krystofs Gesicht, das sich angstvoll verzerrte, als die kopflose Gestalt ihn grob zu sich heranzog.

Natascha war schon an der Tür, als sie sich noch einmal umdrehte. Marina Wegener hatte die Augen zugekniffen und bohrte die Finger in die Ohren. Wie ein Kind. Rasende Wut überfiel Natascha. Bevor sie wusste, was sie tat, war sie bei ihr und packte ihren Arm.

»Schau hin!«, brüllte sie. »Schau endlich hin, verdammt noch mal!«

Es war Milosz, der sich in dem anschließenden Tumult zu ihr vordrängte und sie fortzog. Sie zitterte am ganzen Leib, als sie den Saal verließen, ebenso wie er.

*

Es gab nichts, was sie ihm hätte sagen können. Sie starrte ihm nach, als sie den Alten auf sich zukommen sah. Er hatte Rexona an der Leine und die Gelassenheit, die er ausstrahlte, beruhigte sie augenblicklich: der schmale, inzwischen fast kahle Schädel, der Mund, der Humor verriet, aber auch Disziplin, die klugen Augen. Vielleicht war er ein bisschen dünner geworden, aber dieses ungewohnt Hagere stand ihm ausnehmend gut und verlieh ihm beinahe aristokratische Würde.

Er musterte sie ernst.

»Fühlen Sie sich jetzt besser?« Dann lächelte er. »Ich hab schon gehört, was da drinnen los war. Nach Ihrem Auftritt wird man jedenfalls nicht mehr so schnell behaupten können, dass Kriminalbeamte in ihrem Beruf abstumpfen.«

»Totschlag durch Unterlassung«, sagte Natascha. »Darauf wird's wohl hinauslaufen. Für das Kind, das sie im Bauch hat, kann man nur hoffen, dass der Knastpsychologe sich an ihr nicht die Zähne ausbeißt.«

»Ich weiß, dass Ihr Vertrauen in die Therapie begrenzt ist.«

Sie zwang sich, seinem Blick standzuhalten.

»Das stimmt so nicht und das wissen Sie auch. Aber es gibt Härtefälle, in denen nichts mehr greift.«

»Das ist mir bekannt.« Sein Tonfall veränderte sich. »Geht es Ihnen gut in München, Natascha?«

»Zu neuen Ufern mit alten Ängsten, würde ich mal sagen«, erwiderte sie. »Cora Brandt ist in Ordnung, ich bin bei einem liebenswerten Eigenbrötler untergeschlüpft, weil ich keine bezahlbare Wohnung ergattern konnte, und einen Mordfall, der uns bislang nichts als Rätsel aufgibt, haben wir auch.«

»Kommen Sie, lassen Sie uns einen Kaffee trinken gehen. Sie haben doch noch Zeit?«

»Es ist schön, dass Sie gekommen sind«, sagte sie vorsichtig, »aber ich muss jetzt ein Weilchen allein sein.«

Sie spürte seine Enttäuschung.

»Ich vermisse Sie, Herr Martens.«

»Dito.« Er klang gepresst.

Sie hoffte, dass ihr Gang einigermaßen beschwingt wirkte, weil sie wusste, dass der Alte ihr nachsah. Es hatte zu regnen aufgehört und zwischen letzten grauen Wolkenfetzen stach plötzlich eine hitzige Sonne hervor.

Natürlich klebte ein Knöllchen hinter dem Scheibenwischer. Sie ließ es hängen und ging mit Rexona hinüber zum Bethmann-Park. *Hunde an der Leine* – nicht gerade ein Vergnügen für das arme Tier, aber Natascha tat es gut, die schlichte Schönheit des kleinen chinesischen Gartens auf sich wirken zu lassen.

Auf einer Parkbank hielt es sie nicht lange. Ein unwiderstehliches Bedürfnis überkam sie, sich zu bewegen und all das aufzunehmen, was nichts mit anderen Menschen zu tun hatte, ihrem Hass, ihrer Gier, ihrer Kleinlichkeit oder Furcht: frische Luft, Vogelzwitschern, Frühlingsdüfte.

Den Weg zum Auto legte sie im Dauerlauf zurück. Rexona kläffte.

*

Ein paar Stunden später, nach ausgiebigem Waldspaziergang und nostalgisch motiviertem Äppelwoigenuss, fand Natascha einen Parkplatz nahe der Güntersburgallee. Es begann zu dämmern; in den Fenstern gingen Lichter an, und als sie an dem überteuerten Gemüsegeschäft vorbeikam, in dem sie eingekauft hatte, wenn sie sich mal zum Kochen aufraffen konnte, war plötzlich wieder dieser Kloß im Hals.

Sie freute sich auf Simon. Getröstet hatte er sie immer. Natürlich würde sie nicht mit ihm schlafen, das hatte sie sich schon während des Spaziergangs vorgenommen, weder aus Reue noch aus Einsamkeit und schon gar nicht aus Sentimentalität. Kein leichter Entschluss, denn sein Sex glich einer Anbetung, und in guten Zeiten war er ihr unermüdlichster und hingebungsvollster Liebhaber gewesen. Seine zärtlichen Hände fehlten ihr ebenso wie der Geruch seiner Haut und die Unanständigkeiten, die er ihr ins Ohr flüsterte, und die sie erstaunlich in Fahrt gebracht hatten. Aber heute ging sie zu ihm wie zu einem guten Freund, bei dem sie Geborgenheit und Wärme suchte.

Irgendetwas hatte sie daran gehindert, sich anzukündigen, und als sie schließlich vor dem grauen Haus mit der alten Tür stand, befürchtete sie, es könne Arroganz gewesen sein. Er würde sich freuen, da war sie sicher. Sie musste nur aufpassen, dass sie keine falschen Erwartungen in ihm weckte. Es half wenig, mit den Erinnerungen umzugehen wie mit einem Setzkasten: alle Einzelteile nach Belieben hervorzuholen, zu polieren und dabei das Unangenehme auszusortieren. Seitdem sie weggelaufen war, überkam sie manchmal das Gefühl, der Liebe selbst untreu zu werden. Große Worte für ein klägliches Versagen. Inzwischen fürchtete sie, dass selbst Affären ernst zu nehmen waren – wie Herzanfälle.

Er war zu Hause; im zweiten Stock stand ein Fenster offen. Simon, der alles hütete, was in seiner Nähe war, hätte niemals die Wohnung verlassen, ohne es sorgfältig zu schließen. Im Treppenhaus roch es nach dem zitronigen Bohnerwachs von Frau Schöffel, die seit zehn Jahren das schöne Parkett damit verklebte. Rexona schnüffelte und Vorfreude ließ sie bereitwillig die Treppen erklimmen.

Natascha zog den Schlüssel heraus. Auch so etwas. Ob es nun Feigheit oder Inkonsequenz war, sie hatte ihn immer noch. Sollte sie doch lieber klingeln? Rexona bellte ungeduldig. Hastig ging Natascha in die Knie und hielt ihr die Schnauze zu. Erst jetzt hörte sie die Musik. Eine männliche Stimme, dann ein Lachen, und das war eindeutig weiblich.

Erst als Rexona leise fiepte, merkte sie, dass sie immer noch ihre Schnauze umklammert hielt, und gab sie frei. Wie in einem stillen Abkommen drängte sich Rexona an ihre Beine und wartete, ohne einen Ton von sich zu geben.

Irgendwann schmerzten Nataschas Knie, aber ihr Atem war wieder ruhiger.

Hinter der Tür war nun nichts mehr zu hören. Vermutlich waren die beiden in den hinteren Räumen zu körperlichen Betätigungen übergegangen. Natascha stand auf, zündete sich eine Zigarette an und inhalierte gierig. Unten angekommen, warf sie den Schlüssel in den Briefkasten. Das zweite Schild mit dem schlampig hingekritzelten *Morgenthaler* hatte er bereits abgerissen. Jetzt war Platz für einen neuen Namen.

Sie hatte die City schon hinter sich gelassen, als sie beschloss, essen zu gehen. Nach einem Glas mediokrem Rotwein und den miesesten *Spaghetti arrabiata* ihres Lebens, machte sie sich auf den Weg zurück nach München.

*

Schon immer hatten Nachtfahrten sie angestrengt, heute aber war es schlimmer denn je.

Der quälende Magendruck verhinderte zwar, dass sie am Steuer einschlief, nicht aber, dass sie eine Ausfahrt zu früh nahm und auf der B 11 landete. Das letzte Stück bis München nun also auf stockdunkler Landstraße. Rexona schnarchte friedlich auf der Rückbank. Nach einem letzten Kratzanfall schien wenigstens sie mit der Welt ausgesöhnt.

Natascha sah den dreckbespritzten Kleinlaster erst, als es zu spät war. Reflexartig trat sie die Bremse durch, ihr Körper versteifte sich, als würde er den Aufprall bereits vorwegnehmen, durch ihren Kopf schoss eine wilde Flut von Gedanken. Dann gab es einen hässlichen, lauten Knall.

Für ein paar Augenblicke nichts als weißes Flimmern.

Als sie wieder zu sich kam, fühlte sich ihr Rücken an, als sei er unter eine Herde wild gewordener Elefantenbullen geraten.

Der richtige Moment, um endlich loszuheulen.

Sechzehn

AUS DEM TAGEBUCH DER JAGUARFRAU ...

Ich spüre das Grün des Rasens unter meinen Füßen. Ich stoße den Rauch aus meinen Lungen und er steigt hinauf in den Himmel, wo sich die Wolken vor einem vollen Mond teilen. Die Nacht ist nicht warm, nicht laut, so wie die Nächte, in denen ich lebe.
Meine Haare richten sich auf, wie empfindliche Sensoren setzen sie meinen Körper in Spannung. Ich lasse es nicht zu, dass die Stille mir Angst macht. Diese Stille, in der ich deine Gegenwart fühle wie eine kalte Berührung. Ich zittere. Sind das deine Augen, die hinter mir sind? Ist das dein Atem, den ich höre, deine Schritte, die sich auf mich zu bewegen?
Das Rauschen in den dunklen Bäumen klingt höhnisch, als sich die Hand über meinen Mund legt. Nie würde ich schreien. Es ist, als würde die Erde unter meinen Füßen brennen, als ich nach vorn gestoßen werde. Aber es ist noch nicht der

Schmerz, auf den ich warte. Das Gewicht eines Körpers drückt mich gegen den Baum, ich höre das Reißen des Stoffes auf meiner Haut. Meine Finger verschränken sich zu einem gottlosen Gebet, als sich die Fessel in die Handgelenke gräbt, so fest, dass ich das Blut aus ihnen weichen spüre. Schnell schließe ich die Augen, denn nichts macht mir mehr Angst, als die Wahrheit. Wie die Rinde dieses Baumstamms, die nicht die jahrhundertalte Glätte der Giganten hat, die ihre wilden Muster auf meinen Körper legten wie Initiationsnarben. Als ich mir wünschte, dieses Gewächs würde sich hinter uns öffnen und verschlingen, uns gefangen halten.
Das Knie stößt zwischen meine Beine, spreizt sie mit rohen Bewegungen. Es gibt keine Nacktheit, keine Lust. Du traust mir nicht. Zornig bohren sich die Finger in mein Inneres und überführen mich der Lüge. Ich bin nass, ich bin bereit für deine Wut. Wenn es alles ist, was du mir geben kannst, dann will ich es haben. Wenn du deine Nägel in mein Fleisch krallen musst, um wieder zu wissen, wie ich mich anfühle, dann tu es.
Die Wucht des Stoßes, der mich plötzlich ausfüllt, treibt mein Gesicht gegen die schorfige Trockenheit des Baumes, ich biege mich, spüre die feurige Verwundung meiner Haut an den Armen, meinen Brüsten. Blut stampft durch meinen Kopf wie schamanische Trommelschläge. Würde es doch endlich aus mir herausplatzen in einer gif-

tigen Flutwelle. Uns gemeinsam fortreißen und ertränken.
Ich schreie.
Als die Fesseln geöffnet sind, gleite ich zu Boden. Nicht weit entfernt sehe ich den Schatten seiner Gestalt. Er raucht.
Die Feuchtigkeit des Grases erfrischt mich. Am liebsten würde ich den Tau von den Halmen lecken wie eine Katze.
Behände bin ich auf den Füßen und lasse ihn wortlos zurück. Ich werde all dem ein Ende machen. Die Fenster meines Hauses spiegeln das seelenlose Licht des Mondes. Ich spüre eine fremde Kraft. Sie saugt an meiner nackten Haut. Ich will mich ducken und gehe doch einfach weiter.

Siebzehn

In ihrem Rücken gewitterte Schmerz vom Nacken bis zu den Lendenwirbeln; die Halskrause, die sie Natascha gestern Nacht in der orthopädischen Ambulanz des Schwabinger Krankenhauses verpasst hatten, war die reinste Zumutung. Natürlich hatte sie beim Aufprall ein leichtes Schleudertrauma abbekommen. Natürlich würde sie sich das hässliche Teil vom Hals reißen, sobald sie die Orthopädenpraxis verlassen hatte. Den Gruß an die Sonne, eine komplizierte Yogaübung, die natürliche Anmut versprach, konnte sie für die nächste Zeit ebenso vergessen wie die Fortführung ihres Selbstverteidigungskurses.

Jede Bewegung tat höllisch weh.

Kaum etwas verabscheute Natascha so sehr wie Arztpraxen, die ihre Patienten nicht einmal in halbwegs vernünftig ausgestatteten Wartezimmern zwischenlagerten, sondern sie stattdessen in isolierte Abstellkammern verfrachteten, die sie an Boxen für Zuchttiere erinnerten. Selbstredend gab es dort keinerlei vernünftigen Lesestoff, eine Mindestanforderung, die sie an Frisöre wie Mediziner stellte. Nicht einmal ein zerfledderter »Spiegel« war zu entdecken, geschweige eine ordentliche Auswahl Yellowpress, mit der sie sich die Zeit hätte vertreiben können.

Draußen kicherte die Sprechstundenhilfe mit ihrer Kollegin; aus einem Nebenraum, vermutlich ebenfalls heimelig wie eine Hallenbadkabine, drang sonor der Bassbariton des Orthopäden.

Unter der fleischfarbenen Stoffbeschichtung der Krause hatte sich Schweiß gebildet und ihre widerspenstigen Nackenhärchen pieksten. Genervt stand sie auf und begutachtete den Bestand des weißen Billyregals. Zwischen Chirurgieabhandlungen und verschiedenartigsten Werken über Knochenbrüche und Wirbelsäulenerkrankungen entdeckte sie den grünen Psychrembel. Natascha nahm das dicke Lexikon heraus und begann zu blättern. C wie Chloroform – längst hatte sie Ruth Hammes danach befragen wollen. *$CHCl_3$ Trichlormethan, farblose Flüssigkeit in Alkohol und Äther löslich, ist weder brennbar noch explosiv. Früher als Inhalationsnarkose bekannt …*

»Kann ich Ihnen weiterhelfen?« Der Orthopäde starrte sie an, als habe sie in seinen Liebesbriefen geschnüffelt.

»Wo kriegt man eigentlich Chloroform her?« Natascha bemühte sich um einen unbefangenen Tonfall und stellte den Band wieder zurück. »Ich meine, wenn man nicht auf einen Rezeptblock zurückgreifen kann.«

»Als Nicht-Mediziner? Schwierig. Ist ein altmodisches Medikament, das in der Humanmedizin so gut wie keine Anwendung mehr findet. Bin mir nicht einmal sicher, ob es bei uns überhaupt noch in größerem Umfang produziert wird. Außerdem sind in Deutschland die Bestimmungen recht streng.« Er hüstelte. »Haben Sie Schmerzen?«

Sie nickte. »Als wär mir jemand mit beiden Füßen in den Rücken gesprungen«, sagte sie. »Wie sieht es denn anderswo aus? Kommt man da leichter dran?«

Er wusste, welchen Beruf sie hatte. Aber seine mürrische Miene verriet, was er von einer Patientin hielt, die Informationen wollte, anstatt sich widerspruchslos und dankbar von ihm behandeln zu lassen.

»In Spanien finden Sie in jeder Apotheke so ziemlich alles, was der internationale Pharmamarkt zu bieten hat. Und in Südamerika beispielsweise gibt es Schwarze Märkte, die einen Mediziner das Fürchten lehren können. Ich hab mal 'ne Weile in Rio gearbeitet. Da kriegen Sie für ein paar Dollar so ziemlich alles, was hierzulande auf der roten Liste steht.«

Er löste die Halskrause. Seine Finger waren trocken und kühl, seine Berührung professionell behutsam. Trotzdem verkrampfte Natascha sich unwillkürlich. Ein Gedanke begann Gestalt in ihr anzunehmen, aber jetzt war weder der rechte Ort noch der richtige Zeitpunkt, um ihm wirklich Raum zu geben. Merken, dachte sie noch, unbedingt, auch wenn Cora garantiert gleich wieder sagen wird, dass ich gefälligst den Ball flach halten soll …

»Und jetzt bewegen Sie den Hals mal ganz vorsichtig nach links.«

Tränen schossen Natascha in die Augen. Alle Gedanken flogen weg. Zurück blieb nur noch pure Pein. Gottverdammte Knochenbrecher, dachte sie wütend, wie ich euch alle hasse!

*

In der Aussegnungshalle des Nordfriedhofs war eine kleine, schwarz gekleidete Schar versammelt. Die triste Trauergemeinde hatte sich um einen Sarg gruppiert, auf dem ein Nelkenbukett prangte.

Es begann zu nieseln, während sie die Wege zwischen den Gräbern entlangging. Das Familiengrab der Bertlers lag im hinteren Teil, dicht an der Mauer. Was hatte sie eigentlich hierher getrieben? Das Büro jedenfalls hatte sie gern verlassen, nachdem Cora ihr energisch die Leviten gelesen hatte. Sie hatte ihr von der Verhandlung erzählt. Und kurz von Simon. Und das letztere sofort wieder bereut.

»Wie kannst du dich nach solch einem Tag noch ins Auto setzen?«

»Ist immerhin in all den Jahren der erste Dienstwagen, den ich zu Schrott gefahren ...«

»Vergiss das Auto!« Der gefürchtete Röntgenblick war echter Besorgnis gewichen. »Du hast dich selber in Gefahr gebracht – und verdammtes Glück gehabt. Du hättest schwer verletzt sein können. Oder tot.« Cora starrte sie kopfschüttelnd an. »Dir soviel auf einmal zuzumuten! Wer glaubst du, eigentlich, wer du bist: Supergirl?«

»Ich dachte doch nur ...«

»Pack dir das in deinen widerspenstigen Schädel, Natascha: Es kann verdammt in die Hose gehen, wenn man Privates mit Dienstlichem vermischt, das hab ich am eigenen Leib erfahren. Und selbst das Dienstliche war in deinem Fall ja wohl ziemlich privat, oder?«

Cora hatte Recht. Mit jedem einzelnen Punkt. Der ganze Frankfurt-Trip hatte Natascha derart zugesetzt, dass sie wie eine Schlafwandlerin gefahren war. Wohl aus diesem Grund war auch so gut wie jede Erinnerung an den Unfall gelöscht.

Weshalb also war sie auf diesem Friedhof? Vielleicht aus einem vagen Bedürfnis, wenigstens in diesem ungeklärten Fall einen vorläufigen Abschluss zu setzen.

Christinas Mutter und Schwester hatten das einzige, was ihnen von ihr geblieben war, in einen liliengeschmückten Kindersarg betten lassen, und der Anblick der kleinen weißen Holzkiste verstärkte Nataschas Nackenschmerzen.

Sie hielt sich abseits.

Nur eine Handvoll Menschen war erschienen; die beiden Frauen, ganz in Schwarz und sich ähnlicher denn je, sowie ein paar junge Leute, offenbar aus dem Freundeskreis der Ermordeten.

Ein blonder, schlaksiger Jüngling blies nervtötend auf der Flöte. Ein anderer, sein dunkelhaariges Pendant, das blasse Gesicht angespannt, begann zu rezitieren:

»Einmal wenn ich dich verlier/wirst du schlafen können, ohne/dass ich wie eine Lindenkrone/mich verflüstere über dir …«

Natascha erkannte Rilkes ›Schlaflied‹ nur deshalb, weil sie in einer desorientierten Phase mal an einen Liebhaber geraten war, der sie nicht nur mit schlechtem Sex, sondern vor allem mit bedeutungsschwangeren Lyrikzitaten gelangweilt hatte

Als sich der kleine Sarg in den Boden senkte, hoffte sie, dass Elfie und Margarete Bertlers Gemüter zur Ruhe finden konnten. Daher war es sicherlich besser, sie mit ihrem Anblick nicht daran zu erinnern, dass diese Beerdigung nur ein Ersatzritual war.

Sie nahm sich nicht die Zeit abzuwarten, bis der Pastor sich ausgeräuspert hatte, um seine Predigt zu halten, und wandte sich zum Gehen. Natascha hielt es für sinnvoller, sich eingehender mit dem Gedanken an Südamerika und Schwarzmärkte zu befassen.

Achtzehn

Ein Gefühl, als dränge eine heiße Welle durch sein linkes Ohr, breit und stark, wie eine Spirale. Diese Dunstmasse, die ihn erst erschreckt, dann aber neugierig werden lässt, wandert weiter bis zur Hüfte und legt sich schließlich auf sein Geschlecht.

Er ist der, der zusammenfügt, er ist der, der löst. Seine Verwandlung ist bereits in vollem Gange. Keiner kann sie mehr aufhalten. Er ist der, der mit dem Licht des Tages spricht. Er ist der, dem das Dunkel der Nacht vertraut ist.

Es heißt, niemand habe je eine Seele gesehen, geschweige denn aufgehalten oder anfassen können. Er aber weiß inzwischen, dass es drei verschiedene Seelen in ihm gibt.

Keine davon möchte er mehr missen.

So viele Widerstände, die er überwinden musste! Da war der Hitzefleck, der sich vom Nabel unaufhaltsam nach oben schob, bis er schließlich das Herz erreicht hatte. Dann das Brennen, Drehen und Winden, das Glühen von Kopf, Bauch und Anus. Anfangs wollte er fliehen, aber es gibt kein Entkommen für ihn. Inzwischen ist er eins geworden mit der Kraft. Sie verbindet ihn mit dem Außen, ist stark, unbeirrbar, angstlos. Er hat die Schwelle überschritten, die alles entscheidet.

Seine erste Seele ist frei. Unversehens tritt sie in ihn ein, macht sich groß und erfüllt sein ganzes Sein, um ihn plötzlich wieder zu verlassen – nicht selten in die jenseitige Welt.

Es hilft, wenn er seinen Körper dazu im Takt der Rasseln wiegt, aber es ist nicht notwendig. Seine Seele kann auch so fliegen. Ständig ist sie auf dem Absprung, will sich weiten und öffnen, und wenn sie irgendwann in sein enges Fleisch zurücksinkt, überfällt ihn Melancholie wie ein dunkler, kalter Nebel.

Er spürt, wo sie sitzt – in der Ohrmuschel – und bezahlt dieses Wissen mit brennender Unruhe. Es nützt nichts, das empfindsame Tor zu verstopfen. Dann verstärken sich Schädelsurren und Mattigkeit, die ihn plötzlich überkommen und sich bis zu nervöser Rastlosigkeit steigern können.

Die Verwandlung hat ihren Preis. Er weiß, dass er die Hölle in sich trägt. Er hört und sieht schlecht, hat Zerstückelungsträume und Visionen, in denen er so klein wird, dass er wie seine Verbündeten ohne weiteres in einer Kinderhand verschwinden könnte. Brennen muss er, bis er gar ist und die Geister ihn zerlegen können, um ihn gänzlich neu zu formen.

Er ist auf dem richtigen Weg. Und geht ihn bis zum Ende. Die Versucher der Jaguarfrau sind das Surrogat seines einzigen Feindes. Einzig und allein ihr Tod kann sie erlösen – ihr Tod durch seine Hand.

Zwei von ihnen hat er bereits zur Strecke gebracht. Ungeduldig wartet er darauf, endlich den nächsten zu stellen.

Seine zweite Seele spuckt er aus wie einen Brocken blutige Leber. Sie tritt erneut in ihn ein, sobald er sein Werkzeug präpariert und sich auf die Lauer legt. Dann spricht der Jäger in ihm. Sein Bewusstsein wird während dieses Aktes zur leeren Leinwand. Er kann nicht mehr essen, braucht nichts zu trinken. Speichel und Sprachvermögen verlassen ihn. Alle Glieder werden taub. Jetzt wird er zum Hohläugigen, der die Geister ruft – und sie fahren ein in ihn.

Erst in diesem Moment erwacht seine dritte Seele, diejenige, die er am meisten hasst und am meisten liebt. Andere Schamanen mögen Kojoten und Panther als Gefährten haben, andere Wölfe und Schlangen. Seine Seelentiere sind kleiner – und um vieles gefährlicher. Seit jenem Abend am Fluss sind sie mit ihm, sichtbar, unsichtbar, es spielt keine Rolle. Niemals hat er sich von ihnen getrennt. Er hat sie gehütet, vermehrt und schließlich auf seine lange Reise mitgenommen.

Es entzückt ihn, wie sehr sie ihm ähneln. Ihre Stärke ist die Täuschung. Ihr Gift bringt den Tod.

Und er ist der Todesbote.

Neunzehn

Irene Marx hatte nicht gut geschlafen. Sie glaubte nicht an die Kraft des Mondes, und Leute, die behaupteten, dieses kalte Gestirn brächte sie um den Schlaf oder löse Monatsblutungen aus, hielt sie für hysterisch. Sie zählte in solchen Fällen auf die Kraft der Tablette – und wenn es nur Baldrian war. Heute Nacht hatte ihr das wenig geholfen. Sie hatte sich herumgewälzt und vergeblich auf die Müdigkeit gewartet. Dann war sie aufgestanden und hatte Blusen gebügelt. Fünfzehn mal Krägen, Manschetten, Knopfleisten, bis morgens um drei.

Als um halb sieben der Wecker klingelte, verschwendete sie nicht einen Gedanken daran, liegen zu bleiben. Wie jeden Morgen hatte sie ihre Haut mit einer trockenen Bürste geschrubbt und nach der Wechseldusche war sie so fit, wie sie das von sich erwartete. Sie mochte es nicht, wenn ihre Tagesplanung durcheinander gebracht wurde, auch nicht von der Gnädigsten. Glücklicherweise kam es sehr selten vor, dass sie schon wach war, und Irene Marx nahm es als gutes Zeichen, dass an diesem frühen Morgen keine Spur von Leben zu vernehmen war, als sie das Haus betrat.

Sie kämpfte die Gier nach einem frisch gebrühten Kaffee nieder und betrat die Küche nur, um Haushaltshandschuhe und ein scharfes Messer zu holen. Heute wollte sie sich als erstes die Terrasse vornehmen. Zwischen den Natursteinplatten hatte sich Unkraut gegen ihre chemische Keule durchgesetzt, und nachdem Frau von Schlüters Liebe zur Patina den Gebrauch eines praktischen Hochdruckreinigers verbot, würde sie nun knien und kratzen müssen.

Schon wieder standen die Terrassentüren offen.

Resigniert seufzte Frau Marx, als sie durch den Wohnraum nach draußen ging. Es war ihr nicht beizubringen.

Die Sonne wärmte nicht, aber das würde noch kommen. Sie musste zügig arbeiten, um nicht in der Mittagshitze zu schwitzen. Sie war schon auf den Knien, als sie in den Garten hinaus blickte. Zuerst entdeckte sie den Morgenmantel unter einem der Bäume. Es war der seidene mit den großen Blumen. Sie würde ihn waschen müssen, kalt, mit der Hand, um das Gewebe zu schonen.

Dann sah sie den Mann.

Er saß in einem Gartenstuhl im Schatten der Bäume und sah gut aus. Das war nicht anders zu erwarten. Eine Frau wie Veronika von Schlüter hatte das Recht, sich das Beste zu gönnen. Sollte sie ihren Spaß haben, die Arme! Schließlich lebte man nicht Indien, wo Witwen sich verbrennen müssen.

Frau Marx riss eine Distel aus und ärgerte sich, dass die Wurzel stecken blieb. Sie stocherte mit dem Messer in dem sandigen Boden, aber das Ding war hartnäckig. Das konnte ja heiter werden. Ihre Knie schmerzten jetzt schon. Und dann noch dieser junge Schnösel, der sie beglotzte, während sie sich abrackerte! Womöglich verlangte er noch ein Frühstück. Aber das konnte er sich selber machen.

Aufmüpfig schoss ihr Blick zu ihm hinüber. Er rührte sich immer noch nicht. Erst jetzt registrierte sie, dass seine Arme merkwürdig schlaff herabhingen. Und wie komisch der Kopf auf die Seite geneigt war – bequem konnte das nicht sein.

Sie wartete noch einen Moment, dann stemmte sie sich hoch. Langsam ging sie über die Wiese. Sie wünschte, sie hätte etwas unternehmen können gegen das klamme Gefühl, das in ihr hoch kroch.

Er war tot, das wusste sie schon, bevor sie ihn berührte.

Zwanzig

Es war ein merkwürdiges Geräusch, das Natascha aus dem Schlaf holte. Unwillig drehte sie sich herum und spürte das Stechen in ihrem steifen Nacken. Was sie roch, war eindeutig Hundeatem.

»Was machst du denn da, du Tier?«, knurrte Natascha und öffnete die Augen. Rexona schob ihren Kopf über das Kissen und stupste ihre feuchte Nase an Nataschas Wange. Sie fuhr hoch, und in diesem Moment sah sie das Blut auf dem weißen Bezug.

»Komm mal her, komm.« Winselnd wich die Hündin zurück, als Natascha sie zu sich ziehen wollte. Die kleine Wunde an der Lefze hatte sich durch die exzessive Kratzerei entzündet und sah schrecklich aus.

»Rexona, meine arme Kleine, wo bist du denn?« Josephs Stimme klang sanft aus dem Flur, schlug aber dann sofort wieder um. »Wie kann man nur auf so einen Namen verfallen? Jedes Mal kommt man sich vor wie ein Idiot, wenn man ihn ausspricht.«

»So hieß mein erstes Deo!«, rief Natascha, »und ich war sehr stolz darauf. Kommen Sie ruhig rein, ich bin züchtig bekleidet.«

Joseph erschien im Türrahmen und blieb dort stehen. Seine Miene war düster.

»Sie muss zum Tierarzt. Ich hab für heute einen Termin gemacht, das hätte schon längst passieren müssen.«

Als Rexona sich gegen Josephs Beine drückte und seine vorsichtigen Streicheleinheiten entgegennahm, versetzte es Natascha einen kleinen Stich.

»Das wär mir schon auch noch eingefallen. Trotzdem danke«, sie verachtete sich für den zickigen Ton. »Sagen Sie mir, wann und wo. Ich geh dann mit ihr hin.«

»Wie denn?« Immerhin versuchte er ein Lächeln. »Sie haben doch gar keine Zeit dafür.«

»Ich krieg das schon hin. Wir sind ja bis jetzt auch allein klar gekommen, stimmt's, meine Süße?«

Rexona trottete in die Mitte des Zimmers und ließ sich mit einem resignierten Schnaufen nieder. Nur ihre Augen wanderten zwischen Joseph und Natascha hin und her.

»Jetzt zieren Sie sich doch nicht so. Das sollte doch kein Vorwurf sein.«

»Vielleicht doch? Und Sie wissen es nur nicht?«

Joseph versenkte die Hände in den Taschen seiner Breitcordhose und gab ihr damit eine eigenartige Form.

»Wollen Sie mit mir streiten?«

Nataschas Handy begann zu schrillen, und die Frage blieb im Raum hängen.

»Ja, Cora? … Was? … Vielleicht lieg ich also doch nicht so falsch! … Ja, ja, bis gleich.«

Als sie ihre nackten Beine aus dem Bett schwang, suchte Joseph fluchtartig das Weite. Natascha beschnüffelte ihre Achseln und sprang ungeduscht in die Klamotten.

Mit der Zahnbürste im Mund stieg sie in die Schuhe und begegnete Rexonas wissendem Blick. Natascha beugte sich zu ihr hinab. »Verzeihst du mir noch einmal?«, flüsterte sie ins haarige Hundeohr.

Das Ohr zuckte, doch Rexona schwieg, wie nur Hunde es können.

Josephs Rumoren in der Küche hatte etwas Demonstratives.

»Sie haben gewonnen«, rief Natascha, als sie die Wohnungstür aufriss.

»Wenn Sie es so sehen wollen.«

Lautes Zischen sagte ihr, dass er Milch für den Cafe Latte schäumte, den sie jetzt gern getrunken hätte.

*

Der Moment besaß etwas von einer stummen Andacht, als Ruth Hammes zurücktrat und mit Natascha, Cora und Staatsanwalt Grewe auf den Toten im Stuhl blickte, so als würden sie einem schönen Menschen beim Schlafen zuschauen.

Kurz geschorenes, dunkles Haar über einem ebenmäßigen Gesicht, das nun nicht mehr die Chance erhalten würde, markante Züge zu entwickeln. Er war etwa einsneunzig groß und nicht älter als fünfundzwanzig, schätzte Natascha. Unter dem schwarzen Hemd, das locker über der gleichfarbenen Hose hing, blitzte eine unbehaarte, athletische Jungmännerbrust, die sich verheerend glatt anfühlen musste.

»Wie heißen noch mal diese Insekten, die ihre Beglücker nach dem Liebesakt töten?«, fragte Paul Grewe und unterdrückte ein Gähnen.

»Gottesanbeterinnen sind immerhin so schlau, ihre Opfer zu entsorgen. Etwas, dass hier definitiv versäumt wurde. Übrigens eine reichlich abgegriffene Theorie, die Sie da bemühen, mein Lieber«, sagte Cora. »Lassen Sie bloß Frenzel nichts davon hören, der umkreist die Schlüter jetzt schon wie ein hyperaktiver Schutzengel.«

»Frenzel? Was macht der denn hier?« Natascha wandte sich zur Terrasse, wo Boris Kleine noch immer damit beschäftigt war, die Haushälterin zu befragen.

»Er kennt die Schlüter«, sagte Cora, »man verkehrt gesellschaftlich miteinander. Golf und Kammerspiele.«

»Na, super. Ist die Spurensicherung schon drinnen?«

Cora nickte. Sie traten zur Seite, als die Männer mit dem Sarg kamen.

»Werden Sie ihn sich sofort vornehmen, Dr. Hammes?«, fragte Natascha.

Die Gerichtsmedizinerin zuckte die Schultern. »Natürlich. Aber ich glaube nicht, dass wir weiterkommen als bei Angelface. Gifte verändern ihre chemischen Eigenschaften im Körper sehr schnell. Den Blutstauungen und der Leichenstarre nach zu urteilen, ist er mindestens sechs Stunden tot. Und wir wissen nicht, wonach wir suchen sollen. Das macht die Sache nahezu aussichtslos.«

»Das riecht ja fast nach dem perfekten Mord«, sagte Grewe lustlos, nachdem Ruth Hammes sich verabschiedet hatte. »Wär zu dumm, wenn der in Serie ginge.«

»Na kommen Sie, Grewe!« Cora gab ihm einen Klaps auf die hängenden Schultern. »Wo bleibt die Begeisterung für Ihren Beruf? Noch nie davon geträumt, einen Serientäter zu überführen?«

Sie gingen auf das Haus zu, als ihnen Dr. Frenzel entgegenkam. Seine Lippen waren zusammengepresst und hinter seiner hohen Stirn schien es heftig zu arbeiten.

»Es gefällt ihm offensichtlich gar nicht«, sagte Natascha, »dass die Gnädigste Teil des Spiels ist.«

»Vielleicht hat er was gelernt und zerreißt seiner Frau heute Abend auch mal den Bademantel.« Coras Blick sezierte die Schweißperlen auf den Schläfen des Kriminaloberrats, der sich beeilte eine gewichtige Miene aufzusetzen, als er vor ihnen Halt machte.

»Sie hat sehr offen gesprochen«, er räusperte sich. »Dabei war es sicher von Vorteil, dass wir uns kennen.«

»Ach, ich glaube, falsche Scham ist nicht unbedingt ihre herausragende Eigenschaft«, sagte Natascha, »aber Sie wissen natürlich, dass Frau von Schlüter eine außergewöhnliche Frau ist.«

»Was?« Verärgert trat er einen Schritt zurück, um nicht zu ihr aufschauen zu müssen. »Also jedenfalls hat sie diesen jungen Mann – Robert Franke – heute Nacht hier im Garten getroffen, zu einer Art … Stelldichein.«

Er hüstelte und Natascha hatte Mühe, ein Grinsen zu unterdrücken.

»Er fesselte sie und hatte Verkehr mit ihr. Dabei wurde der Morgenmantel beschädigt – in der Hitze des Gefechts sozusagen.«

Staatsanwalt Grewe hatte den Kopf schief gelegt, und lauschte dem leiernden Ton Frenzels nach wie ein Ornithologe dem seltenen Klang einer Sumpfdrossel.

»Das alles geschah mit dem Einverständnis Frau von Schlüters«, fuhr Frenzel unbeirrt fort, »die Vorgehensweise des sexuellen Kontakts beruhte in gewisser Weise, nun ja ... auf einer Art ...«

»... geschäftlichen Vereinbarung, schon klar«, ergänzte Cora hilfsbereit. »Sie hat uns darüber in Kenntnis gesetzt, dass sie diese Form der zwischenmenschlichen Begegnung – zumindest mit Männern – vorzieht.«

»Sie hat sich direkt danach ins Haus begeben, während der Mann auf diesem Stuhl saß und noch eine Zigarette rauchte. Wir haben ein leichtes Schlafmittel gefunden, Halbmond, ein rezeptfreies Präparat, das wir selbstverständlich sichergestellt haben. Sie hat geschlafen, bis sie heute morgen von ihrer Haushälterin, Frau Marx, geweckt wurde. Schon der gesunde Menschenverstand verbietet es, ihre Aussage in Frage zu stellen.« Dr. Frenzel zog ein blütenweißes Taschentuch hervor und tupfte sich den Schweiß ab. »Frau von Schlüter ist nervlich stark angegriffen. Ich denke, man muss sie heute nicht weiter behelligen.«

Cora und der Staatsanwalt tauschten einen schnellen Blick.

»Unsere Ermittlungen haben eine Frage aufgeworfen, die wir mit ihr erörtern müssen«, sagte Natascha. »Und ich denke, es ist in Ihrem Sinn, dass wir keine Zeit verlieren.«

Bedächtig überführte Frenzel sein Taschentuch zurück in die Hosentasche.

»Es würde mich freuen, Frau Morgenthaler, wenn Sie sich abgewöhnen könnten, so zu tun, als hätte ich meinen Posten im Lotto gewonnen. Ich werde Sie von nichts abhalten, was uns in der Sache weiterbringt.« Sein

Lächeln kam plötzlich und er wusste um seine Wirkung, als er sich umwandte und ging.

»Ich möchte bei der Befragung der Dame dabei sein«, sagte Grewe. »Es wird Zeit, dass ich mir mal ein Bild von ihr mache.«

»Gute Idee.« Cora taxierte die schlaksig hochgewachsene Gestalt des Staatsanwalts. »Sie liegen zwar etwas über ihrem bevorzugten Altersdurchschnitt, aber verfügen immerhin über jungenhaften Charme.« Grewe errötete zart, als Natascha ergänzte: »Vorausgesetzt, Sie sprechen nicht über Zwillingsgeburten.«

*

Veronika von Schlüter nippte an ihrem grünen Tee, den Frau Marx in Chinabone-Porzellan serviert hatte. Ungeschminkt, die Haare zurückgebunden und in lose fallendes Schwarz gekleidet, drängte sie sich in die Ecke eines der weißen Sofas, die nackten Füße unter sich gezogen. Das blasse Gesicht zeigte in seiner verlorenen Nachdenklichkeit zum ersten Mal ihr wahres Alter. Und schwache Spuren von Kratzern auf der Höhe des rechten Wangenknochens.

»Wissen Sie, ob es irgendeine Verbindung zwischen den beiden jungen Männern gab?«, fragte Cora. »Außer dem Kontakt zu Ihnen?«

Natascha und Cora saßen ihr gegenüber, während Paul Grewe es vorgezogen hatte, seine Teetasse am Kamin stehend zu balancieren.

Veronika von Schlüter fuhr sich müde durch die Haare. »Wenn es so war, dann weiß ich es nicht.«

»Wie haben Sie Robert Franke kennen gelernt?«

»Auf einer Modenschau, letzten Winter. Es war sein erster größerer Job als Model. Er war sehr ehrgeizig und ist durch alle möglichen Provinzshows getingelt, um weiter zu kommen.« Ihre Hand zitterte leicht, als sie ihre Tasse abstellte. »Jetzt hätte er das nicht mehr nötig gehabt.«

»Warum?«, fragte Natascha. »Hat er so gut verdient an Ihnen – und anderen Damen?«

»Aber nein.« Schlüters Seufzen hatte jetzt etwas Ungeduldiges. »Er war ein neugieriger, netter Junge. Offen für Experimente. Robert war kein Professioneller, dafür war ihm seine Karriere viel zu wichtig. Er weigerte sich, Geld zu nehmen. Aber uneigennützig war er natürlich nicht. Er hat eher auf meine gesellschaftlichen Kontakte gezählt. Und die hatten ja nun auch gegriffen.«

»Inwiefern?«

»Die ganze Stadt spricht davon, mal mehr mal weniger enthusiastisch.« Veronika von Schlüter richtete sich auf. Stolz machte ihr Lächeln sympathisch. »Das Siegestor. Mal hingeschaut in den letzten Tagen? Die Leute von der Werbeagentur überschlagen sich vor Begeisterung über die Resonanz.«

»Der Prachthintern. Nun hat er einen Namen. Ist aber eben doch nur ein Hintern«, sagte Cora zweifelnd.

»Schießer hat Robert unter Vertrag genommen – für eine große Kampagne. Aber das spielt jetzt keine Rolle mehr.«

Cora stand auf und begann durch das Zimmer zu wandern.

»Können Sie sich vorstellen, dass es jemanden in Ihrem Umfeld gibt, der ein Problem mit Ihren erotischen Eskapaden hat?«

»Der sich vorgenommen hat, jeden umzubringen, mit dem ich Sex habe? Das müsste ein Verrückter sein.«

»Verrückt vor Liebe, verrückt vor Eifersucht – das hat es alles schon gegeben«, sagte Cora.

Schweigend massierte Veronika von Schlüter ihre Handgelenke.

»Archie hat versucht, mich zu erpressen«, sagte sie dann unvermittelt. »Schriftlich, damit alles seine Ordnung hat. Ein lächerlicher, vulgärer Schrieb.«

»Wo ist der Brief? Ist er sichergestellt worden?« Grewe kam näher und ließ sich auf der äußersten Sofakante neben Natascha nieder.

»Nein. Ich habe ihn zerrissen und weggeworfen. Womit will dieser Idiot mir drohen? Meinen Sie, ich habe Angst davor, aus dem Golfclub ausgeschlossen zu werden?«

»Vermutlich meint er doch, etwas gegen Sie in der Hand zu haben?«, insistierte Grewe.

»Was sollte das sein? Heimlich gemachte, schlechte Fotos? Von mir aus kann er die an die ›Bunte‹ verkaufen. Es interessiert mich nicht, was irgendwelche Leute von mir denken könnten.« Vorsichtig platzierte sie die Füße auf dem Boden und betrachtete ihre blutrot lackierten Nägel. Auf dem Beistelltisch neben ihr leuchteten pinkfarbene Tulpen. »Das ist mir vollkommen gleichgültig.«

»Neulich, als wir auf Sie gewartet haben, stand dort ein Foto von Ihnen und Ihrem Mann. Wo ist es?«, fragte Natascha.

Ein Ruck ging durch den Körper der Frau. Dann erhob sie sich langsam und starrte auf die leere Stelle neben der Blumenvase.

»Es ist weg«, flüsterte sie und wandte sich hilflos zu ihnen um. »Vielleicht hat Frau Marx ... ich weiß es nicht. Ich ...«

Cora beobachtete sie interessiert, sagte jedoch nichts. Grewes Blick wanderte verständnislos zwischen den Frauen hin und her.

»Wie ist Ihr Mann ums Leben gekommen, Frau von Schlüter? Was ist damals passiert auf dieser letzten Forschungsreise?«, fragte Natascha ruhig.

Veronika von Schlüter blinzelte eine Träne fort. Stockend begann sie zu erzählen.

»Wir waren schon fast zwei Monate in einem winzigen Dorf in Ecuador, am Rio Misuahualli – ein wildes Gewässer mit Wasserfällen und unzähligen Strudeln, die den Schlamm aufwirbeln und ihm eine gefährliche, gelbe Farbe geben ... Arno wollte eine Schamanenweihe dokumentieren. Er begleitete den alten Meister und zwei seiner Kandidaten auf Krankenbesuchen und Seancen. Natürlich durfte ich nicht dabei sein. Viele Nächte war ich allein, weil die Schamanen den Beistand der Geister erst nach Anbruch der Dunkelheit erwarteten. Sie sagen, die Dunkelheit hilft ihnen, auf den Grund der Dinge zu sehen.«

Veronika von Schlüters Stimme war immer noch leise und ihre Augen schienen in die Zeit abzutauchen, aus der sie erzählte.

»Sie hatten uns die Hütte des alten Häuptlings überlassen. Sie stand nicht weit entfernt von dem Schamanenzelt und so war ich doch immer in seiner Nähe. Ich empfing die Schwingungen dessen, was da vor sich ging, hörte die Geräusche – Rasseln, Gesänge und manchmal Schreie, die mir Angst machten. Ich wartete immer auf ihn und darauf, was er mir erzählen würde … Und dann kam die Nacht der Weihe. Alle Frauen mussten das Dorf verlassen. Auch ich.«

Die Spannung im Raum verursachte ein Prickeln in Nataschas Nacken, aber sie wagte es nicht, sich zu bewegen.

»Arno war an diesem Tag nervös. Immer wieder überprüfte er sein Tonbandgerät. Er hatte lange gebraucht, den Schamanen zu überzeugen, dass es die neuen Blutsverwandten der Berufenen, die Hilfs- und Schutzgeister, nicht vertreiben würde. Er hat mich noch zur Frauenhütte begleitet, mit den Gedanken aber war er schon ganz woanders. Er hat sogar vergessen, mich zu küssen und ich habe darüber gelacht. Ich konnte doch nicht wissen, dass dieser letzte Kuss mir ein Leben lang fehlen würde!«

Jetzt schaute sie Natascha direkt an.

»Erich hat mir erzählt, Arno habe nach dem Ritual das Zelt verlassen und sei zum Fluss hinunter gegangen. Ihm sei von den Kräuterdämpfen übel geworden. Er hat sich nie verziehen, dass er ihm nicht gefolgt ist.«

»Wer ist Erich?« Neben Natascha zuckte Grewe unter dem sachlichen Ton von Coras Frage zusammen.

»Dornbusch. Sie haben ihn doch kennen gelernt, nicht wahr? Er war Arnos bester Freund. Sie haben zusammengearbeitet. Er hat die Ergebnisse dieser letzten gemeinsamen Studie in einem Buch veröffentlicht.«

Staatsanwalt Grewes Knochen knackten, als er sich aus dem Sofa erhob. »Hat man die Leiche Ihres Mannes gefunden?«

»Er ist nicht tot.« Fast erleichtert registrierte Natascha, dass Veronika von Schlüter zu ihrem arroganten Ton zurück fand. »Ich habe es mir verboten, das jemals zu glauben.«

»Dieses Buch würde mich interessieren«, sagte Natascha und ignorierte Coras irritierten Blick geflissentlich. »Würden Sie es mir leihen? Sie haben doch sicher ein Exemplar davon.«

»Aber sicher«, sagte die Gnädigste und gestattete sich ein sibyllinisches Lächeln. »Die Ethnologie ist ein lohnendes Gebiet, finden Sie nicht?«

Einundzwanzig

Gut, dass er schon vorgefahren war. Das gab ihm Gelegenheit für ein Telefonat. Boris Kleine hatte beschlossen, es als Fügung zu betrachten, dass er allein im Büro gewesen war, gestern Abend, als der Anruf für die Morgenthaler kam. Der Dienststellenleiter der Polizeiinspektion Freising hatte vermutlich aus purer Lustlosigkeit entschieden, die Sache telefonisch zu erledigen, statt ein formales Anschreiben herunterzuhacken. Sah man es wohlwollend, so konnte man ihm zugute halten, dass er quasi unter Kollegen den unbürokratischen Weg wählte, um in seinen Ermittlungen zügiger voran zu kommen.

Und dafür hatte Boris Kleine Verständnis.

Diese Haltung hatte es ihm erleichtert, aus Polizeiwachtmeister Gerstl herauszulocken, was er von der Kollegin Morgenthaler wissen wollte, deren Unfall auf der B11 er bearbeitete. Bei dem sie den Dienstwagen zerlegt hatte, die dusselige Kuh.

Vielleicht hatte das Schicksal, oder wer auch immer da zuständig sein mochte, ihm etwas zugespielt, was sich in Hinblick auf das Gift zu einer Spur ausweiten konnte.

Einer ersten, wohlgemerkt, denn bis jetzt gab es gar nichts.

Boris Kleine wählte die Nummer des Instituts für Zoologie, Fischereibiologie und Fischkrankheiten.

*

Er war schon in der Jacke und beglückwünschte sich zum wiederholten Mal zu dem Entschluss, für dieses hippe Teil aus Ziegennappa die Hälfte seines Monatsgehalts hingelegt zu haben. Sie streckte seine eher gedrungene Physis, die zuweilen darüber hinwegtäuschte, dass sich unter seiner Haut trainierte Muskeln befanden und nicht etwa träge Fettmasse. Außerdem korrespondierte das matte Mokkabraun perfekt mit seinen schwarzen Haaren, die er kurz trug, um seinen jungenhaften Gesichtszügen Härte zu geben.

»Mittagspause ist gestrichen, tut mir Leid.« Kommissar Kleine fuhr herum und Natascha entging sein erschrockener Blick nur deshalb, weil sie ihren Kopf mit geschlossenen Augen vorsichtig in den schmerzenden Nacken legte und wieder nach vorne beugte. »Boris, sei so gut und such aus den Akten die Adresse von Archie Hübner raus. Wir fahren hin.«

Natascha grinste, als sie Boris Kleine mit hochrotem Kopf in den Unterlagen wühlen sah.

»Entschuldigung, ist mir so rausgerutscht. Aber nach Knigge habe ich als deutlich Ältere das Recht dazu. Ist es okay, wenn wir dabei bleiben?«

»Klar.« Sein Finger fuhr über das Papier. »Hübner … Moment … Herzogstraße 43.«

»Ja, was ist? Komm schon!« Natascha verspürte leise Ungeduld, als sie Boris hinter seinem Schreibtisch sitzen sah.

»Ach so. Ich … wo ist denn Frau Brandt?«

»Verdirbt sich den Magen in der Kantine.« Sie hielt ihm die Tür auf, folgte ihm hinaus auf den Flur und wünschte sich ihre hässliche Halskrause herbei. War es nur das Schleudertrauma, das ihr im Nacken saß, oder der unergiebige Gedankenaustausch mit Cora?

»Alles, was recht ist, meine Gute«, hatte sie gesagt, »aber wir forschen hier nicht wie mein Bruder im Bereich der Märchen und Mythen. Geh nach Hause und kurier dich aus, aber komm mir nicht mit dem verschollenen Ehemann, der aus dem Hades steigt, um die moralisch verrottete Gattin mit Fememorden zu strafen.«

Natascha sehnte sich nach ihrem Bett, nur liegen, zur Ruhe kommen, ihre Gedanken ordnen. Allerdings würde sie sich zuvor bei Joseph entschuldigen müssen.

»Du fährst«, sagte sie zu Boris, als sie auf dem Parkplatz ankamen. »Ich fürchte, ich bin nicht mehr ganz zurechnungsfähig.«

Nackte Trübsal entströmte dem Betonbau, aus dem über einem Pennymarkt spitzwinklige Fensterfronten herausragten wie Pickel aus dem Gesicht eines aknegeplagten Teenagers.

»Tote Hose.« In dem muffigen Flur des dritten Stockwerks drückte Boris Kleine ergebnislos die Klingel an der kunststofffurnierten Wohnungstür von Archie Hübner.

»Du kennst ihn noch nicht, sonst würdest du diesen Umstand begrüßen«, sagte Natascha. »Hast du ’ne Scheckkarte dabei?«

»Das ist nicht dein Ernst.«

»Aber sicher. Die einfachen Lösungen sind nicht immer die schlechtesten.«

Boris' Miene signalisierte Verunsicherung, aber die Hände glitten schon zur Innentasche seiner Lederjacke.

»Los jetzt.« Natascha bückte sich mit einem leisen Ächzen und begutachtete das billige Türschloss. »Lebe wild und gefährlich.«

Es schien noch nicht allzu lange her zu sein, dass Archie seinen Hunger mit Fischstäbchen gestillt hatte. Als sie den engen, dunklen Flur des Apartments betraten, überfiel sie eine atemlähmende Geruchsmixtur fischelnder Panade und angebrannter Margarine. Darunter lauerte der Mief alkoholisierten Schlafes und ungewaschener Wäsche, die überall im Halbdunkel des Zimmers verstreut lag. Durch das Fenster drang kaum Tageslicht. Die zerwühlten Decken auf dem ehemals roten Klappsofa, angestaubte Stapel von zerlesenen Männerzeitschriften, übervolle Aschenbecher, der traurig entblätterte Rest eines Ficus, auf taubengrauer Auslegeware zertretene Erdnussflips – alles in diesem Raum deutete darauf hin, dass sein Bewohner es aufgegeben hatte, sich hier wohl zu fühlen.

»Glaubst du wirklich, dass wir in diesem Saustall etwas finden, womit der die Schlüter erpressen will?« Mit angewidertem Gesicht zwängte Boris seine Hände in dünne Latexhandschuhe. »Sieht mir eher nach dem typischen Bluffer aus.« Er ging vor einem Fernseher von imposanter Größe in die Hocke und wühlte lustlos in einer Kiste mit Videos.

»Nur weil er schlampig ist, muss er nicht komplett verblödet sein. Er durfte mal kurz am feinen Leben der Schlüter schnuppern und war stinksauer, als sie ihn abgeschossen hat. Vielleicht hat ihn auch erst der Mord an Alex auf eine Idee gebracht.«

Natascha betrat die kleine Schlauchküche mit den fettverklebten Hängeschränken und einem Tischchen, an dem man sich unweigerlich stieß, wenn man daran vorbei zum Kühlschrank ging. Sie bemühte sich, nicht mit der Pfanne auf dem Herd in Berührung zu kommen, wo ein verlorener Klecks Kartoffelpüree in schwärzlicher Brühe schwamm.

»Dann hat er sich auf die Lauer gelegt, um zu gucken, ob er sie nicht ein bisschen in die Bredouille bringen kann. Hiermit zum Beispiel.« Boris drückte sich an der Falttür der Küchenzelle vorbei und hielt eine Videokamera hoch, die so klein war, dass sie auf seinem Handteller Platz fand. »Scheint neu zu sein, eins von diesen digitalen Dingern, mit denen jeder Depp scharfe Bilder hinkriegt.«

Er kam näher, während er sie einschaltete und prüfte, ob eine Kassette eingelegt war.

»Wenn was drauf ist, können wir es gleich sehen.«

Beide starrten auf den winzigen Monitor im Sucher. Nichts als blaues Flimmern. Boris spulte vor, aber das Band war leer.

»Wäre ja auch zu schön gewesen.« Natascha pflückte einen Zettel vom Kühlschrank, der dort unter einem Magneten in Gestalt einer nackten Blondine pappte. Es war der Stundenplan eines Fitness-Studios, auf dem giftgrün markiert war, wann Archie Cargo und Power-Workout unterrichtete.

»Leg das Ding zurück«, sagte Natascha. »Machen wir uns lieber auf den Weg in die Goethestraße. Da schwitzt der schwarze Panther gerade seine Fischstäbchen aus.«

*

Archie nahm die Sache ernst und verlangte von den Teilnehmerinnen des Problemzonen-Workouts das Gleiche. Im Kampf gegen Hähnchenhaut an den Oberarmen, schlaffe Innenschenkel und hängende Hintern reichte es eben nicht, Trainingshosen mit Schlag und eine Zehnerkarte zu kaufen.

Vor dem deckenhohen Spiegel vom Unit drei der Fitness-Oase war Archie der einzige, der eine gute Figur machte, während die Damen ihm mit hochviolett verschwitzten Gesichtern in den zweiten Satz der Bauchcrunches folgten. Archies Training war erbarmungslos, sein Körper eine Augenweide, und die tiefe Stimme peitschte sie zur Höchstleistung, wenn seine Kommandos die stampfenden House-Rhythmen übertönten. Sie liebten ihn dafür. Keiner machte sie so fertig wie er.

Boris lehnte an der Wand. Er demonstrierte Langeweile, doch sein nervös wippender Fuß fand den Rhythmus der Musik, während Natascha das Geschehen durch die verglaste Tür beobachtete. In schmerzfreien Zeiten hätte sie durchaus erwogen, sich von Archie quälen zu lassen.

Sie trat zurück, als die Tür aufschwang und Archie sich seinen Weg durch die Frauen bahnte, die ihn nur mit allergrößtem Bedauern gehen ließen.

Er zog sich das mit Totenköpfen bedruckte Tuch von seinem kahlrasierten Schädel und grinste. »Hallo, großes, rotes Teil.«

Aus den Augenwinkeln registrierte Natascha, wie Boris seinen Körper straffte.

»Können wir uns hier irgendwo ungestört unterhalten?« Sie zwang sich, der dampfenden Kraft von Archies Aura nicht auszuweichen.

»Aber immer.« Sein Grinsen wurde breiter. »So richtig ungestört wären wir, wenn Sie Ihr Pitbull-Baby nach draußen schicken.«

»Schlagen Sie mal einen anderen Ton an, Meister.« Boris wandte sich von Archie ab und nur Natascha konnte sehen, dass seine Nasenflügel bebten. »In Anbetracht der Tatsache, dass Sie Erpresserbriefe schreiben, die in Zusammenhang mit zwei Morden stehen könnten, kommt es nicht so gut, wenn Sie hier das Arschloch geben.«

»Was ist los?«

»Robert Franke«, sagte Natascha, »kürzlich verstorben. Viel zu früh und unnatürlich. Sie kannten ihn nicht zufällig?«

Archie kniff die Augen zu Schlitzen und schwieg. Ohne den Blick von ihnen abzuwenden, griff er hinter sich und stieß eine Tür auf.

Bedauernd schaute Boris einer drahtigen Trainerin in weißem Stretch nach, die eilig aus dem Personalraum schlüpfte, bevor Archie hinter ihr abschloss.

»Was wollt ihr mir noch alles anhängen, verdammte Scheiße?« Es war, als würde er den überheblichen Zug fortwischen, als er sich mit den Händen durch das Gesicht fuhr. »Das mit der Erpressung ... hat Vera das gesagt?«

Natascha nickte. »Falls Sie Frau von Schlüter meinen – ja. Beeindruckt hat es sie allerdings nicht sonderlich.«

Boris ließ sich neben Natascha auf der Bank vor den Spinden nieder und streckte die Beine aus. »Kann einen ganz schön fertig machen, wenn die Weiber nicht mal mehr Schiss vor einem kriegen, was?«

Mit einem Ruck kam wieder Spannung in Archies muskulösen Körper.

»Fuck!« Plötzlich lachte er. »Ihr habt den Brief gar nicht gesehen. Meine Scheiße, sie verarscht euch, wie sie jeden verarscht. Ich weiß, wovon ich rede. Ich war ein halbes Jahr mit ihr zusammen, bis dieser Typ aus Südamerika gekommen ist. Da konnte sie mich nicht schnell genug loswerden. «

»Professor Dornbusch?«

Archie zuckte die Achseln. »So einer aus der Ethno-Abteilung, der den Laden da schmeißen sollte – kann sein, dass er so heißt. Jedenfalls kannten sie sich von früher und er sollte wohl nicht mitkriegen, dass sie ihren Spaß hat. Passte nicht so ganz zu ihrem Mega-Drama von der trauernden Witwe. Damit hat sie einen echt an den Eiern. Die Gefühle von anderen gehen ihr am Arsch vorbei. Sie will mich fertig machen, weil ich checke, wie sie tickt. Sie ist krank im Hirn, das stand in dem Brief.«

Seine Wut war wieder voll da.

»Sie kann sich nur für Kohle ficken lassen. Sie dreht durch, wenn man ...« Abrupt wandte er sich ab und ballte die Fäuste.

»Wenn man sich in sie verliebt?« Natascha ignorierte Boris' spöttischen Blick.

»Es war geil mit ihr. Aber sie steht auf Abwechslung. Ich hab das mitgemacht und wenn sie sich eingebildet hat, sie braucht einen andern Schwanz, oder auch zwei, dann hab ich ihr die Jungs besorgt. Alex war einer davon und Robert auch.«

»Also doch.« Boris lehnte sich zurück und verschränkte die Arme vor der Brust, während Natascha sich fragte, warum Veronika von Schlüter es für nötig gehalten hatte, etwas anderes zu erzählen.

»Ist mir fucking egal, ob das gut kommt oder nicht. Es gab auch andere, und die leben noch. Aber wer weiß? Vielleicht nicht mehr lange? Buchtet mich doch ein und wartet ab, was passiert. Fängt an, mich ernsthaft zu interessieren.«

»Schöne Idee«, sagte Boris und es war deutlich, dass er dem Gedanken etwas abgewinnen konnte. »Aber erzählen Sie uns doch erst mal – so genau wie möglich bitte – wo Sie die letzte Nacht waren.«

»Bis drei hab ich im KPO meinen Arsch hingehalten. Dann bin ich nach Hause gefahren. Hab einen Porno reingeschoben und mir einen runtergeholt.« Archie grinste.

»Au Mann«, sagte Boris dumpf, «Sie fangen an, mir echt auf den Wecker zu gehen.«

*

Er hatte sich gut geschlagen, der Kleine. Über ihr Lob war Boris bis unter die Haarwurzeln rot angelaufen –

zum zweiten Mal am heutigen Tag. Er hatte herumgedruckst und kein Wort herausgebracht vor Verlegenheit, der Arme.

Seufzend legte Natascha die Halskrause an und rückte die Kissen auf ihrem Bett zurecht.

… Auch nach seinem Tod kann der Schamane zu einem Jaguar werden und sich frei über Erde und Wasser bewegen. Er erklettert riesige Bäume und ist auch ein ausgezeichneter Schwimmer. Auf der Suche nach den verlorenen Seelen erhebt er sich zur Milchstraße oder durchstreift den Dschungel. Wieder heimgekehrt bläst er sie dem Kranken zurück in den Kopf …

Natascha ließ das Buch sinken, als sie das Geräusch von Krallen auf dem Holzboden hörte.

Rexona bot ein Bild des Jammers. Ihr Kopf ragte aus einem trichterförmigen Gebilde, das sie vergeblich abzuschütteln versuchte.

»Schau mal, ich seh genauso bescheuert aus wie du.« Natascha rutschte vom Bett und drückte das unglückliche Tier an sich. »Mir gefällt das auch nicht, aber es hilft, glaub mir.«

»Jedenfalls besteht kein Zweifel daran, dass ihr zusammen gehört. In Freud und Leid sozusagen.« Joseph schaute auf sie herab und grinste so schief, dass es ihr das Herz quetschte.

»Scheint nichts Schlimmes zu sein. Eine kleine Verätzung, meinte der Arzt. Sie darf nur nicht dran kratzen. In zwei Tagen kann das Ding wieder runter.«

»Wie ist das denn passiert?« Vorsichtig streichelte Natascha die gesunde Seite der Hundeschnauze. »Hast du in eine Brennnessel gebissen?« Sie stemmte sich hoch. »Joseph, es tut mir leid wegen heute morgen. Manchmal bin ich einfach eine blöde Ziege.«

»Das mag stimmen«, Joseph beäugte das Buch auf ihrem Bett. »Aber immerhin lesen Sie inzwischen.«

Zweiundzwanzig

Mit ruhiger Hand eröffnete Dr. Monticelli den Schädel von Hinterohr zu Hinterohr und klappte die Kopfschwarte nach hinten und vorne weg. Jetzt lag das knöcherne Schädeldach vor ihm. Als nächstes präparierte er die beiden Schläfenmuskel. Die Säge knirschte, als sie durch das Schädeldach drang. Vorsichtig nahm er es herunter. Manchmal ertappte er sich dabei, leise und unmelodisch zu pfeifen, was ihn ungeheuer entspannte. So wie jetzt.

Nun war das Aufschneiden der Hirnhaut an die Reihe, danach das Lösen von Seh- und Hirnnerven sowie der Gefäße.

Dr. Monticellis größter Stolz war seine außergewöhnliche Sammlung, die er auf dem Regal über seinem überladenen Schreibtisch platziert hatte: vierzig Exemplare des *pars petrosa ossis temporalis*, in Formalin fixiert, entkalkt, in Celloidin eingebettet, 20 pm Dicke geschnitten und mit Hämatoxylin-Eosin gefärbt. All diese humanen Felsenbeine hatte er lichtmikroskopisch auf Anomalien des Mittel- und Innenohres untersucht und an dreien davon tatsächlich Granulationsgewebe im Mittelohr als

Hinweis für eine chronische Belüftungsstörung entdeckt. In einem Fall lag eine abnorm weite Paukenhöhle vor; an zwei Felsenbeinen hatte er eine Aplasie des horizontalen Bogengangs diagnostiziert.

Seine Spannung stieg, als er sich wieder über die Leiche beugte. Welche Geheimnisse würde das Felsenbein dieses jungen Mannes preisgeben? Er hatte Glück, denn der letzte Tote war ausgerechnet obduziert worden, als er auf strikte Anweisung von Ruth Hammes seinen Überstundenberg in Form einiger Extraurlaubstage abgebummelt hatte.

Jetzt entnahm Dr. Monticelli das Hirn.

Ihm war heiß. Er sehnte sich nach einer Apfelschorle. Keinesfalls über 3 Grad Celsius. Die Arbeit in Sektionsraum und Kühlkammern hatte stärkere Auswirkungen auf sein Ess- und Trinkverhalten, als ihm bisweilen lieb war.

Es war Zeit, die harte Hirnhaut von der knöchernen Schädelbasis abzuziehen. Er griff nach der kleinen Säge.

Schutzlos lag es nun vor ihm, das Felsenbein, härtester Knochen im menschlichen Körper und hintere Begrenzung der mittleren Schädelgrube. Aber da war noch etwas, was ganz und gar nicht hierher gehörte: ein kleiner Metallsplitter. Obwohl er Handschuhe trug, berührte er ihn nur kurz mit spitzen Fingern.

Angelo Monticellis Kehle wurde noch trockener.

Er legte die kleine Säge zurück, ging schnellen Schritts zum Telefon neben der Tür.

»Treiben Sie Dr. Hammes auf und schicken Sie sie zu mir runter«, sagte er. »Ich hab was gefunden, das sie interessieren dürfte.«

Dreiundzwanzig

Was vorlag, war erbärmlich wenig: Am Tatort hatte die Spurensicherung einige ausgedrückte Kippen gefunden. Offenbar war Robert Franke Fan der Ökomarke ›American Spirit‹ gewesen. Der zerrissene Morgenmantel, dessen Rücken ein verblasster roter Drache zierte, war allenfalls ein Indiz, das gegen die Geschmackssicherheit der Eigentümerin sprach. Die im ganzen Haus verteilten Fingerabdrücke stammten eindeutig von Frau Marx oder Veronika von Schlüter.

Rätselhaft waren der Abdruck eines Daumens an der Haustür, der keinem der in Frage kommenden Personen zuzuordnen war, und das Alu-Mountainbike, das, versteckt zwischen Garage und Fliederbüschen, anfangs niemandem aufgefallen war.

Sie fanden schnell heraus, dass es nicht dem toten Franke gehört hatte. Dessen nagelneuer Minicooper parkte nur ein paar Meter weiter die Straße runter, schwarz und blank gewienert, wie frisch vom Band gerollt.

»Dann war es das von Alex.« Veronika von Schlüter war blass gewesen, als sie dazu befragt wurde. »Gesehen hab ich ihn nie damit, aber er hat sich in letzter Zeit eingebildet, dringend ein paar Kilo abspecken zu müssen. Dabei hätte sein Körper perfekter nicht sein können. Ich hab es ihm immer wieder gesagt – zwecklos. Alex hatte seinen eigenen Kopf.«

Nataschas warnender Blick hatte Cora den Mund verschlossen, aber jetzt, an diesem strahlenden Nachmittag im Kommissariat, an dem jede von ihnen am liebsten anderswo gewesen wäre, kam sie wieder drauf zurück.

»Klingt, als würde sie von einer Ware reden, findest du nicht? Anfangs dachte ich, sie hätte ihn richtig gemocht. Inzwischen bin ich mir nicht mehr sicher. Vielleicht stimmt ja doch, was Mr. Arschie euch anvertraut hat.« Sie drückte ihre Zigarette aus. Wenn es ihr nicht passte, dass Natascha und Boris sich duzten, ließ sie es sich nicht anmerken.

»Der Typ ist wirklich alles andere als ein Sympathieträger«, bemerkte Boris. »Aber wie einer, der sich Herz-Schmerz-Geschichten ausdenkt, wirkt Archie Hübner nicht auf mich.«

»Ich kann mir schon vorstellen, dass er die Wahrheit sagt. Ganz im Gegensatz zu unserer Gnädigsten, die sich allergrößte Mühe gibt, uns zynische Offenheit zu demonstrieren. Allerdings finde ich etwas ganz anderes mindestens ebenso spannend wie ihr unkonventionelles Sexleben«, sagte Natascha. »Für mich deutet das Fahrrad darauf hin, dass der Garten sehr wohl auch Tatort Nummer Eins gewesen sein könnte.«

»Aber Richter ist doch beim Wehr gefunden worden«, warf Boris ein.

»Eben! Bis zum Eisbach sind es vom Garten Schlüter nur ein paar Schritte. Ziemlich praktisch für den Täter, oder? Schnelle Entsorgung, sozusagen.«

»Und wenn die Schleuse geöffnet gewesen wäre, wäre er womöglich erst in Freising angetrieben worden.« fügte Cora hinzu. »Der Anruf beim Wasserwirtschaftsamt war sehr erhellend, was die Abtriebmöglichkeiten betrifft.«

»Aber unabhängig davon ...« Natascha zögerte. »Die Gnädigste führt dieses exzentrische Leben doch nicht erst seit ein paar Wochen. Sie lebt seit vielen Jahren allein. Warum jetzt dieses plötzliche Jünglingssterben?«

»Komm mir jetzt bloß nicht wieder mit deiner abstrusen Wiedergängertheorie!«, protestierte Cora. »Wo soll der verschwundene Ehemann denn all die Jahre gesteckt haben? In einer einsamen Dschungelhütte?«

»Vielleicht ist ja damals bei dieser Initiations-Zeremonie in Südamerika etwas passiert«, erwiderte Natascha gelassen. »Etwas, was ihn austicken ließ. Nach dem, was ich in Dornbuschs Buch gelesen habe, läuft das alles unter dem Einfluss von Halluzinogenen. Vielleicht hat Arno von Schlüter in seinem Forscherdrang etwas davon genommen, teilnehmende Beobachtung sozusagen ...«

»... und streift seitdem als verwirrtes Waldwesen zwischen den Mangroven umher?« Cora lachte spöttisch.

»Manche der Geweihten werden zu Jaguaren.« Natascha ließ sich nicht irritieren. »Zumindest fühlen sie sich so. Sie fasten wochenlang, und während des Weiherituals wählt dann die Droge den neuen Schamanen aus.«

»Klar. Das war dann Arno von Schlüter, der Jahre später aus dem Jaguarfell in den nächsten Flieger nach

München steigt, um Beute zu reißen. Wenn hier jemand halluziniert, dann bist du das, fürchte ich.«

»Ich befasse mich mit Hintergründen. Es wäre nicht das erste Mal, dass die Gründe für einen Mord in der Vergangenheit liegen«, sagte Natascha ruhig. »Ich werde Dornbusch dazu befragen. Immerhin war er ja damals dabei. Vielleicht erfahren wir dann etwas mehr.«

Cora stand abrupt auf.

»Ich kümmere mich einstweilen um die Gegenwart, falls du nichts dagegen hast. Frankes Freundin Lisa Baer hatte keine Ahnung von seinem lukrativen Zusatzjob als potenter Damenbeglücker. Ihr hat er auch die Geschichte aufgetischt, dass er die Schlüter bei einer Modenschau kennen gelernt und sie sich aus unerfindlichen Gründen zu seiner Mäzenin aufgeschwungen hat. Wahrscheinlich ist das Mädel chronisch unterernährt, so dass ihre Gehirnzellen nur noch mit halber Kraft arbeiten. Sie arbeitet ebenfalls als Model. Wie übrigens fast der gesamte Freundeskreis.«

Cora sah auf die Uhr, mindestens das vierte Mal in der letzten Viertelstunde, wie Natascha registrierte.

»Ich denke, die nehmen wir uns nacheinander vor. Fangen Sie mit den ersten fünf am besten gleich heute an, Boris! Lisa hat mir eine Liste zusammengestellt. Hier ist eine Kopie für Sie.« Sie reichte ihm das Blatt. »Was ist eigentlich mit seinen Eltern?«

»Astrid und Ulrich Franke leben in Regensburg«, Boris faltete das Blatt Papier zusammen und ließ es in seiner Lederjacke verschwinden, die er mittlerweile kaum mehr ablegte. »Und wissen so gut wie gar nichts über das Privatleben ihres Sohns. So klangen sie wenigstens am Telefon. Sie kommen morgen. Dann können wir ja noch einmal nachhaken.«

»Das werden wir bestimmt.« An Coras Hals hatte sich ein roter Hitzefleck gebildet. »Ja, dann mach ich mich jetzt mal am besten auf den Weg.«

»Zu den chronisch Unterernährten?«, sagte Natascha. »Viel Vergnügen!«

Unverständliches Murmeln war das letzte, was sie von Cora hörte, bevor sie die Tür zukrachen ließ.

*

Friederike Huth hatte es sichtlich eilig. Passend zum warmen Wetter trug sie Rüschenrock und freizügig ausgeschnittenes T-Shirt in shocking Pink, das ihre gebräunte Haut zum Leuchten brachte und ihr einen verwegenen Touch verlieh.

»Ich muss dringend los!«, sagte sie, als Natascha sie nach Dornbusch fragte. Zahllose Silberreifen klimperten an ihrem Handgelenk. »Der Professor hat das Institut schon vor zwei Stunden verlassen. Klopfen Sie einfach an sein Häuschen. Wahrscheinlich brütet er dort über seinen neuen Vortrag.«

»Sind heute keine Seminare mehr?«, erkundigte sich Natascha.

»Jetzt? Bei diesem Wetter? Da finden Sie unsere Studenten doch nur im Biergarten. Außer Herrn Brandt natürlich. Der sitzt bestimmt wieder bis Mitternacht in der Bibliothek. Ich hab ihm neulich schon vorgeschlagen, dort ein Feldbett aufzustellen.« Ein glucksendes Lachen. »Aber ich fürchte, für meine Art von Humor fehlt ihm zur Zeit der Sinn.«

Hüftwackelnd stöckelte sie von dannen.

Nataschas Puls ging schneller. Nur die Ruhe, redete sie sich selber zu. Natürlich wirst du später mit ihm sprechen. Der kleine Bruder hat dich einmal geküsst. Kein Grund, ihn auf Dauer zu meiden.

Die alten Bäume sorgten für angenehme Kühle; trotzdem klebte ihr jadegrünes Leinenmieder am Körper wie eine zweite Haut, als sie durch den Garten lief.

Sie klopfte an die Tür des Gartenhäuschens.

Alles blieb still. Nach kurzem Zögern drückte sie die Klinke hinunter. Ein seltsamer Geruch schlug ihr entgegen, als die Tür aufschwang, warm und exotisch wie feuchtes Tropenholz.

»Professor Dornbusch?«, rief sie ins Dunkel hinein. »Sind Sie zu Hause?«

»Beinahe«, sagte eine tiefe Stimme hinter ihr. »Womit kann ich Ihnen helfen?«

Natascha fuhr herum. »Es tut mir Leid«, sagte sie, »aber es war nicht abgeschlossen.«

»Kein Problem.« Wenn er lächelte, verjüngte er sich auf verblüffende Weise. Er war bestimmt nie im klassischen Sinn schön gewesen, aber das Alter war gnädig zu ihm: ein intelligentes, auf anregende Weise verlebtes Männergesicht. »Ich kann Sie allerdings nicht reinbitten … Frau Morgenthaler?« Sie nickte. Sein Gedächtnis schien ausgezeichnet. »Das absolute Chaos! Aber so sieht es immer aus, wenn ich an einem neuen Thema arbeite.«

»Kommt mir bekannt vor«, sagte Natascha. »Wollen wir ein paar Schritte hinunter zum Wasser gehen?«

»Gute Idee. Warten Sie einen Moment.« Er ging ins Haus und kam mit einer Kalebasse zurück. »Müssen Sie unbedingt probieren«, sagte er. »Eine Spezialität aus Kolumbien.«

»Was ist das?« Natascha setzte sich auf einen Baumstumpf.

»Aguardiente.« Dornbusch lächelte. »Viele Indianer lieben Piva, aber dieses Zuckerrohrgebräu übelster Sorte würde ich Ihnen niemals offerieren.« Er lockerte den Verschluss, goss etwas in einen kleinen Becher und reichte ihn Natascha. »Dieses Lebenswasser dagegen wird von den Schamanen bevorzugt. Sie trinken es, wenn bei den Zeremonien die Wirkung des Halluzinogens nachlässt. Dann tritt binnen weniger Minuten ein Flashback ein.«

Sie zögerte.

»Probieren Sie!«, drängte er. »Ohne Droge ist es ganz harmlos.«

Sie nahm einen winzigen Schluck. Es schmeckte wie scharfer, zu warmer Wodka.

»Was ist in dieser Weihenacht am Fluss vorgefallen?« Sie ließ ihn nicht aus den Augen. »Die Nacht, als Arno von Schlüter verschwand?«

»Sie hat ihnen davon erzählt?« An seiner Wange zuckte ein Muskel.

»Ja, aber es gibt noch immer zu viele Rätsel und Ungereimtheiten«, sagte Natascha. »Deshalb bin ich hier.« Sie wählte ihre Worte mit Bedacht. »Glauben Sie, dass Arno von Schlüter tot ist?«

»Er ist ins Wasser gefallen. Und …«

»Woher wissen Sie das?«

»Ich weiß es nicht, aber es ist die einzig logische Erklärung für sein Verschwinden. Arno war ein miserabler Schwimmer.«

»Es heißt, seine Leiche wurde niemals gefunden?«

»Was kein Wunder ist. Der Misuahualli ist ein reißendes, gefährliches Gewässer.«

»Mich interessiert Ihre Meinung, Professor Dornbusch. Ist er in Ihren Augen tot oder könnte etwas anderes passiert sein?«

Er stand auf und ging ein paar Schritte näher zum Eisbach. Die Dämmerung machte alle Farben weicher, das Grün des Gestrüpps, die Farbe des Wassers, sogar Dornbuschs weites weißes Hemd.

»Sie haben eine bestimmte Theorie, nicht wahr?«, sagte er, mit dem Rücken zu Natascha gewandt. »Darf ich erfahren, welche?«

»Sie haben beide an dieser Initiation teilgenommen. Das war doch so?« Ein kurzes Nicken. »Dabei wurden Drogen verwendet.«

»Ayahuasca gehört zur Zeremonie«, sagte er knapp. »Eine Art Schlingpflanze, aus der sie ein Getränk herstellen. Sie nennen es ›Ranke der Seele‹. Wir haben lediglich dokumentiert.«

»Hat Arno von Schlüter dieses Aya … Dingsda auch genommen? Und wenn ja, könnte es dann sein, dass sich damit eine Verwandlung in ihm vollzogen hat? Dass er glaubte, auserwählt zu sein … zum Schamanen … zum Jaguar, der die Nähe der Menschen meidet?«

»Sie haben mein Buch gelesen?«

»Faszinierende Lektüre. Und sie legt gewisse Schlüsse nahe, wenn man sich darauf einlässt. Vielleicht wollten Sie Veronika von Schlüter vor falschen Hoffnungen schützen, vielleicht meinten Sie aber auch, dass man Ihnen jenseits des Dschungels nicht glauben würde, Herr Professor. Ich mache damit gerade meine eigenen Erfahrungen. Sie können mir ruhig erzählen, was mit ihm geschehen ist. Ich werde Sie nicht für verrückt erklären.«

Langsam drehte er sich zu ihr um.

»Manche kommen wieder«, sagte er dumpf. »Wenngleich in veränderter Gestalt. Sie kehren zurück in ihre Hütten, legen sich zu ihren Frauen, berühren sie, küssen sie. Sie versuchen sogar, mit ihnen zu schlafen. Die Frauen brennen. Aber sobald sie sie empfangen, merken sie, dass sie es mit einem Geistwesen zu tun haben. Dann sind sie verloren. Es gibt keine Rettung mehr für sie.« Er strich sich über die Augen. »Die mündlichen Überlieferungen der Indianer sind voll von solchen Geschichten.«

»Ich verstehe nicht ganz.« Natascha machte ein paar Schritte auf ihn zu. »Wollen Sie damit andeuten, dass Arno …«

»Arno – ein Schamane? Niemals! Ein Schamane opfert sein Leben. Er lebt nur für seine Gabe. Es hat nichts damit zu tun, was die Leute heutzutage gern glauben: auf eine Trommel zu schlagen und in andere Welten zu fliegen, verstehen Sie?« Seine Lippen bebten. »Es ist Berufung und Qual zugleich. Man braucht viel Mut, um diesen Weg zu gehen. Und Arno von Schlüter war schön, reich und gebildet – aber alles andere als ein Held.«

Er packte die Kalebasse und sein unvermitteltes Lächeln war traurig. »Jetzt entschuldigen Sie mich bitte, Frau Morgenthaler. Meine Arbeit kann nicht länger warten.«

*

Die erste Tür, die Natascha entschlossen aufriss, führte in eine Art Asservatenkammer verschiedener Kulturen. Das kalte Licht einer Leuchtstoffröhre fiel auf schwarze Tonschüsseln, Samenketten, leicht vergilbte Umhänge aus Palmblatt und bemalte Masken. Im Hintergrund baumelte eine Hängematte, die allerdings so brüchig wirkte, dass sie wohl kaum von Institutsmitgliedern zur Mittagsruhe genutzt wurde. In einer der Vitrinen war primitiver Hausrat ausgestellt, in einer anderen Jagdwaffen – Pfeil und Bogen, gedrungene Messer mit geschnitzten Griffen und grob geschlagenen, blattförmigen Schneiden, zierliche Blasrohre, die ihr vertraut waren von den Abbildungen in Dornbuschs Buch.

Sie schlug die Tür wieder zu und tastete sich weiter. Im Dunkeln erinnerte die alte Villa an ein Spukschloss, und plötzlich hatte sie wieder den abgestandenen Geruch in der Nase, der sie während ihrer Gymnasialzeit begleitet hatte.

Natascha steuerte auf die große Flügeltür am Ende des Flurs zu.

Im Lichtkegel entdeckte sie eine vertraute Nackenlinie. Anmutig und beinahe verletzlich wuchs der Hals aus einem verblichenen T-Shirt und die Nackenhärchen schimmerten golden. Der Impuls, ihre Lippen darauf zu drücken, war so übermächtig, dass sie ihm nachgab, ohne nachzudenken.

Wenn Lennart überrascht war, so ließ er es sich nicht anmerken. Er genoss die Berührung mit einem leisen Seufzen. Dann drehte er sich auf seinem Stuhl herum, umfasste sanft ihren Nacken und zog sie zu sich herunter.

»Ich dachte schon, ich krieg dich gar nicht mehr zu sehen und zu spüren«, murmelte er. »Nicht einmal dienstlich.«

»Da siehst du, wie man sich täuschen kann«, sagte sie leise und folgte der flaumigen Linie, die sich unter der Baumwolle verlor. Sie schloss die Augen, als sein Mund die empfindliche Stelle an ihrem Hals fand.

Sie spürte, wie sie weich wurde unter seinen Küssen, seinen Händen, seinem Geruch. Sie wollte nichts mehr, als seine Haut auf der ihren zu spüren.

Zitternd fuhren ihre Hände unter sein Hemd und zogen es ihm über den Kopf, während er ihr das Mieder öffnete. Seine Zunge tänzelte von ihrem Bauchnabel hinauf zu ihren Brüsten, sie spreizte die Beine, als er ihre Hüften umfasste und sie auf seinen Schoß zog. Für einen Moment verfluchte sie Mr. Levis für seine Erfindung, die jetzt störrisch zwischen ihrer beider Lust lag. Ihre Brustspitzen richteten sich auf unter der samtenen Glätte seiner Haut und während sie sich küssten, flossen ihre Schweißperlen mit den seinen zusammen.

Sie stöhnte auf, als Lennart sie anhob und behutsam auf den Schreibtisch bog.

Papierstapel und Bücher flogen vom Tisch unter den heftigen Bewegungen, mit denen sie sich im entgegendrängte. Seine Augen waren dicht über ihren und ließen ihr Herz wie eine wildgewordene Trommel gegen die Rippen schlagen.

Plötzlich grellweißes Licht.

»Ach, hier stecken Sie!« Die spöttische Stimme kam ihr bekannt vor. Lennart zuckte zurück, während Natascha noch verwirrt in das flackernde Neon der Deckenleuchte blinzelte.

»Tja, Herr Brandt, ich war der Meinung, unser Gespräch hätte einige Dringlichkeit«, sagte Veronika von Schlüter. Ihr Blick streifte nur kurz Lennarts entblößten Oberkörper. »Wir sollten strategisch klug vorgehen, um meinen alten Freund Dornbusch doch noch zu überzeugen. Wann denken Sie, dass Sie Zeit dafür finden?«

»Jederzeit ... Ich meine, wann Sie wollen ...« Lennart fuhr sich nervös durchs Haar, während Natascha mit provozierender Gelassenheit das Mieder über ihren nackten Brüsten zuhakte.

»Gut zu wissen.« Veronika von Schlüter rührte sich nicht von der Stelle, aber ihren dunkel umrahmten Augen entging nicht die geringste Kleinigkeit. »Sie hören von mir, Lennart. Bald. Einen schönen Abend noch, Frau Hauptkommissarin!« Mit einem maliziösen Lächeln wandte sie sich ab und verließ den Raum mit der stolzen Anmut einer Raubkatze.

»Prima Timing.« Wütend starrte Natascha ihr nach. »Sie scheint ein sicheres Gespür dafür zu haben.«

»Ich glaube kaum, dass eine Absicht dahinter stand.« Er nahm ihre Hand.

»Darauf würde ich nicht wetten.«

Lennart wich ihrem Blick aus und schwieg ratlos.

»Willst du gehen?«, sagte er schließlich.

Natascha machte sich nicht die Mühe, herauszufinden, ob seine Frage einem frommem Wunsch oder Resignation entsprang. Die Luft war raus, das Prickeln dahin.

»Ach, weißt du, Lennart, vielleicht soll es einfach nicht sein.« Sie entzog sich ihm sanft.

»Wieso denn?«

Sie legte einen Finger auf seine Lippen und liebte ihn für seinen trotzigen Blick.

Erst als sich die Tür hinter Natascha schloss, schlüpfte Lennart in sein T-Shirt.

»War doch ein schöner Anfang«, sagte er und lächelte. »Kein Grund, aufzugeben.«

*

Die beiden Babywippen schaukelten zu den Klängen von ›Lady Madonna‹. Paul Grewe hatte sie mit einem stabilen Gummiband zusammengebunden, um sie mit einer Zehe sanft im Gleichtakt antippen zu können. Sah vielleicht merkwürdig aus, aber es wirkte, und war deutlich weniger aufwändig als nächtliche Autofahrten über die Eschenrieder Spange, die ihm sein Studienfreund Rühle empfohlen hatte.

Nebenan schlief Sabine den Schlaf tiefer Erschöpfung. Wenn er ihre violetten Augenringe sah, überkam ihn ein Gefühl der Hilflosigkeit. Aber er konnte sie nur in Unwesentlichem entlasten. Denn eigentlich hing so gut wie immer abwechselnd einer der beiden Winzlinge an ihrer

Brust, und sobald der andere es merkte, verfiel er sofort in empörtes Krähen und schnappte gierig wie ein verhungerndes Vögelchen nach neuer Nahrung.

An Johann, der sich wie ein kleiner Genießer auf seinem Schaffell räkelte, glaubte er schon jetzt das energische Kinn seines verstorbenen Vaters zu erkennen, der nie daran geglaubt hatte, dass sein einziger Sohn jemals etwas zustande brächte. Amelie dagegen sah aus wie Sabine auf ihren Babyfotos, und das erstes Lächeln seiner Tochter zeigte Grübchen, die ihm schon jetzt weiche Knie machten.

Ein Gefühl von Liebe durchströmte ihn. Er würde den beiden geben, was seine Eltern ihm verweigert hatten. Sie sollten einmal stolz auf ihren Erzeuger sein, das schwor er sich in diesem Moment.

Schrilles Telefonklingeln riss ihn unsanft aus den emotionalen Tiefen.

Paul Grewe sprang auf und verfing sich zwischen den Stuhlbeinen. Es blieb ihm nichts anders übrig, als den Gummi von seinem Zeh zu lösen. Unglücklicherweise endete in diesem Moment die ›Beatles-Best‹-CD. Johann öffnete eines seiner wasserblauen Augen und begann loszubrüllen. Amelie setzte nur einen Lidschlag später ein.

»Grewe«, sagte er matt.

»Hammes. Ich störe Sie spät und ausgesprochen ungern, Herr Staatsanwalt«, sagte sie. »Aber wir haben ein Problem.«

»Ja?« Er war unkonzentriert. Wie konnte ein so kleines Kind binnen weniger Augenblicke so blaurot anlaufen?

»Ich denke, eine Exhumierung wird fällig.«

»Bei wem?« In Amelies kleinem Rachen sah er die Zäpfchen in zittrigem Wutgeschrei beben.

»Alex Richter«, hörte er die Gerichtsmedizinerin sagen. »Wenn sich bewahrheitet, was wir vermuten, dann kriegen wir ihn vermutlich endlich tot.«

Vierundzwanzig

Beinahe wie damals Sam.

Sogar die Gesichtsform hatte eine gewisse Ähnlichkeit, wenngleich Cora jetzt nur das Profil sehen konnte, weil die andere Seite gegen das Kissen gedrückt war: die hohe Stirn, eine kurze, energische Nase, volle Lippen, die sich beim Lachen aufwarfen wie ein sinnliches Versprechen.

Und verdammt gut küssen konnten.

Sie räkelte sich genüsslich. Ihr Körper fühlte sich warm und weich an, wie immer nach gutem Sex und prickelnden Schamlosigkeiten. Die letzte Nacht konnte ohne Übertreibung als Sternstunde des vergangenen Jahres durchgehen, und, wenn sie ehrlich war, ebenso der beiden vorhergegangen. Auch wenn sie seit der Sache mit Sam mit ihrem Körper nicht immer geizig umgegangen war, mit ihrer Seele war sie es. Ein unbestimmtes Gefühl sagte ihr, dass es dieses Mal anders sein könnte. Deutlich mehr, als sie seit langem zu hoffen gewagt hatte.

Eine Morgenbrise blähte lange weiße Vorhänge. Cora hörte Vögel tirilieren, die sie nie würde bestimmen können, weil sie um das baumlose Westend immer einen großen Bogen flogen. Ob sie ihre spaßhafte Drohung von gestern Abend wahrmachen und wirklich eine frühe Laufrunde im Schlosspark einlegen sollte?

Kurz beflügelte sie die Vorstellung, am Kanal entlang, zwischen Schwänen und Enten, die Lungen mit frischer Luft zu füllen, dann jedoch überwog das Vergnügen der ungewohnten Nähe des schlafwarmen Körpers neben ihr.

Ohne lange Umschweife waren sie in dem antiken Himmelbett gelandet, das zum Abtauchen in einer erotischen Endlosschleife geradezu einlud. Sie waren über einander hergefallen, als gelte es, einen bohrenden Hunger zu stillen. Die Zärtlichkeit, das Flüstern aufgekratzter Albernheiten war erst danach gekommen, bevor sie sich noch einmal geliebt hatten, und anschließend gleich wieder. Eigentlich hätte Cora todmüde sein müssen, aber sie war voller Energie, fühlte sich heiter, leicht, zum Fliegen bereit.

Fast wie damals bei Sam.

Zum erstenmal seit langem konnte sie den Namen in sich aufsteigen lassen, ohne sofort depressiv zu werden. Sam hatte Informationen geliefert und sie verraten. Als Geliebte und Polizistin. Sams wegen war sie in Lebensgefahr geraten. Sam würde sie trotz allem niemals vergessen. Denn Sam verdankte sie die Narben – die neben dem rechten Auge und die auf der Seele.

»Scheiß auf Sam«, sagte Cora halblaut.

Sie schüttelte sich, als ließe sich dadurch der ungebetene Geist aus der Vergangenheit leichter vertreiben, und wandte sich in einer Aufwallung von

Zärtlichkeit hinüber. Es gab Besseres an diesem sonnigen Morgen, als den Schmerz alter Zeiten aufzukochen!

Das Schnarren ihres Handys kam alles andere als gelegen. Cora beugte sich aus dem Bett und angelte nach ihrer Hose.

»Ja?«

»Cora? Hier Ruth Hammes. Wir haben bei der Obduktion von Frank etwas entdeckt, das Sie interessieren dürfte.« Eine kleine effektvolle Pause.

»Ist das ein Ratespiel oder möchten Sie ausführlicher werden?«

Ruth Hammes lachte. »Am Telefon ausgesprochen ungern. Gönnen Sie mir den kleinen Triumph, Ihnen unser bemerkenswertes Fundstück persönlich zu präsentieren. Wann können Sie hier sein?«

Cora schielte auf eine Uhr mit Leopardenfellrahmen.

»Acht Uhr siebzehn, vermutlich«, sagte sie. »Vorausgesetzt, auf der Verdistraße stehen sie nicht schon wieder Stoßstange an Stoßstange.«

»Gut. Dann sehen wir uns gleich in der Gerichtsmedizin. Grewe habe ich übrigens schon informiert. Die Exhumierung von Richter geht klar.«

Sie hatte aufgelegt.

Verdutzt starrte Cora auf das Handy in ihrer Hand. Neben ihr noch immer keine Regung. Sie beugte sich hinüber, küsste den einladenden Schwung der nahtlos gebräunten Hüfte und verließ das Bett, bevor sie weiteren Verlockungen nachgeben konnte.

*

Es fühlte sich an wie ein mörderischer Kater, hatte sie unruhig schlafen lassen und im Morgengrauen aus dem Bett getrieben. Sie hatte eine verstörte Rexona im Schnellschritt über die Grünstreifen der Elisabethstraße geführt und frisch erblühte Gänseblümchen wässern lassen.

Jetzt sah sich Natascha der ungewöhnlichen Situation ausgesetzt, als Erste das Büro zu betreten, und das, obwohl sie sich mit dem ausgiebigen Frühstück in einem Coffeeshop Zeit gelassen hatte. Sie war froh, als das Telefon klingelte und sie von Gedankenspielen abhielt, die ohnehin – so wie sie heute drauf war – ins Nichts führen würden.

Sie hörte nur zu, dann setzte sie sich.

»Moment, Herr … Gerstl, entschuldigen Sie … wie war das mit den illegal eingeführten Gifttieren? … Verstehe … Nein, ich habe gar nichts gesehen. Ich hatte wahnsinnige Schmerzen und konnte mich kaum rühren. Der Fahrer des anderen Wagens fragte, ob ich verletzt sei und ob er mir helfen könne. Ich habe über Funk Ihre Kollegen verständigt und bin im Auto sitzen geblieben … Warten Sie … ich glaube, der Typ hat noch versucht, den Wagen zu starten, aber da ging wohl nichts mehr … und dann waren Ihre Leute ja auch schon da … Nein, wenn er hinten an der Ladefläche gewesen wäre, hätte ich das wohl trotz allem bemerkt.«

Natascha starrte aus dem Fenster und zwang sich zur Ruhe.

»Noch eine Frage, Herr Gerstl. Wo sind diese Viecher jetzt?«

Wütend schleuderte sie den Kugelschreiber von sich, der natürlich nicht schrieb, dafür aber Coras sorgsam gehegte Topfpflanze traf.

»Warten Sie … wie war das? Fischkrankheiten?« Ihr jähes Lachen brach ab. »Aha«, sagte sie dumpf. »Der Kollege muss wohl vergessen haben, es mir mitzuteilen.«

Scheinbar ruhig legte Natascha den Hörer auf, um ihn im nächsten Moment wieder hoch zu reißen. Ihr Finger hieb auf die Kurzwahltaste B.

»Mistkerl!«, fluchte sie.

Boris Kleine hatte sein Handy ausgeschaltet.

*

»Das ist Frankes Felsenbein?« Fasziniert inspizierte Cora den sauber ausgelösten Knochen.

Ruth Hammes nickte. »Und das ist die kleine Metallspitze, die dort eigentlich nichts zu suchen hat. Ohne Monticellis Spezialthema für die Facharztprüfung wären wir vermutlich niemals darauf gestoßen. Ich bin gespannt, was uns das Felsenbein von Angel Face erzählt.«

»Wann soll die Exhumierung stattfinden?«

»Übermorgen. Sogar der Mutter kann es nicht schnell genug gehen. Sie will um jeden Preis, dass der Mörder ihres Jungen gefasst wird. Aber kommen wir zu diesem kleinen Metall zurück. Sehen Sie, wie scharf es ist? Und genau das ist der springende Punkt!«

»Ich verstehe nicht ganz …«

»Diese Spitze hat das Innenohr des Opfers geritzt und damit verletzt, beinahe unsichtbar, aber dennoch erheblich, wie Sie gleich sehen werden. Denn wir haben uns erlaubt, die Kollegen von der Toxologie hinzuziehen.« Die schmal gezupften Brauen der Gerichtsmedizinerin schnellten verheißungsvoll nach oben.

»Was im Klartext heißt ...«

»... dass wir auf dieser Metallspitze Giftspuren analysieren konnten. Es handelt sich um Steroidalkaloide, stark toxische Substanzen, die auf das Zentralnervensystem wirken und eine irreversible Durchlässigkeit der Zellmembranen für Natriumionen hervorrufen. Es kommt zu Muskel- und schließlich Atemlähmungen. Der Tod tritt rasch ein, in der Regel nach wenigen Minuten. Allerdings nur, wenn das Gift in die Blutbahn gelangt. Voraussetzung ist also eine kleine Wunde – die hiermit gegeben wäre.«

»Augenblick mal: Wenn ich das Zeug in den Magen bekäme, würde mir also nichts passieren?«

Ruth Hammes schüttelte den Kopf. »Vermutlich würde Ihnen ordentlich übel, Sie müssten erbrechen, und das wäre es dann.«

Cora wog das Metallstückchen in ihrer latexgeschützten Hand.

»Was könnte das sein? Die Spitze eines Skalpells?«

»Sieht nicht danach aus«, sagte Ruth Hammes bestimmt. »Dazu ist es nicht fein genug. Wir lassen noch die Legierung überprüfen.«

*

Nie hätte er geglaubt, dass Königskobras in Tupperdosen schlafen. Er hoffte inständig, dass sie nicht erwachte und heraus schoss aus ihrer trüben Wassermarinade, die den verschlungenen, schuppigen Körper bedeckte.

Boris Kleine schwitzte in das Futter seiner Lederjacke und sein Blick flüchtete sich in das freundliche Gesicht Professor Herrmanns, der ihn in die Giftkammer im Kellergeschoss des Instituts für Zoologie, Fischereibiologie und Fischkrankheiten geführt hatte. Es war ein kleiner, vom Boden bis an die Decke mit verklebten Terrarien vollgestopfter Raum, hinter dessen Stahltür schwüle Hitze stockte.

»Stammt die auch aus dem Unfallauto?«

»Nein, nein …« Der zierliche Mann ließ den Schlüsselbund in die Tasche seines weißen Kittels gleiten. Mit sorgenvoller Güte betrachtete er ein Gewimmel schwarz glänzender Reptilienkörper, die sich hinter der Scheibe eines anderen Terrariums unermüdlich ineinander wanden.

»Wir haben sie in einer Wohnung in Trudering gefunden, zusammen mit einigen Klapperschlangen und Puffottern. Überall sind sie herumgekrochen! Wir sind mit zwei Kollegen aus dem Institut plus Amtstierärztin angerückt und haben Stunden gebraucht, um sie alle zu finden. Aber sie haben es uns nicht schwer gemacht, die Armen. Sie waren völlig entkräftet. Es gibt so viele Verrückte, die sich aus unerfindlichen Gründen Exoten anschaffen – illegal natürlich. Und dann wissen sie nicht, was sie mit ihnen anfangen sollen. Haben Sie schon mal eine fast verhungerte Schlange gesehen, die nur noch aus Haut und Knochen besteht?«

Boris spürte, wie seine Nackenmuskeln sich versteiften.

»Sehen Sie die Ratten da drüben ...« Professor Herrmann deutete auf einen Käfig neben der Tür. »Mit denen wollte er sie füttern, der Ahnungslose. Sie waren völlig vermilbt, einige mussten wir einschläfern, weil ihnen schon Geschwüre aus den Ohren wuchsen.«

»O Gott«, ächzte Boris. »Bitte, sagen Sie mir doch einfach, welche Tiere bei dem Unfall auf der B 11 sichergestellt worden sind. Ich will sie gar nicht unbedingt sehen.«

»Das sollten Sie aber.« Die wachen Augen des Institutsleiters funkelten. »Es sind ausgesprochen prachtvolle Exemplare. Die Kuriere wissen ja meistens gar nicht, was sie da transportieren. Sonst hätten sie wohl nicht so geduldig auf die Polizei gewartet.«

Zögernd folgte Boris dem Professor zum Ende des stickigen Raumes.

»Hier. Buschvipern und grüne Mambas.«

Sie waren wirklich hübsch. Zierliche Geschöpfe in leuchtendem Grün. Ihr Anblick entspannte Boris und er beugte sich vor, um sie genauer zu betrachten.

»Hochgiftig in Anmut und Schönheit.« Herrmanns Stimme klang zärtlich. »Ein tödliches Täuschungsmanöver der Natur.«

Erst jetzt hörte Boris das Zischen. Langsam wand er den Kopf und blickte auf rosa Frottee.

»Was ist das?«

»Ach, der muss sich immer ein bisschen wichtig machen.« Der Professor hob das zerfledderte Handtuch von der Scheibe. Unwillkürlich dachte Boris an Caroline, ein Rosettenmeerschweinchen, das er als kleiner Junge besessen hatte. Sein Vater hatte ihr ein Schlafhäuschen aus

Sperrholz gebaut. Es sah genauso aus wie dieses, aus dem ihn jetzt die glanzlosen Augen der Schlange anstarrten. Hochaufgerichtet züngelte sie ihn an und im nächsten Moment schoss sie nach vorn. Boris konnte einen Aufschrei nicht unterdrücken, als er zurücksprang. Doch das dumpfe Ploppen, mit dem der Reptilienkopf gegen die Scheibe stieß, hörte er trotzdem. Ebenso den scharfen Tonfall in der Stimme, die ihm durch Mark und Bein fuhr.

»Du hast dir wohl ein bisschen zu viel vorgenommen, meinst du nicht?«

Jetzt wünschte er sich nichts mehr, als den schnellen Biss der Königskobra.

»Ach – ich habe schon ausgewachsene Männer draußen auf dem Flur unter die Tische flüchten sehen.« Vergnügt kicherte Professor Herrmanns in seinen Spitzbart und sah mit schiefgelegtem Kopf zu Natascha hinauf, die langsam ihren eisigen Blick von Boris abwandte.

»Das ist Hauptkommissarin Morgenthaler.« Er schluckte. »Meine … Kollegin.«

»Hauptkommissarin. Sehr hübsch.« Herrmanns wippte auf seinen Birkenstocksandalen vor und zurück, während er Natascha neugierig taxierte. »Scheint ja wirklich wichtig zu sein, wenn jetzt sogar noch Verstärkung anrückt. Wollen Sie mir nicht endlich verraten, wonach Sie eigentlich suchen?«

»Ich sehe, Herr Kleine hat Sie im Dunkeln gelassen.« Natascha knipste ein Lächeln an. »Er tut das zuweilen. Um die Spannung zu steigern, nehme ich an.« Sie ignorierte Boris flehenden Blick. »Aber dafür hat er eine gute

Kombinationsgabe. Wir recherchieren nämlich zwei Morde, bei denen ein hochwirksames und schnell wirkendes Gift im Einsatz war. Eine Substanz, die in der Rechtsmedizin nicht analysiert werden konnte. Und an den Leichen gab es keine äußeren Spuren. Wir wissen nicht mal, wie das Gift in den Körper gelangt ist.«

»Interessant! Warum haben Sie das nicht gleich gesagt? Dann hätte ich Sie nicht mit Vipern und nervösen Mambamännchen erschrecken müssen.« Der kleine Professor zwinkerte Boris zu, auf dessen Lederkragen sich inzwischen dunkle Schweißflecken gebildet hatten.

»Das alles spricht sehr für unsere kleinen Freunde hier.« Er winkte sie zu einem gläsernen Kasten, der auf einem Holzsockel im vorderen Teil des Raumes stand. »*Phyllobatus terribiles.* Gehört zur Gattung der Dendrobatidae. Sie verfügen über einen sehr effektiven Cocktail aus Neurotoxinen. In Stress-Situationen sondern sie es über die Rückenhaut ab.« Er kicherte wieder. »Und sie sind sehr schnell gestresst.«

Natascha beugte sich zu dem Terrarium und schaute ratlos in den kleinen Dschungel blassgrüner Blattpflanzen. Dann plötzlich sah sie eine Bewegung auf dem sandigen Boden. Winzig, so groß wie die Kuppe eines Daumens, schillerndes Zitronenfaltergelb. Es war ein possierliches kleines Wesen, dieses Fröschlein, das sie aus schwarzen Knopfaugen anblickte.

»Sie produzieren die stärkste, uns bekannte natürliche Giftsubstanz. Ein einziger von ihnen kann zwanzigtausend Mäuse oder zehn Menschen zur Strecke bringen«, erklärte der Professor fröhlich. »Selbst die Indianer haben nie ein Gegengift gefunden – brauchen sie auch nicht, weil es so schnell wirkt.«

»Indianer?«, echote Boris, der es inzwischen gewagt hatte, neben Natascha in die Hocke zu gehen, um das winzige Tier in Augenschein zu nehmen.

»Südamerikanische Stämme benutzen dieses Gift für die Jagd mit dem Blasrohr. Die erste Spezies der Dendrobatidae wurde vor etwa dreißig Jahren in Westkolumbien und Ecuador wissenschaftlich erfasst.«

»Und wo haben Sie den her?«, fragte Boris, »Ich meine, war der bei dem Transport …«

»Ich muss Sie enttäuschen, junger Freund«, unterbrach ihn Herrmann. »Aber letztlich spielt das keine Rolle. Es gibt einen florierenden Handel mit illegal importierten Gifttieren. Sie können Sie sogar im Internet bestellen; es gibt auch Nachzuchten, die allerdings nicht mehr giftig sind. Der *phyllobatus terribiles* braucht eine bestimmte Ameisensorte aus den Regenwäldern seiner Heimat, um das Gift zu produzieren. Importierte Tiere behalten ihre toxische Wirkung noch eine Weile, weil sie ihre Haut fressen. Aber nicht länger als ein halbes Jahr.«

Er hob die Abdeckung des Terrariums.

»Den hier hat die Kripo im Intercity von Stuttgart nach München sichergestellt. In einem Schuhkarton, zusammen mit dreiundzwanzig Artgenossen. Nur drei haben überlebt. Schauen Sie …« Blitzschnell griffen seine Finger zu, und es amüsierte ihn sichtlich, als Natascha und Boris zurückwichen.

Professor Herrmann hob die Hände wie ein Zauberkünstler nach einem gelungenen Kunststück.

»Nichts passiert«, strahlte er und senkte seine Stimme. »Hab ich natürlich erst an einer Mäusedame getestet.«

*

»Das war Scheiße, Boris.«

»Ich weiß, aber ich wollte ...«

»Was?«

»Ach verdammt, kennst du das nicht? Du hältst die Klappe einen Moment zu lange – dann ist es schon vergeigt ... Ich wollte wenigstens mit einem Ergebnis ...«

»Du meinst mit der Eins in Mathe die Fünf in Deutsch überspielen?«

»Behandle mich nicht wie ein Kind. Ich hasse das.«

»Benimm dich nicht wie eins. Das hasse ich.«

Sie saßen draußen auf den Treppenstufen des Zoologischen Instituts und rauchten.

»Ich kann mir nicht helfen«, sagte Boris nach einem Moment des Schweigens, »aber das passt alles ganz gut zu deiner Schamanentheorie.«

»Findest du wirklich? Oder willst du dich nur ein bisschen einschleimen?« Mit geschlossenen Augen streckte Natascha ihr Gesicht in die wärmende Sonne.

»Na gut. Sag ich eben nichts mehr.«

»Nein, erzähl mal.« Sie grinste in sein beleidigtes Gesicht. »Interessiert mich, wie du dir das zusammen reimst.«

»Ich glaub gar nicht unbedingt, das hier so'n durchgeknallter Typ rumrennt, der sich für einen Jaguar oder sonst was hält«, sagte Boris langsam. »Aber die Schlüter war doch mit ihrem Mann in Südamerika und hat da ziemlich viel mitgekriegt. Kennt sich mit den Bräuchen aus und so. Sie weiß doch bestimmt auch was von dem Pfeilgift. Vielleicht …«, er brach ab, als es in Nataschas Sommermantel zu klingeln begann.

»Warte, vielleicht ist das Cora.« Sie wühlte das Handy hervor. »Sie wird sich schon fragen … Ja?« Ungeduldig runzelte Natascha die Stirn. »Joseph.«

Irritiert beobachtete Boris, wie sie plötzlich aufsprang.

»Eins nach dem anderen, Joseph, bitte! Beruhigen Sie sich doch! … Sie kommt bestimmt wieder zurück. Bleiben Sie einfach, wo Sie … Nein, ich kann jetzt unmöglich …« Sie seufzte resigniert. »Okay … wo sind Sie jetzt?«

Nervös wandte sie sich an Boris. »Eingang Englischer Garten, Königinnenstraße. Wo ist das?«

»Nur ein paar Schritte von hier.« Er deutete auf die gegenüberliegende Straßenseite. »Du gehst da rüber und bist schon da. Was ist denn los?«

»Mein Hund ist abgehauen und mein Vermieter kurz vor einer Herzattacke. Ich muss wenigstens schnell mal hinschauen.«

»Soll ich mitkommen?«

»Bloß nicht.« Sie rannte schon los. »Informier Cora und kümmert euch um einen Durchsuchungsbeschluss für die Ethnologenvilla.«

Fünfundzwanzig

Rexona duckte sich unter die Ligusterhecke und presste ihren Körper dicht an den Boden. Wenn sie sich bewegte, kratzten die Zweige des Busches an diesem entsetzlichen Ding und gaben einen knirschenden Widerhall in ihren empfindlichen Ohren. Deshalb rührte sie sich nicht. Eine Vielfalt von Geräuschen drang auf sie ein: Kinderstimmen, Vogelgezwitscher, Wortfetzen und Gelächter von Spaziergängern und das aufreizende Bellen anderer Hunde, die unbeeinträchtigt über die Wege jagen, ihre Schnauzen durch das Gras schieben und miteinander spielen konnten.

Sie hob den Kopf, als sie ihren Namen hörte. Es waren zwei Stimmen, die nach ihr riefen, die eine sanft lockend, zitternd vor Sorge, die andere, hellere, ungeduldig, wütend, nichts Gutes verheißend.

»Mit diesem Säuselton erreichen Sie gar nichts«, blaffte Natascha. »Hunde brauchen klare Ansagen. Also seien Sie jetzt bitte mal still und lassen mich das machen … REXONA!«

»Aber sie ist doch jetzt ganz verstört. So wie Sie herumbrüllen, machen Sie ihr nur noch mehr Angst.« Die leere Leine schlenkerte um Josephs Beine, während er Nataschas energischen Schritten hinterher stolperte. »Man muss sie mit einer Belohnung locken und nicht mit der Androhung einer Strafe ... Rexona, meine Kleine, schau mal, was ich hier habe! «

»Blödsinn.«

Genervt drehte sich Natascha um. Joseph glich einem nervösen Flamencotänzer, als er die Hände erhob, um mit einer Schmackotüte zu rascheln, und sie wusste nicht, welcher Impuls stärker war – ihn zu schlagen oder in den Arm zu nehmen.

»Guck mal, Papa, der Hund kriegt den Kopf nicht mehr aus der Schüssel!« Ein paar Schritte weiter löste sich ein kleines Mädchen von der Hand ihres Vaters. »Wie Michel aus Lönneberga.« Ihre blonden Zöpfe flogen, als sie auf das Gebüsch zu rannte.

Rexona stand vollkommen starr.

Dann sprang sie vor, ihr Bellen klang hell und ihr Gesicht sah aus, als würde sie lachen.

»Bleib stehen!« Natascha und der Vater brüllten gleichzeitig. Mit einem Satz war der Mann bei dem Kind und riss es an sich.

»Lass mich!« Aufgebracht strampelte das Mädchen mit den Beinen. »Er ist lieb!«, schluchzte sie. »Er will doch nur mit mir spielen.«

»Beruhigen Sie das Kind, verdammt noch mal!«, zischte Natascha. Doch es war zu spät.

Ein tiefes Grollen kam aus Rexonas Kehle, als sie mit gesträubtem Nackenfell und gefletschten Zähnen auf den Mann zuschoss, in dessen Armen sich das Mädchen jetzt hysterisch schreiend wand.

»Nein!« Panisch stieß Natascha den Mann zur Seite und warf sich der Hündin entgegen. Der starre Trichter um Rexonas Kopf traf sie schmerzhaft an der Brust und machte es ihr unmöglich, das Tier zu packen. Blindlings griff sie zu. Mit einem Aufjaulen wich Rexona zurück.

Dann rannte sie los.

Vorbei an dem hilflosen Joseph, den entsetzt starrenden Menschen, fort von den Schreien Nataschas und fort von dem Weinen des Kindes.

Plötzlich war etwas über ihr. Gewaltig richtete es sich auf und machte ein schreckliches Geräusch, das ihr wehtat.

Dicht neben ihr donnerten die Hufe des Pferdes auf die Erde und Rexona schnappte zu. Im nächsten Moment flog sie durch die Luft und blieb reglos am Boden liegen.

*

Glücklicherweise war der Reiter des fuchsroten Wallachs, dessen Fell mit Nataschas Haaren in der Nachmittagssonne gleichfarbig geleuchtet hatte, ein besonnener Mensch mittleren Alters.

Ruhig hatte er Natascha und Joseph erläutert, wie sie Rexona zu der Tierklinik am Eingang des Englischen Gartens zu tragen hatten, nachdem er sein Pferd beruhigt, an einem Baum gebunden und festgestellt hatte, das es offensichtlich unverletzt geblieben war. Geradezu unglaublich, dass er die Karte, die Natascha ihm aufdrängte, nur angenommen hatte, um sich nach dem Zustand ihres Hundes erkundigen zu können. Sie hatte Reiter bei weitem unangenehmer in Erinnerung.

»Privat oder Klinikpatient?« Die weißbekittelte Frau hinter dem Schiebefenster der Notaufnahme schaute von der Karteikarte auf, wo sie Rexonas Daten notiert hatte.

»Was macht das für einen Unterschied?«, fragte Natascha nervös, während hinter ihr Joseph zum x-ten Mal die geflieste Fläche des leeren Wartezimmers abschritt.

»Den gleichen wie bei Menschen. Behandlung durch Assistenzarzt oder Oberarzt.«

»Privat«, rief Joseph vom anderen Ende des Raumes, »das ist doch keine Frage.«

Natascha nickte müde in das gleichgültige Gesicht der Frau hinter der Scheibe. »Wann werden wir etwas erfahren?«

»Wahrscheinlich ist sie noch beim Röntgen. Ich ruf mal an.« Sie schloss das Schiebefenster und griff zum Telefon.

»Ist ja grauenhaft, was Sie mir da erzählt haben«, sagte Joseph dumpf und ließ sich neben Natascha auf einen der Plastikstühle fallen. »Wir müssen sie therapieren lassen, sonst wird sie dieses Trauma nie los. Sie sehen doch, wie gefährlich das werden kann. «

»Ach, Joseph … ich hoffe, sie kommt jetzt erst einmal durch.« Sie atmete tief ein und hoffte, er würde ihren gehetzten Blick auf die Wanduhr nicht bemerken.

Beide sprangen auf, als sich die Tür öffnete.

»Dr. Frisch, ich bin Oberärztin der chirurgischen Abteilung«, stellte sich die junge Frau vor. Mit ihrer rundlichen Figur und der gesunden Gesichtsfarbe unter den aschblonden Harren strahlte sie etwas Mütterliches aus. »Tja, es ist so, wie wir befürchtet haben – Pneumothorax. Eine der gebrochenen Rippen hat die Lunge durchstochen.«

»O nein.« Unwillkürlich griff Natascha nach Josephs Hand, der sie dankbar umklammerte.

»Wir müssen sofort operieren.« In der Brusttasche der Ärztin ging der Pieper los. »Machen Sie sich keine Sorgen. Sie ist jung und kräftig, das erhöht ihre Chancen beträchtlich.«

Sie waren wieder allein und Joseph hielt immer noch ihre Hand.

»Sie hat gar nicht gelächelt«, sagte er leise. »Das machen Ärzte doch normalerweise, wenn sie einen beruhigen wollen.«

*

»Gut, dass Sie endlich zurück sind«, sagte Paul Grewe.

Natascha unterbrach die aufschlussreiche Lektüre des rechtsmedizinischen Berichts über Frankes Felsenbein und sah den Staatsanwalt an, der im Türrahmen stand, ohne Anstalten zu machen, das Büro zu betreten.

»War nicht ganz einfach, Münzel vom Grad der Dringlichkeit zu überzeugen. Aber Gefahr in Verzug und drohende Vernichtung von Beweismaterial. Was sollte er da noch einwenden?« Er wedelte mit dem amtsrichterlich unterzeichneten Schriftstück. »Hier ist der Durchsuchungsbeschluss.«

»Was haben Sie denn gemacht?« Natascha musterte ihn irritiert. Er war nicht blass wie sonst. Dafür durchzogen rötlichbraune Streifen sein Gesicht. »Sie sehen aus wie ein Häuptling aus der peruanischen Hochebene.«

»Sabines Idee.« Er klang bekümmert. »Sie meinte, es sei meiner Karriere womöglich nicht besonders dienlich, wenn ich immer wie ausgespuckt aussehe. Allerdings hat sie mir nicht gesagt, wie man diese Bräunungscreme auftragen muss. Und von Händewaschen war auch nicht die Rede.« Seine großen Handinnenflächen leuchteten karottig.

»Für so was empfiehlt sich das Studium von Packungsbeilagen.« Unsanft drängte sich Cora an dem entstellten Staatsanwalt vorbei ins Zimmer, gefolgt von Boris Kleine. »Aber machen Sie sich nichts draus. Unter Ethnologen wirken Sie damit irgendwie authentisch.« Schwungvoll riss sie das Schulterholster mit der Dienstwaffe aus der Schublade ihres Schreibtischs und traf damit um ein Haar Dr. Dieter Frenzel.

»Sorry, Chef.« Sie brachte es tatsächlich fertig, zerknirscht zu klingen. »Aber mich überflügelt eben hemmungsloser Tatendrang.«

»Ich muss Ihnen wohl nicht sagen, dass ich bei allem Eifer mindestens ebenso viel Fingerspitzengefühl erwarte«, sagte Frenzel belegt. »An diesen beiden Morden hat sich der spekulative Journalismus schon ausgiebig genug abgearbeitet.« Er seufzte. »Man fragt sich wirklich, wozu man Pressekonferenzen abhält. Die schreiben doch sowieso, was ihnen nach zwei Prosecco beim Stehitaliener so einfällt. Ich will nicht auch noch lesen müssen, dass meine Leute sich in den Räumen der Alma Mater wie die Axt im Walde aufgeführt haben.«

»Räumlichkeiten, die zudem Ihrer verehrten Freundin Frau von Schlüter gehören, ich weiß«, erwiderte Cora. »Ein wenig mehr Vertrauen von Ihrer Seite würde uns deutlich entspannter arbeiten lassen. Selbst, wenn es zu einer Festnahme kommen sollte, werden wir ausgesprochen umsichtig sein.« Sie ließ die Worte von der Zunge kullern wie Pralinen. »Also glätten Sie Ihre Sorgenfalten und freuen Sie sich über die sprunghafte Entwicklung unserer Ermittlungsergebnisse.«

»Pfeilspitzen und Froschgift. Das klingt alles eine Spur zu abenteuerlich«, bemerkte Frenzel zweifelnd. »Das werden Sie zugeben.«

»Das Umfeld ist ein wenig exotisch, Dr. Frenzel.« Natascha legte ihre Dienstwaffe an, Boris und Cora taten mit Blick auf Frenzel das Gleiche. »Das gibt den Fakten auf den ersten Blick vielleicht etwas Verwirrendes.«

»Ich bin alles andere als verwirrt, Frau Morgenthaler. Deshalb will ich auf Ihre verwegenen Theorien gar nicht erst eingehen.«

»Dann ist es ja gut.« Coras braune Augen bohrten sich in Frenzels, die veilchenblau waren und jetzt verdrießlich in die Runde blickten. »Legen wir los.« Sie wandte sich um und grinste in Grewes Kriegsbemalung.

»Also, gehen wir, Mädels?«

*

Bei Tageslicht wirkte die ethnologische Sammlung eher abgetakelt als gespenstisch. Jetzt konnte Natascha erkennen, wie mitgenommen viele der Exponate waren, die Tonschalen verkratzt oder angeschlagen, die Samenketten würmerzerfressen, die Palmblattumhänge grau von Staub. Husten kratzte in ihrer Kehle, und auch der picklige Polizeimeister, der dienstbeflissen nicht von ihrer Seite wich, hatte schon mehrere Male herzhaft geniest.

»Das auch?« Sein plumper Finger deutete auf einen Holzspeer, an dessen Ende eine steinerne Spitze mit Pflanzenfasern festgebunden war.

»Wohl kaum. Oder glauben Sie, dass dieses Riesending in eine Ohrmuschel eindringen kann?«

Sein Kollege, mager, groß und nicht halb so eifrig, latschte mit einem Holzbogen und einem federgeschmückten Köcher heran. Natascha zog die Pfeile einzeln heraus. Die Spitzen waren zwar aus Metall, schienen ihr aber zu grob und einige waren überdies mit Widerhaken versehen.

»Woher stammen die?«

Unbestimmt deutete der dünne Mann zu einer der Vitrinen.

Natascha unterdrückte ein Seufzen. »Ich meine das Herkunftsland. Afrika, Sibirien, Süd- oder Zentralamerika – so was in der Art.«

Lahmes Schulterzucken. »Keine Ahnung. Stand nicht drauf.«

»Mitnehmen«, sagte sie ohne rechte Überzeugung. Unter fachkundiger Anleitung, vorzugsweise der eines blonden Mythenforschers, würde die Durchsuchung effektiver von statten gehen.

»Und diese komischen langen Stäbe da?«

»Das sind Blasrohre. Haben Sie irgendwo hier auch Pfeile dazu entdeckt?«

Dick und Dämlich schüttelten unisono den Kopf.

»Also, um das noch mal klar zu stellen: Wir suchen nach kleinen, zierlichen Waffen mit Metallspitzen.«

»Und Fröschen, die man nicht anfassen darf«, grinste der Picklige.

»Ich sehe, wir haben uns verstanden«, sagte Natascha mutlos.

Ihr Handy schnarrte in der Hosentasche. Sie war heilfroh, ein paar Augenblicke für sich zu sein.

»Ich bin jetzt im Aufwachraum.« Josephs Stimme klang so erleichtert, dass Nataschas schlechtes Gewissen schlagartig aufkeimte. Nicht einmal hatte sie in den letzten zwei Stunden an Rexona gedacht. »Unsere Kleine hat alles gut überstanden. Sie wollen sie zur Beobachtung noch über Nacht da behalten. Aber morgen früh kann ich sie abholen.« Eine winzige Pause. »Natürlich nur, wenn Ihnen das recht ist, Natascha.«

»Und ob mir das recht ist, Joseph. Vielleicht sind Sie doch der bessere Hundeversteher.« Der Gedanke kam ganz plötzlich und sie erschrak fast darüber. »Haben Sie schon mal über eine Adoption nachgedacht?« Wie brachte dieser Mann es nur fertig, dass selbst sein Schweigen bedeutungsvoll klang? »Halten Sie mich nicht für kaltherzig. Aber ich glaube, das arme Tier hat mehr verdient, als einen faulen Kompromiss.« Sie schluckte. »Drücken Sie Rexona von mir. Und sagen Sie ihr, dass sie die Allerbeste ist.«

Schnell switchte sie das Handy aus, als Friederike Huth nervös angerauscht kam.

»Ausgerechnet heute veranstaltet ihr diesen Zirkus«, sagte sie mit leicht vorwurfsvollem Unterton. »Um diese Zeit!«

»Wo stecken denn die anderen?«, fragte Natascha.

»Es ist nach sechs! Die Vorlesungen sind seit einer Stunde vorbei. Für Dozenten und Studenten hat das Wochenende beneidenswerter Weise schon angefangen. Nur Herr Brandt wollte später noch mal wiederkommen.« Zuckten ihre Mundwinkel, oder kam es Natascha nur so vor? »Und der Professor hat sich überhaupt noch nicht sehen lassen. Er hockt sowieso die meiste Zeit drüben in seiner Bude und arbeitet.«

»Vielleicht tut er das jetzt auch?«

»Tut er nicht.« Friederike lächelte schlau. »Ich hab sofort bei ihm geklopft, als Sie angerückt sind. Man will ja nichts falsch machen in so einem Moment. Ich hab ihm eine Nachricht an die Tür geklemmt. Aber offensichtlich ist er noch nicht wieder da.« Ein unwilliger Blick zum Fenster. »Diesen Fuhrpark kann selbst der vertiefteste Wissenschaftler wohl kaum übersehen.«

Ein tiefes, erschöpftes Stöhnen. »Ich werf jetzt erst mal 'ne Runde Kaffee für alle an. Wer weiß, wie lange dieser Irrsinn noch dauert!«

»Und ihr beiden da oben?« Natascha nahm zwei Stufen auf einmal. »Irgendetwas Spannendes?«

»Nichts. Außer du würdest ein verdrecktes Liebesnest, oder als was immer das hier zu bezeichnen wäre, für spannend halten.«

Cora winkte sie zu einem der kleinen Zimmer in der Dachschräge. Auf dem staubigen Boden zeichneten sich Fußspuren ab, kleinere und größere, die zu einer dunkelroten, abgewetzten Chaiselongue führten. In einer Ecke lagen leere Coladosen, eine halbe Packung vertrockneter Oliven, Brotkrümel.

»Möchte mal wissen, wer sich hier vergnügt hat. Und mit wem.« Ihr Latexfinger tippte kurz auf das fleckige Polster. »Schätze, wir könnten jede beliebige

Menge an DNS sicherstellen. Aber führt uns das wirklich weiter?«

»Wohl kaum«, sagte Kleine, der sich bislang dezent im Hintergrund gehalten hatte. »Und im Keller haben die Kollegen auch nichts von Bedeutung sicher stellen können. Grewe hat sich die Bibliothek vorgenommen.«

Ein kurzer Schauer stellte Nataschas Nackenhaare auf. Wenn Grewe wüsste, dass sie sich dort in leidenschaftlicher Umarmung mit Coras Bruder halbnackt über die Tische geschoben hatte! Die Bibliothek – der Ort, an dem die Gnädigste bei ihr den letzten Rest von Sympathie verspielt hatte.

»Sieht erst mal nach einer Nullnummer aus«, sagte Cora eine halbe Stunde später, als sie sich alle im Foyer versammelten. Die Beamten verfrachteten die sicher gestellten Waffen in den VW-Bus. »Dabei war ich überzeugt, dass wir hier auf etwas stoßen würden.«

»Ich werde noch bleiben«, sagte Natascha. »Ich will unbedingt mit Dornbusch sprechen. Er muss ja bald zurück sein. Ich warte auf ihn. Ist mir wurscht, wie lange. Ich hab Zeit.«

»Ich nicht. Ich kann mir wirklich was Besseres vorstellen, als meine freie Zeit in diesem verstaubten Kasten abzusitzen.« Friederike Huth zögerte einen Moment und lächelte dann entschuldigend. »Aber ich könnte Ihnen den Schlüssel geben.«

»Wenn du wirklich auf *Dornbusch* warten willst …« Coras Stimme klang für Nataschas Geschmack eine Spur zu gleichmütig. »Ich lass dir meinen Wagen da.«

Friederike Huth überreichte Natascha einen gewaltigen Schlüsselbund. »Ich könnte Sie ein Stück mitnehmen, Frau Brandt.«

»Gute Idee.« Cora war schon aus der Tür.

Natascha war froh, als es draußen ruhig wurde und die Wagen nacheinander das Gelände verließen.

Das ganze Zimmer roch nach Lennart, leise, unaufdringlich, aber sein Geruch kroch ihr trotzdem unter die Haut. Sie konnte nicht widerstehen, für einen albernen Moment die Nase in sein Cordjackett zu drücken, das nachlässig über die Stuhllehne geworfen war.

Als erstes zog sie die Schuhe aus. Sie schob den Stuhl zur Seite und legte sich auf den Boden. Sie rutschte zur Wand und lehnte die ausgestreckten Beine dagegen.

Die erwünschte Wirkung trat bald ein. Der Druck auf die Bauchorgane verringerte sich, die Lungen wurden weiter, jedes Gefühl von Enge verschwand. Ihre Mollstimmung machte tiefer Gelassenheit Platz.

Eine Weile hielt sie die Arme angewickelt auf dem Boden. Dann angelte sie nach einem der Bücher, die überall verstreut auf dem Boden lagen, schlug es auf und begann zu lesen:

»Nach der Zeit gab es in Wagadu eine Frau, die hieß Hatuma Djaora, und sie war wunderschön. Sie war die Schönste im ganzen Lande, und ihr Vater sagte: ›Ich will nicht, dass du je einen Mann heiratest, den du nicht frei gewählt hast. Ich werde dir keinen Mann aufdrängen. Dein Wille ist frei!‹

Hatuma sagte: ›Wenn ein Mann reich ist, wenn er viele Pferde hat, so werde ich ihn deswegen nicht heiraten, denn ich liebe nicht die reichen Männer. Ich liebe nur die schönen …‹«

Das Buch rutschte ihr aus der Hand.

Natascha schlief.

Sechsundzwanzig

AUS DEM TAGEBUCH DER JAGUARFRAU …

Meine Krallen sind abgewetzt, mein Instinkt ist verloren. Die Rituale nichts als ein Korsett, das meine leere Hülle stützt. Ich beherrsche sie zu gut, um darauf zu verzichten. Ob sie mir jemals genutzt haben, werde ich heute erfahren. Denn heute ist alles anders.
Ich tauche auf aus Dämpfen von Rosen und Sandelholz. Zum Schutz vor dem durchdringenden Geruch der Schwäche ist dies ein billiger Zauber, und ich hoffe, er tut seine Wirkung.
Ich sehe mich an, schätze mich ab, kalkuliere meine Macht. Etwas, das ich schon lange nicht mehr tun musste. Ich ziehe die Klinge über mein Fell. Kurzgeschoren soll es sein, so dass es gerade noch weich ist und glänzend. Eine Einladung, der jeder folgt, wenn ich es will.
Bisher konnte ich mich darauf verlassen.
Ich folge den Linien meines Körpers, salbe mich, poliere das Gefäß für die Opfergabe.

In meinen Augen suche ich die Jaguarfrau, damit sie dir begegnen kann mit ihrer Gier und Schamlosigkeit. Mit meiner Liebe. Vielleicht wird sie mich töten, wie jeden, der so dumm ist, mit zerfetztem Herzen auf die Jagd zu gehen.
Lass es die letzte sein. Ich tue alles, damit du dich mir zeigst.
Liebster, die Zeit des Wartens ist vorbei.

Ihre Finger rissen das eng beschriebene Papier in Stücke, die davonflogen, als sie das Fenster aufstieß. Sie sah ihn auf das Haus zu gehen. Sie blickte hinab auf sein blondes Haar und ihr Körper straffte sich.

Unter ihr öffnete sich die Tür. Über ihr drang ein letzter fahler Lichtstreifen durch die Dämmerung.

Siebenundzwanzig

Als sie die Tür zum Gartenhaus aufstieß, überfiel sie zuerst das Zirpen. Wie der Gesang eines mächtigen Zikadenschwarms in einer Tropennacht. So durchdringend, dass Natascha für einen Augenblick innehielt. Dschungelwarm und feucht war auch die Luft, die sich wie ein feiner Nebel auf ihre Haut legte.

Matter Lichtschimmer hatte sie hergelockt, nachdem sie aus einem kurzen Schlaf erwacht war.

Nataschas Augen gewöhnten sich nach und nach an die Dunkelheit und sie spürte eine beklemmende Spannung. Es waren zwei kleine Terrarien, die in dem hinteren Zimmer des kleinen Hauses ein diffuses Licht verströmten. Sie rief Dornbuschs Namen nicht noch einmal. Sie wusste, dass er nicht hier war. Und jetzt hoffte sie inständig, dass er noch lang genug fort bleiben würde.

Unwillkürlich hielt sie den Atem an, als sie näher kam.

Auf nachlässig angebrachten Regalbrettern standen Einmachgläser, halb mit schleimigem Brei gefüllt. Unter dem Gummi klebten träge, schwarze Fliegentrauben. Ein paar Löcher im bräunlich verschmutzten Küchenkrepp sorgten für Sauerstoff.

Plötzlich ein ätzendes Brennen, das ihr die Tränen in die Augen trieb. Natascha riss die Hand zurück, mit der sie nach einem kleinen Schraubglas hatte greifen wollen. Sie sah eine winzige Ameise zwischen ihren Fingern verschwinden, korallenrot wie die höllisch juckenden Flecken, die sie nach ihrem tückischen Angriff hinterlassen hatte. Mit einer hastigen Bewegung fegte sie das kleine Insekt fort, spuckte auf ihren Handrücken und rieb den Speichel in die brennende Haut. Doch es half nicht, und sie wusste, dass Kratzen alles nur noch schlimmer machen würde.

Schlagartig wurde ihr klar, welche Qualen Rexona durchlitten haben musste – nach ihrem Ausflug in diesen verbotenen Garten.

Nirgendwo entdeckte sie fließendes Wasser, um ihre Hand zu kühlen, und in eines der Terrarien, in denen ein kleiner Wasserfall plätscherte, mochte sie aus gutem Grund nicht greifen. Der Zoologie-Professor hatte seine winzigen giftigen Schützlinge erst herauslocken müssen. Hier dagegen saß einer von ihnen quietschgelb unter einem Farngewächs und rührte sich nicht.

Dennoch war er deutlich lebendiger als seine Artgenossen.

Zwei Einmachgläser in Kopfhöhe. In farbloser Flüssigkeit schwamm je ein Fröschlein mit unnatürlich gespreizten Beinen. Daneben ein dunkelbraunes Apothekengefäß. Vorsichtig zog Natascha den Glasstöpsel von der Flasche und fuhr zurück von den stechenden Dämpfen des Chloroform.

Erst, als sie sich umdrehte, entdeckte sie auf dem Tisch den vierten Frosch. Ein Pfeil wuchs aus seinem Maul und trat am rechten Hinterbein wieder aus. An der Flanke schimmerte gestockter, bläulicher Schaum. Das Gift.

»Den hast du wohl gerade frisch gemolken.« Es beruhigte sie, in der wattigen Stille eine menschliche Stimme zu hören, denn die Grillen, wo auch immer sie ihr Versteck hatten, waren inzwischen verstummt.

»Wo bist du?« Natascha richtete sich auf.

Sie musste hier raus, Cora anrufen, diesen Mann suchen, bevor er sein nächstes Opfer fand.

Zwei junge Männer und eine schöne junge Frau vor einem tropischen Baum. Sie wusste, wo sie ihn finden würde, als sie das Foto sah. Eine Ecke des Rahmens ragte unter dem Tisch hervor. Das Glas fehlte, wie in rasender Wut herausgeschlagen, stachen gläserne Spitzen aus dem Silberrand.

Nur eines der lachenden Gesichter war noch unversehrt – Dornbuschs. Arno von Schlüter hatte keine Augen mehr und aus seinem Mund wuchsen blau schimmernde Schlieren, obszön geifernd wie eine Wolfszunge.

Das Veronikas trug Flecken in der Farbe geronnenen Blutes. Sie verwandelten es in die Fratze einer fauchenden Jaguarfrau.

Achtundzwanzig

Die Beine hüftweit geöffnet, hockt er auf seinen Fesseln. Die Hände ruhen auf den Knien, die rechte Hand etwas höher als die linke, wodurch der Arm leicht gebeugt ist. Die linke liegt flacher und ein wenig weiter oben auf dem linken Oberschenkel. Die Augen sind fest geschlossen; das Gesicht ist verzerrt.

Dann spürt er sie plötzlich, diese ungeheure Hitzewelle, die von den Füßen bis in seinen Kopf flutet. Oben angelangt, verwandelt sie seinen Schädel in eine Bergspitze, die höher und immer höher ragt, bis er das Gefühl hat, der höchste aller Gipfel zu sein.

Unter ihm erstreckt sich die ganze Welt.

Aber es ist nicht nur die Erde, die unbegrenzt ist. Auch der Himmel öffnet sich über ihm, weit, ohne Horizont. Er stürzt hinein in diese Weite und wird von einem warmen Wind weg getrieben. Von fern hört er die Rasseln, wie in jener unvergesslichen Nacht, in der er zum ersten Mal getötet hat. Töne bewegen sich wild um ihn herum, Wellen und Schlangen gleich.

Die Rassel wird zum Wasserfall, dann zum Fluss.

Gibt er den Toten wieder frei?

Er erkennt ihn in jeder Gestalt. Dreimal schon hat er ihn getötet, und wird es wieder tun, immer wieder, so oft es notwendig ist. Rauschen erfüllt seinen ganzen Körper.

Dann vollzieht sich die Vollendung.

Seine Fingerspitzen fangen zu glühen an und verwandeln sich schließlich in Krallen. Das Gesicht wölbt sich nach vorn; er fühlt runde, hellwache Ohren, denen nicht der kleinste Laut entgeht. Der Rumpf streckt sich, vier starke, geschmeidige Beine tragen ihn. Am Ende des Rückgrats wächst ein Schweif, der ihm hilft, die Richtung zu finden. Fell ist sein Kleid, rostrot gefärbt und mit schwarzen Rosetten übersät. Sein Fauchen verrät die Wildheit, die in ihm wohnt.

Der Ton der Rassel rast wie ein Schauer durch seinen Tierkörper, bis die großen Tatzen auf weiches Gras treten. Seine Augen durchdringen die Nacht. Er erkennt ihn, den schwarzen Mann, der ihr schon einmal zu nah gekommen ist, und jetzt auf der Lauer liegt, um zu beobachten, wie sie es mit dem anderen treibt.

Was maßt er sich an?

Nicht einmal ansehen darf er sie. Denn ihm allein gehört sie – ihm allein …

Zorniges Grollen entfährt seiner Kehle.

Der schwarze Mann starrt furchtsam ins Dunkel des Gartens. Aber niemand kann den Schamanen mehr aufhalten. Er springt ihn von hinten an, reißt ihn zu Boden, drückt ihm durchtränkte Stofffetzen ins Gesicht. Das Zappeln der starken Glieder ebbt ab; jede Gegenwehr erlahmt. Er rührt sich nicht mehr.

Seine Hände sind ruhig, als sie das Blasrohr an den Mund führen. Auch im Zielen hat er mittlerweile Meister-

schaft erlangt. Die giftige Pfeilspitze dringt mühelos ins Ohr. Nun wird der muskulöse Fremde ihn schlafen, den großen, den ewigen Schlaf.

Er streckt sich, dehnt die Glieder. Müdigkeit überfällt ihn, wie bislang jedes Mal, wenn sein Werk vollbracht ist. Aber heute ist es anders. Was er durch die erleuchteten Fenster sehen muss, erhöht die Spannung in seinem Körper sofort wieder.

Es ist nicht allein das nächste Opfer, das all seine Kräfte verlangt. Um zur Ruhe zu kommen, genügt es nicht, nur ihre Beute zur Strecke zu bringen.

Es ist die Jaguarfrau, die das Böse in sich trägt.

Neunundzwanzig

In knappen Worten hatte sie sich über Funk mit dem Einsatzleiter des SEK angeschnauzt. Offenbar witterte er ihre fiebrige Ungeduld, und das war etwas, was er als Mann der planvollen Tat überhaupt nicht schätzte. Glaubte er wirklich, sie würde sich aufführen wie eine Westentaschen-Schimanskaja?

Natascha hatte Mühe, sich zu beruhigen. Sie wollte sich erst mit Cora abstimmen, bevor er das Kommando übernahm. Und die war nirgendwo zu erreichen, verdammte Scheiße. Jetzt hatte sie Boris darauf angesetzt, sie aufzutreiben.

Es war stockdunkel, als sie das Haus der Schlüter erreichte. Der Mond verschwendete sein kaltes Schimmern irgendwo weit hinter der geschlossenen Wolkendecke und eine vereinsamte Straßenlaterne erhellte den Asphalt nur unmaßgeblich.

Von der Straße aus war kein Licht im Haus zu sehen. Was, wenn sie überhaupt nicht da war? Vielleicht streifte sie durch die Nacht, suchend, ruhelos. Vera, die Raubkatze. Vielleicht jagte sie Beute für den Jaguarmann. Der ihr folgte. Der warten würde, bis sie sich gepaart hatte, um dann zu töten. *Ich liebe nur die Schönen.* War es das, was er von ihr verlangte? War es das, was er nicht ertragen konnte?

Obwohl Natascha es nicht kannte, war es, als würde sie das nächtliche Lärmen des Dschungels hören. Völlig übergeschnappt. Sie lehnte sich gegen die Mauer, die das Anwesen umgab. Doch selbst die besänftigende Kühle der Steine konnte sie nicht länger zurück halten.

Ein kurzer, heftiger Schmerz raste durch ihren Rücken, als sie sich im feuchten Gras des Gartens abrollte. Sie brauchte einen Moment, um sich zu orientieren. Warm flutete die Helligkeit aus den unteren Fenstern in das dunkle Grün der Bäume.

Geduckt bewegte Natascha sich vorwärts. Ihr Blick war auf das Haus gerichtet, als ihre Füße gegen etwas Weiches stießen, sie zu Fall brachten. Es war ein menschlicher Körper, reglos. Das Weiß in den aufgerissenen, starren Augen hob sich ab von dem geschmeidigen Dunkel des Gesichts.

Archie.

Ihre Finger hasteten zu seinem Hals, suchten nach Leben, das es nicht mehr gab. Sie erschrak über den Laut, der aus ihrer Kehle kroch. Dummkopf. Was wolltest du hier, schwarzer Panther? Ein leises Surren gab ihr die Antwort. Neben der wie im Schlaf erschlafften Hand Archies blinkte die kleine Kamera.

Rewind. *Erase and rewind. Because I've changin' my mind.* Der Refrain eines Songs, keine Ahnung von wem. Schnelle, abgehackte Bewegungen auf dem winzigen Monitor. Stop. Play. Türkis schimmerte das Wasser des

Pools. Zwei Gläser Rotwein, balanciert in den Händen Veras. Gleitende, fast schwebende Schritte. Ein Lächeln. Es war Lennart, den sich Natascha von einem der wuchtigen Tropenholzstühle erheben und Veronika von Schlüter entgegentreten sah.

*

Zum ersten Mal hört er die Flöte. Ein Schauder fährt durch seinen Körper, und seine Beine, eben noch so kraftvoll und sicher, drohen ihm den Dienst zu verweigern.

Er ist so nah, dass er ihren Duft zu wittern meint, jenes dunkle, rauchige Parfum ihrer Haut, mit dem sie alle um den Verstand bringen will. Nicht einmal er ist immun dagegen. Für ein paar Augenblicke schnürt es sich ihm ums Herz, nimmt ihm den Atem, jenes starke Band, das ihn seit jeher mit ihr verbindet, und hilfloses Verlangen durchströmt ihn.

Dann aber legt sich Aasgeruch darüber.

Sie hat ihn verschmäht, missachtet, verraten. Und ihr Spiel ebenso mit ihm getrieben wie mit den anderen, die seinen Pfeilen bereits erlegen sind.

Nur wenn er sie tötet, kann er endlich frei werden. Zuvor aber muss sie erfahren, weshalb sie sterben wird.

Der Flötenton wird höher und schriller, erfüllt seinen ganzen Schädel. Er richtet sich auf. Die Kraft kommt zurück …

*

Es war einfacher, als er gedacht hatte. Aus dem Dunkel der Halle schoss er auf ihn zu. Noch im Fallen hörte er einen unterdrückten Fluch, aber schon tat das Chloroform seine Wirkung.

»Wo bleiben Sie denn, Lennart?« Wie er sie hasste, diese gurrende, lockende Stimme!

Er hörte ihre nackten Schritte sich von der Treppe nähern. Sie kam auf ihn zu. Von hinten fiel Licht durch das dünne Gewebe ihres Kleides und entblößte die Kontur ihrer Beine, schlank, aufregend immer noch. Sie konnte ihn nicht sehen.

Eine winzige Bewegung ging durch seinen Körper und löste seine Starre. Nie wieder sollte sie Macht über ihn haben.

Wie ein tödlicher Kuss berührte das zierliche Bambusrohr ihren langen Hals. »Beweg dich nicht, Vera«, sagte Dornbusch. »Du wirst mir jetzt zuhören.«

*

Am anderen Ende der Stadt lehnte Cora am Waschtisch eines kleinen Bades. Entschlossen wandte sie den Blick vom Spiegelbild ihres nackten Körpers ab, als könne sie damit dem Vibrieren seiner Nervenfasern ein Ende setzen. Aber sie spürte noch jeden Kuss und jede Berührung der letzten zwei Stunden.

Nur darauf führte sie die Unruhe zurück, mit der sie jetzt ihr Handy einschaltete. Heimlich, hinter verschlossener Tür, eine kleine Flucht in die Realität, die sie mit elf Nachrichten auf der Mailbox schlagartig einholte.

Es war die letzte, von Natascha in flüsternden Worten gestammelte, die ihr wirklich Angst machte.

Cora riss die Tür auf, kämpfte ein trockenes Schluchzen nieder, stieß die Hände weg, die sie beruhigen wollten, zog sich in zittriger Hast an.

»Deine Autoschlüssel!«, presste sie hervor. »Mein kleiner Bruder hat sich für seinen großen Auftritt einen beschissenen Zeitpunkt ausgesucht.«

*

»Du hast mich gerufen.« Er war über ihr. Nicht so, wie er sich das immer gewünscht hatte. Sie kauerte auf dem Boden, die Hände in den Teppich gekrallt. Angst war das einzige Gefühl, das er in ihr wecken konnte. Damit musste er sich abfinden.

»Du hast mich aus meinem Leben gerissen, aus der fremden Welt, in die ich mich vor dir gerettet habe und in der mich die Schuld doch nie hat zur Ruhe kommen lassen.«

Endlich schien sie zu begreifen. Er sah es an ihren Augen, die stumpf wurden unter der Ahnung dessen, was sie nie hatte wahr haben wollen. Er fühlte eine Heiterkeit in sich aufsteigen, wie er sie gefühlt hatte in der dünnen Luft hoher Bergmassive. Das Blut sang in seinen Adern, als er sie vor sich altern sah. Das Gesicht, dessen Schönheit er in all den Jahren in sich getragen hatte und das nun vor seinen Augen zerfiel.

»Deinetwegen habe ich meinen Freund getötet. Weil er alles bekommen hat, was ich von dir wollte. So, wie er immer alles bekommen hat. Was hatte er dir zu bieten? Nichts als Vergänglichkeit.«

Seine freie Hand riss an der störenden Hülle, die ihn umgab und entblößte das ergraute Haar auf seiner knochigen Brust.

Sie konnte ihn nicht täuschen. Sie versuchte, das ruckhafte Zurückweichen ihres Körpers mit einem Lächeln zu überspielen. So hilflos, so schwach. Es entging ihm nicht.

»Ich ekle dich an?« Sein Lachen flog aus den geöffneten Fenstern. »Dabei bin ich doch nur alt. So wie du.«

*

Die nackten Knöchel, die aus den ungeputzten Budapestern ragten, waren das Erste, was sie gesehen hatte. Sie liebte es, wenn Männer diese Schuhe barfüßig trugen. Dumpf pulste der Herzschlag in ihren Ohren. Wütend, stolpernd, kaltes Rauschen, lähmend. Der ausgefranste Saum der Jeans hatte sich an einem der Beine hinaufgeschoben und legte den Schwung einer blondbehaarten Wade frei. Das weiße Sofa, vor dem Veronika von Schlüter reglos verharrte, verbarg den Körper Lennarts.

Ich verbiete es mir zu glauben, dass er tot ist. Natascha beschwor die verzweifelte Kraft dieses Satzes, der für die Andere jede Bedeutung verloren hatte. Sie presste sich gegen die Lamellen der Fensterläden, draußen auf der Terrasse, als sie von der Straße Motorengeräusche hörte.

*

Sie sollte seinen Atem riechen. Den Tod.

»Jetzt wirst du nie mehr Schönheit trinken.«

Ihre Züge wurden weich, und sie breitete die Arme aus, als wollte sie ihn empfangen. Endlich.

*

Sie sah, wie Dornbusch sich herab beugte. Die Heckler & Koch lag kühl in ihrer Hand. Hinter ihr dämpfte der Rasen die Landung der schweren Jungs, die über die Mauer kamen. Die Bärentruppe, wie sie die vermummten Männer des SEK in guten Momenten nannte. Dieser war so einer. Doch sie würden nicht schnell genug sein.

»Zurück!« Klirrend splitterte das Glas in der Terrassentür, als Natascha sie aufstieß und ihre Waffe auf Dornbusch richtete.

Er fuhr herum. Maßloses Erstaunen ließ sein Gesicht plötzlich harmlos wirken.

»Weg damit.« Nataschas Stimme war ruhig, während ihr Finger sich um den Abzug legte. »Lassen Sie es einfach fallen, Dornbusch.«

Langsam, fast beiläufig war die Bewegung, mit der er das Blasrohr zum Mund führte.

Der Schuss hinterließ ein unerträglich hohes Pfeifen in ihrem Kopf. Das Teilmantelgeschoss bohrte sich in Dornbuschs Schenkel, wo es eine klaffende Wunde verursachen würde. Natascha wurde zur Seite gestoßen. Vier Männer des SEK zielten auf den Mann, der vor ihnen zu Boden ging.

Ein Zittern lief durch seinen Körper, er bäumte sich unter Krämpfen auf. Seine Augen weiteten sich, die Zunge schien die Enge der Mundhöhle sprengen zu wollen. Immer noch umklammerte seine Hand das Blasrohr. Der Giftpfeil hatte den Weg in seinen Körper gefunden.

Erst als Natascha schon neben Lennart kniete, begann Vera zu schreien.

Und dann war Cora plötzlich da.

»Scheiße, er lebt.«

Behutsam ließ sie das Handgelenk ihres Bruders wieder los. Seine Lider flatterten und Cora holte zum Schlag aus. Das Klatschen der Ohrfeige ließ Natascha zusammenfahren. Dann sah sie die Tränen aus Coras Augen stürzen.

»Was ist?«, sagte Cora und zog den Rotz in die Nase. »Willst du auch eine?«

Perlenspiel

Ein geräumiges Bad trennte die Zimmer von Cora und Lennart Brandt. Beide lagen zufrieden in ihren Betten, und die zerwühlten Laken rochen nach frischem, heftigem Sex.

Im Bad stand Natascha und trug nichts als ein viel zu großes T-Shirt, von dem ein verblasster Che Guevara mit ihr in den Spiegel lächelte. Unter der Dusche lächelte Friederike Huth. Erwartungsgemäß trug sie dort nichts – außer einer Perlenkette. Sie reichte bis zu ihrem hübschen Bauchnabel und die Wassertropfen darauf funkelten mit denen auf ihrer blondgelockten Scham um die Wette.

Das konnte Natascha sehen, als Friederike durch die Dampfschwaden aus dem Bad entschwand.

Darüber musste sie nachdenken. Auch noch Minuten später, als sie in Lennarts Zimmer zurückkehrte.

»Was macht man eigentlich mit Perlen?«, fragte Natascha, während Che neben ihren nackten Füßen zu Boden glitt.

»Ich weiß nicht«, sagte Lennart und zog sie in seine Arme. »Vielleicht danach tauchen?«

Danksagung an:

Kriminaldirektor Udo Nagel, der inzwischen Polizeipräsident von Hamburg ist, und Kriminalrat Clemens Merkel, der im Münchner Polizeipräsidium seine Nachfolge angetreten hat: Beide haben uns mit freundlicher Geduld und Verständnis für eine gewisse Realitätsferne fiktiven Erzählens beraten

Dr. Oliver Peschel, dem Olli P. der Münchner Rechtsmedizin, für die inspirierende Einführung in die Geheimnisse von Felsenbeinen, Leichen in diversen Daseinsformen und übelriechenden Sektionsräumen

Professor Rudolf Hoffmann, Leiter des Instituts für Zoologie, Fischereibiologie und Fischkrankheiten, für die heitere Führung durch die Giftkammer und den verstörenden Anblick eines *phyllobatus terribiles*

Dr. Ulrike Prinz für das poetische Thema ihrer Dissertation und Einblicke in das Aufwandsentschädigungswesen der Mundurucu-Indianer Brasiliens

Dr. Andrea Morgenthaler und Dr. Fabio Monticelli dafür, dass wir ihre schönen Nachnamen verwenden durften

Petra Thierry und Rolo Zollner (Meister aller widerspenstigen PCs) für die Internet-Recherche

Hajo Grösche für Kost, Logis und Herzenswärme

Unserer Agentin und Freundin Ulrike Weis dafür, dass sie uns zusammengebracht hat

Reinhard Bögle für die Verwendung der Yogaübung aus seinem Buch: ›Im Einklang mit dem inneren Mond – 28-Tage-Yoga für Frauen‹, Knaur, 2000

Reinhard Riedl, unserem ›Hausjuristen‹, der trotz hohem Stressfaktor bereit war, wichtige und umfangreiche Informationen zum Thema Strafprozess zu liefern

Robert Fischer, der Informatives und gut Formuliertes über das mühevolle Brot eines Herstellers damals und heute beizusteuern wusste

Angelika Hellriegel, die Frankfurt wie ihre Westentasche kennt und vor Ort für uns recherchiert hat

Dr. Fritz Gerrit Kropp, Dr. Susanna Weingart, Dr. Dagmar Haury – unser Medizinerteam, das wir in Sachen Betäubung befragen durften

Die netten Mitarbeiterinnen der Georgenapotheke, die Wissenswertes über Chloroform beizusteuern hatten